Jens Peter Jacobsen

Niels Lyhne

Übersetzt von Mathilde Mann

Jens Peter Jacobsen: Niels Lyhne

Übersetzt von Mathilde Mann.

Erstdruck : Kopenhagen (Gyldendalske Boghandels Forlag) 1880. Hier in der Übersetzung von Mathilde Mann.

Neuausgabe mit einer Biographie des Autors
Herausgegeben von Karl-Maria Guth
Berlin 2016

Der Text dieser Ausgabe folgt:
Jacobsen, J[ens] P[eter] : Niels Lyhne. Übers. v. M. Mann, Leipzig: Hesse & Becker Verlag, [o. J.].

Die Paginierung obiger Ausgabe wird hier als Marginalie zeilengenau mitgeführt.

Umschlaggestaltung von Thomas Schultz-Overhage unter Verwendung des Bildes: Hans Olaf Heyerdahl, Das sterbende Kind (Ausschnitt), 1889

Gesetzt aus der Minion Pro, 11 pt

Verlag: Henricus - Edition Deutsche Klassik GmbH
Mörchinger Str. 33, 14169 Berlin, info@henricus-verlag.de
Druck: Libri Plureos GmbH, Friedensallee 273, 22763 Hamburg

Die Ausgaben der Sammlung Hofenberg basieren auf zuverlässigen Textgrundlagen. Die Seitenkonkordanz zu anerkannten Studienausgaben machen Hofenbergtexte auch in wissenschaftlichem Zusammenhang zitierfähig.

ISBN 978-3-8430-9364-4

Bibliografische Information der Deutschen Nationalbibliothek

Die Deutsche Nationalbibliothek verzeichnet diese Publikation in der Deutschen Nationalbibliografie; detaillierte bibliografische Daten sind im Internet über www.dnb.de abrufbar.

Erstes Kapitel

Sie hatte die schwarzen, strahlenden Augen der Bliders mit den feinen, schnurgeraden Brauen, sie hatte ihre stark ausgebildete Nase, ihr kräftiges Kinn, ihre üppigen Lippen. Den eigentümlich schmerzlich sinnlichen Zug um den Mundwinkel und die unruhigen Bewegungen mit dem Kopfe hatte sie auch geerbt, aber ihre Wangen waren bleich, und ihr seidenweiches Haar schloß sich sanft und glatt den Formen des Kopfes an.

So waren die Bliders nicht; ihre Farben bestanden aus Rosa und Bronze, das Haar war dick und kraus, dicht wie eine Mähne, und dann hatten sie volle, tiefe, biegsame Stimmen, die in wunderbar gutem Einklang standen mit den Familiensagen von den lärmenden Jagdfahrten der Väter, von ihren feierlichen Morgenandachten und ihren tausenderlei Liebesabenteuern. Ihre Stimme aber war matt und klanglos.

Ich erzähle von ihr, wie sie in einem Alter von siebzehn Jahren war; wenige Jahre später, nachdem sie sich verheiratet hatte, gewann ihre Stimme an Fülle, die Farbe ihrer Wangen war frischer, das Auge aber matter geworden, doch erschien es fast noch größer und dunkler als vormals.

Mit siebzehn Jahren war sie sehr verschieden von ihren Geschwistern, auch bestand kein innigeres Verhältnis zwischen ihr und ihren Eltern. Die Bliders waren nämlich ein praktisches Geschlecht, das das Leben hinnahm, so wie es nun einmal war; sie verrichteten ihre Arbeit, schliefen ihren Schlaf, und nie fiel es ihnen ein, mehr oder andere Zerstreuungen zu beanspruchen als das Erntefest und drei bis vier Festlichkeiten in der Weihnachtszeit. Eigentlich religiös waren sie nicht, aber sie hätten ebenso leicht auf den Gedanken kommen können, ihre Steuern nicht zu bezahlen, als Gott vorzuenthalten, was Gottes war, darum beteten sie ihr Abendgebet, besuchten an den Festtagen die Kirche, sangen am Heiligenabend ihre Weihnachtslieder und gingen zweimal im Jahre zum Tisch des Herrn. Sie waren nicht sonderlich wißbegierig, und was ihren Schönheitssinn betraf, so waren sie keineswegs unempfänglich für kleine empfindsame Lieder, und wenn der Sommer kam, wenn das Gras auf den Wiesen dicht und üppig wurde und die Saat auf den breiten Äckern Ähren ansetzte, dann sagten sie wohl zueinander, daß es eine schöne Zeit sei, über Land zu gehen. Aber besonders poetisch angelegte

Naturen waren sie nicht; die Schönheit berauschte sie nicht, sie kannten ebensowenig ein unbestimmtes Sehnen wie wache Träume.

Mit Bartholine jedoch war es etwas anderes; sie hatte kein Interesse für das, was sich in den Ställen und auf den Feldern zutrug, kein Interesse für Meierei und Wirtschaft – auch nicht das allergeringste. Sie liebte Verse.

In Versen lebte sie, in ihnen träumte sie, an Verse glaubte sie wie an nichts mehr auf der ganzen Welt.

Die Eltern und Geschwister, die Nachbarn und Bekannten sagten selten ein Wort, das sie tiefer berührte, denn ihre Gedanken schwangen sich fast nie von der Erde auf oder von den Geschäften, die sie gerade unter den Händen hatten, ebensowenig wie ihre Blicke jemals von den Verhältnissen und Ereignissen, die vor ihren Augen lagen, fortschweiften. Dagegen die Verse! Die waren für sie voll neuer Gedanken und tiefsinniger Lehren über das Leben da draußen in der Welt, wo die Sorge schwarz ist und die Freude rot; sie strahlten von Bildern, sie perlten und schäumten in Rhythmen und Reimen; alle handelten sie von jungen Mädchen, und die jungen Mädchen waren so edel und schön, sie wußten selber nicht wie sehr; ihre Herzen und ihre Liebe waren mehr als aller Reichtum der Welt, und die Männer trugen sie auf den Händen, hoben sie hoch empor, empor zu dem Sonnenglanze des Glücks, ehrten sie und beteten sie an, waren glücklich, ihre Gedanken und Pläne, ihre Siege, ihren Ruhm mit ihnen teilen zu können.

Und warum sollte man nicht selber solch ein Mädchen sein? Sie sind so – sie sind so – und sie wissen es nicht; weiß ich denn vielleicht, wie ich bin? Und die Dichter sagten doch ausdrücklich, das heiße leben! Darin bestehe das Leben nicht, daß man nähe, stricke, die Wirtschaft besorge und langweilige Besuche mache. Bei Licht betrachtet waren die Selbstgespräche Bartholinens nichts anderes als der etwas krankhafte Drang, sich selber zu fühlen, das Sehnen, sich selber zu finden, das so häufig bei einem mehr als durchschnittlich begabten jungen Mädchen erwacht; das Schlimme dabei war nur, daß sich in ihrem ganzen Umgangskreise auch nicht eine einzige überlegene Natur fand, an der ihre Begabung sich hätte messen können; da war ja nicht einmal eine verwandte Natur, und so kam Bartholine dazu, sich als etwas Merkwürdiges, einzig Dastehendes zu betrachten, als eine Art tropischen Gewächses, das, unter rauhem Himmel entsprossen, seine Blätter nur kümmerlich entfalten könne, während es in einer wärmeren Luft, unter einer glutvolleren Sonne schlanke Stengel mit wunderbarem Blütenschmuck würde treiben können. Das, meinte sie, sei ihr eigentliches Wesen, sei das, wozu die richtige Umgebung sie machen würde, und sie träumte tausend Träume von jenen sonnigen Gefilden und verzehrte sich vor Sehnsucht nach ihrem eigenen reichen Ich, und darüber vergaß sie, was man so leicht vergißt, daß selbst die schönsten Träume, selbst die heißeste Sehnsucht den Wuchs des Menschengeistes auch nicht um einen Zoll zu erhöhen vermögen.

Da geschah es denn eines Tages, daß ein Freier für sie erschien.

Es war der junge Lyhne von Lönborggaard, der letzte männliche Sproß eines Geschlechts, das drei Generationen hindurch zu den begabtesten der Provinz gezählt hatte. Als Bürgermeister, Amtsverwalter oder königliche Kommissare, oft mit dem Justizratstitel begnadet, dienten sie in reiferen Jahren ihrem König und Vaterland in pflichtgetreuer Wirksamkeit. In der Jugend hatten sie auf vernünftig geregelten und gewissenhaft ausgeführten Studienreisen in Frankreich und Deutschland ihren empfänglichen Geist mit den Kenntnissen, Schönheitsgenüssen und Lebenseindrücken bereichert, die die fremden Länder in so reichem Maße darboten, und wenn sie dann heimkehrten, wurden jene im Auslande verlebten Jahre nicht beiseite gelegt, zu den alten Erinnerungen, gleich dem Andenken an ein Fest, dessen letzte Kerze und letzter Ton erloschen und verklungen war, nein, das Leben in der Heimat wurde auf diesen Wanderjahren aufgebaut; was sie an Interessen geweckt und gezeitigt hatten, durfte unter keinen Umständen verloren gehen, sondern wurde mit allen Mitteln genährt und weiter entwickelt; auserlesene Kupferstiche, kostbare Bronzen, deutsche Dichterwerke, französische Rechtsverhandlungen und französische Philosophie waren alltägliche Dinge und alltägliche Unterhaltungsstoffe im Hause der Lyhnes.

Was ihre Art und Weise betraf, so bewegten sie sich mit einer altväterischen Leichtigkeit und einer stilvollen Liebenswürdigkeit, die zu der plumpen Majestät und unbehilflichen Förmlichkeit ihrer Standesgenossen oft einen eigentümlichen Gegensatz bildeten. Ihre Rede war breitlich abgerundet, zierlich zugespitzt, aber ein wenig gesucht rhetorisch, das ließ sich nicht leugnen; doch paßte sie gut zu diesen großen, breiten Gestalten mit den hohen, gewölbten Stirnen, den freien Schläfen, dem dichten, lockigen Haar, den hellen, ruhig lächelnden Augen, den feingeformten, ein wenig gebogenen Nasen; das Untergesicht aber war zu schwer, der Mund zu breit, die Lippen zu voll.

Wie diese äußeren Züge bei dem jungen Lyhne schwächer hervortraten, so war auch die Intelligenz in ihm gleichsam erschlafft, und die geistigen Anregungen wie die edeln Kunstgenüsse, die er auf seinem Wege getroffen, hatten nicht die geringste Strebsamkeit in ihm hervorgerufen. Zwar hatte er sich pflichtgetreu damit beschäftigt, aber seinem Eifer kam nicht das freudige Bewußtsein zugute, daß sein Inneres in Fluß und Schwung gerate, noch wurde er durch die stolze Erkenntnis belohnt, daß er mit seinen Kräften dem Dargebotenen gewachsen sei; in dem befriedigenden Gefühl, das Vorhaben ausgeführt zu haben, bestand sein ganzer Lohn.

Er hatte sein Gut Lönborggaard von einem kürzlich verstorbenen Bruder seines Vaters geerbt und war von der hergebrachten Auslandsreise heimgekehrt, um selbst die Verwaltung des Gutes zu übernehmen. Da die Bliders jetzt seine nächsten ebenbürtigen Nachbarn waren, und der Onkel stets in einem sehr freundschaftlichen Verhältnis zu der Familie gestanden hatte, machte er seinen Besuch dort, sah Bartholine und verliebte sich in sie.

Daß sie sich in ihn verliebte, war ja selbstverständlich.

Das war doch endlich einmal einer aus der Welt da draußen, einer, der in den großen, fernen Städten gelebt hatte, wo sich Wälder von Türmen und Zinnen gegen den sonnenklaren Himmel abhoben, wo die Luft erzitterte von dem Klange der Glocken, dem Brausen der Orgeln, den süßen Tönen der Mandolinen, während farbenstrahlende, goldstrotzende Aufzüge festlich durch die breiten Straßen wallten; wo Marmorpaläste schimmerten und die Wappenschilder der stolzen Geschlechter paarweise über den weißen Toren prangten, während oben auf den geschweiften, mit steinernen Girlanden verzierten Balkonen Fächer blitzten und Schleier wehten. Das war einer, der jene Gegenden durchwandert hatte, wo siegreiche Heere des Weges gezogen waren, wo glorreiche Schlachten die Namen der Dörfer und Felder mit unsterblichem Glanz umgeben hatten, wo der Rauch aus dem Zigeunerlager über den Wipfeln des Waldes aufstieg, während rote Ruinen von weinbekränzten Höhen in das lächelnde Tal herabschauten, wo das Mühlrad braust und klingende Herden blökend über breitbogige Brücken heimziehen.

Von alledem erzählte er, aber nicht wie die Dichter, sondern weit natürlicher und dabei so vertraulich, ganz wie man hierzulande von den umliegenden Dörfern und dem benachbarten Pfarrhofe spricht. Er wußte auch von Malern und Dichtern zu sagen, deren Namen er in die

Wolken erhob, und von denen sie niemals hatte reden hören. Er zeigte ihr die Bilder der einen und las die Gedichte der andern mit ihr im Garten auf dem Hügel, von wo sie die blanke Wasserfläche des Fjords und die braunen Wellen der Heide überschauen konnten. Die Liebe machte ihn poetisch, die Gegend gewann an Reizen, die Wolken nahmen die Gestalt von jenen Wolken an, die in den Dichtungen dahinzogen, und die Bäume trugen das Laubwerk, das in den Balladen so wehmutvoll erschauerte.

Bartholine war glücklich, denn ihre Liebe verwandelte Tag und Nacht in eine Reihe poetischer Stimmungen. Es lag Poesie darin, wenn sie ihm entgegenging, die Bewegung war Poesie, wenn sie im Scheine der Abendsonne auf dem Hügel stand, ihm ein letztes Lebewohl zuwinkte und dann in wehmütiger Wonne in ihr einsames Kämmerlein ging, um ungestört an ihn zu denken; und wenn sie ihn in ihr Abendgebet schloß, so war auch das Poesie.

Jetzt empfand sie jenes unbestimmte Sehnen und Verlangen nicht mehr; das neue Leben mit seinen wechselvollen Stimmungen war ihr genug, ihre Gedanken und Anschauungen waren klarer geworden, hatte sie jetzt doch jemand, an den sie sich unverhohlen wenden konnte, ohne fürchten zu müssen, sie könnte mißverstanden werden.

Auch in anderer Hinsicht hatte sie sich verändert: Das Glück hatte sie den Eltern und Geschwistern gegenüber liebenswürdiger gemacht, sie fand, daß diese verständiger waren, und auch mehr Gefühl besaßen, als sie bis dahin angenommen hatte.

Und dann heirateten sie sich.

Das erste Jahr glich der Brautzeit. Als aber das Zusammenleben allmählich älter wurde, konnte Lyhne es sich nicht länger verhehlen, daß er es müde war, seiner Liebe immerwährend neue Ausdrücke zu geben, sich unablässig in das Federgewand der Poesie zu hüllen, die Flügel ausgebreitet zu halten zum Fluge durch alle Stimmungshimmel und alle Gedankentiefen; er sehnte sich danach, in gemütlicher Ruhe stillzusitzen auf seinem Zweig und schlummernd sein müdes Haupt unter der warmen Federdecke seiner Flügel zu bergen. Er stellte sich die Liebe nicht als eine ewig flackernde, lodernde Flamme vor, die mit ihrem starken, glühenden Scheine die ruhigsten Falten des Daseins erhellt und alles phantastisch größer und ferner erscheinen läßt, als es ist, die Liebe war für ihn vielmehr eine stille, glühende Kohle, die ihrem weichen Aschenbette eine gleichmäßige Wärme entsendet und in gedämpftem

Zwielicht das Entferntere verschleiert und das Nahe doppelt nah und doppelt heimisch macht.

Er war müde, ermattet, es war ihm unmöglich, alle die Poesie zu ertragen, und wie ein Fisch, der in der heißen Luft erstickt, nach der klaren, frischen Kühle des Wassers schmachtet, so schmachtete er danach, festen Fuß zu fassen auf dem sicheren Boden des alltäglichen Lebens. Es mußte ein Ende haben, es mußte von selber ein Ende nehmen. Bartholine war nicht länger unerfahren, was das Leben und die Dichtung betraf, sie war ebenso erfahren darin wie er selber, er hatte ihr alles gegeben, was er empfangen hatte, und nun sollte er fortfahren zu geben; das war aber ein Ding der Unmöglichkeit, er hatte selber nicht mehr. Sein einziger Trost war, daß Bartholine das Glück bevorstand, Mutter zu werden.

Schon lange hatte Bartholine mit Kummer bemerkt, daß sich ihre Ansicht über Lyhne allmählich veränderte, daß er nicht mehr auf jener schwindelnden Höhe stand, auf die sie ihn in ihrer Brautzeit gestellt hatte. Sie war freilich noch fest überzeugt, daß er das war, was sie eine poetische Natur nannte, aber sie war aufgeschreckt worden, denn die Prosa hatte angefangen, ihren Pferdefuß hin und wieder einmal vorzustrecken. Desto eifriger jagte sie nach der Poesie, war sie bestrebt, den alten Zustand wieder herzustellen, indem sie ihn mit noch größerem Stimmungsreichtum, mit noch größerer Begeisterung überschüttete; aber sie fand einen so geringen Widerklang, daß sie sich selber fast sentimental und geziert vorkam. Sie bemühte sich noch eine Zeitlang, den widerstrebenden Lyhne mit sich fortzureißen, sie wollte nicht glauben, was sie nur zu gut ahnte. Als aber endlich die Fruchtlosigkeit ihrer Anstrengungen in ihrer Seele Zweifel zu erwecken anfing, ob denn ihr Geist und ihr Herz wirklich einen so unendlichen Reichtum enthielten, wie sie geglaubt hatte, da ließ sie ihn plötzlich unbeachtet, wurde kühl, schweigsam und verschlossen und suchte die Einsamkeit auf, um in Ruhe über ihren getäuschten Illusionen zu trauern. Denn das sah sie ein – sie war bitter getäuscht worden, Lyhne unterschied sich im Innersten seines Herzens durch nichts von ihrer früheren Umgebung; das, was sie betört hatte, war eine ganz gewöhnliche Erscheinung, seine Liebe hatte ihn für eine kurze Weile mit einer flüchtigen Glorie von Geist und Hoheit umgeben, wie das bei niederen Naturen so oft der Fall ist.

Lyhne war bekümmert und ängstlich über diese Veränderung, die in ihrem Verhältnis eingetreten war, er bemühte sich in unglücklichen Versuchen, den alten schwärmerischen Flug zu fliegen, das Verhältnis wieder herzustellen; aber das trug nur dazu bei, Bartholine noch deutlicher zu zeigen, wie groß ihr Irrtum gewesen war.

So stand es um das Ehepaar, als Bartholine ihr erstes Kind zur Welt brachte. Es war ein Knabe, und sie gaben ihm den Namen Niels.

Zweites Kapitel

In gewisser Weise führte das Kind die Eltern wieder zusammen, denn an seiner kleinen Wiege begegneten sie einander stets in gemeinsamer Hoffnung, gemeinsamer Freude und gemeinsamer Furcht; an ihn dachten sie, und von ihm sprachen sie gleich gern und gleich häufig, und dann waren sie einander so dankbar für das Kind und für die Freude an ihm und für die Liebe zu ihm.

Lyhne ging ganz in seiner Landwirtschaft und in seinen Gemeindeangelegenheiten auf, ohne doch irgendwie zu leiten oder einzugreifen; er arbeitete sich aber gewissenhaft in das schon Bestehende ein, er schaute voll Teilnahme zu und war mit den vernünftigen Verbesserungen einverstanden, die sein alter Verwalter oder der Älteste der Gemeinde nach gründlicher, sehr gründlicher Erwägung in Vorschlag brachten.

Es fiel ihm niemals ein, die Kenntnisse, die er in früheren Zeiten erworben hatte, praktisch zu verwerten, dazu hatte er zu wenig Zutrauen zu dem, was er mit dem Namen Theorie bezeichnete, und einen viel zu großen Respekt vor den durch althergebrachte Gewohnheit geheiligten Erfahrungssätzen, welche die anderen das wahrhaft Praktische nannten.

Genau genommen war nichts an ihm, was darauf hindeutete, daß er nicht sein Lebenlang hier gelebt, und zwar unter diesen Verhältnissen gelebt hatte. Mit Ausnahme von einer Kleinigkeit. Und diese bestand darin, daß er oft halbe Stunden lang regungslos auf einem Balken oder einem Stein am Wege sitzen und in seltsamer Benommenheit über den üppig grünenden Roggen oder den goldenen, schwerbefruchteten Hafer vor sich hinstarren konnte. Das hatte er anderwärts her, das erinnerte an den alten Lyhne, an den jungen Lyhne.

Bartholine fand sich in ihrer Welt nicht so auf einmal und ohne Straucheln zurecht. Nein, zuerst klagte sie sich durch die Verse von hundert Dichtern hindurch, dann stöhnte sie mit der ganzen breiten Alltäglichkeit jener Zeit über die tausenderlei Schranken des Menschenlebens, über seine Fesseln und Bande; bald kleidete sie ihre Klagen in den edeln Zorn, der seinen Wortschwall gegen den Thron der Kaiser und gegen die Gefängnisse der Tyrannen schleudert, bald erschienen sie als stiller, mitleidvoller Kummer, der das reiche Licht der Schönheit von einem blinden, knechtisch gesinnten Geschlecht entweichen sieht, fast erliegend unter der gedankenlosen Geschäftigkeit der Tage; und ein andermal war das Gewand ihrer Klage nur ein stiller Seufzer nach dem freien Fluge des Vogels oder nach den Wolken, die so leicht dahinschweben in die unendliche Ferne.

Aber sie ward der Klagen müde, und die Machtlosigkeit der Klagen erweckte Zweifel und Bitterkeit in ihr; und wie gewisse Gläubige ihren Heiligen schlagen oder ihn mit Füßen treten, wenn er seine Macht nicht zeigen will, so spottete sie jetzt der vergötterten Poesie und fragte sich selber höhnisch, ob sie wohl glaube, daß sich der Vogel Phönix bald im Gurkenbeete niederlassen oder daß sich Aladdins Wunderhöhle unter dem Milchkeller erschließen würde, ja in kindischer Übertreibung vergnügte sie sich daran, den Mond einen grünen Käse und die Rosen Potpourri zu nennen. Dabei hatte sie ein Gefühl, als räche sie sich, nicht ohne die ängstliche Zwischenempfindung, daß sie sich einer Blasphemie schuldig mache.

Der Befreiungsversuch, der diesem Bestreben zugrunde lag, mißglückte. Sie versank wieder in ihre Träume, in die Träume ihrer Mädchenzeit, aber es war nur der eine Unterschied da, daß jetzt keine Hoffnung diese Träume mehr erhellte; sie hatte gelernt, daß es nur Träume waren, ferne, verführerische Luftspiegelungen, die keine Sehnsucht der Welt auf ihre Erde herabzuziehen vermochte. Gab sie sich also diesen Träumen jetzt hin, so geschah es nur mit innerer Unruhe und trotz einer mahnenden Stimme, die ihr vorhielt, daß sie dem Trinker gleiche, der weiß, daß seine Leidenschaft verderblich ist, daß jeder neue Rausch seine Kräfte schwächt und die Macht seiner Leidenschaft vermehrt; aber die Stimme erklang vergebens, denn ein nüchtern gelebtes Leben, ohne das süße Laster der Träume, war ihr kein Leben, das wert war, gelebt zu werden – das Leben hatte ja nur den Wert, den ihm die Träume gaben.

So verschieden waren der Vater und die Mutter des kleinen Niels Lyhne, die beiden freundlichen Mächte, die, ohne sich dessen bewußt zu sein, einen Streit um seine junge Seele stritten, schon von dem Augenblicke an, wo sich ein Funke von Verstand in ihr zeigte; und je älter das Kind wurde, desto heftiger entbrannte der Streit, denn desto reicher wurde die Auswahl der Waffen.

Die Eigenschaft des Sohnes, durch die die Mutter auf ihn einzuwirken suchte, war seine Phantasie, und Phantasie hatte er vollauf, aber schon in frühester Jugend zeigte er, daß es für ihn einen himmelweiten Unterschied gab zwischen der Fabelwelt, die auf das Wort der Mutter entstand, und der wirklichen Welt; denn unzählige Male geschah es, wenn ihm die Mutter Märchen erzählte und ihm schilderte, wie traurig es dem Helden ergangen war, daß dann Niels, der keinen Ausweg aus all der Not finden konnte, der nicht absah, wie all das Elend zu überwinden wäre, das sich gleich einem undurchdringlichen Ring um den Helden zusammenschloß und ihn enger und enger in seine Kreise bannte – ja dann geschah es oft, daß Niels plötzlich seine Wange gegen die Mutter preßte und mit tränenden Augen und bebenden Lippen flüsterte: Aber das ist doch nicht wirklich wahr? Und wenn er dann die trostreiche Antwort erhielt, auf die er gehofft hatte, dann atmete er wie von einem schweren Druck befreit auf und hörte in geborgener Sicherheit das Ende der Geschichte an. Aber der Mutter war dies Fragen und Unterscheiden eigentlich gar nicht recht.

Als er zu groß für die Märchen geworden war, und als auch sie müde wurde, immer neue zu erfinden, erzählte sie ihm mit kleinen Ausschmückungen von all den Helden in Krieg und Frieden, deren Lebenslauf zum Beweis dienen konnte, welche Macht in einer Menschenseele wohnt, wenn sie nur das eine will – das Große, wenn sie sich weder von den kurzsichtigen Zweifeln der Gegenwart abschrecken, noch von ihrem sanften, tatenlosen Frieden verlocken läßt. In dieser Tonart bewegten sich die Erzählungen, und da die Geschichte nicht genug Helden besaß, die geeignet waren, wählte sich die Mutter einen Phantasiehelden, über dessen Taten und Schicksale sie frei verfügen konnte, so recht einen Helden nach ihrem eigenen Herzen, Geist von ihrem Geist, Fleisch von ihrem Fleisch, und auch Blut von ihrem Blut. Einige Jahre nach Niels' Geburt hatte sie nämlich einen toten Knaben zur Welt gebracht. Was dieser hätte werden können, was er alles in der Welt hätte ausrichten können, gleich einem Prometheus, einem Herkules, einem Messias, das schilderte sie jetzt dem Bruder in phantastischen Bildern, die nicht mehr Fleisch und Blut besaßen, als das arme kleine Kinderskelett, das dort oben auf dem Lönborger Kirchhof zu Erde und Asche vermoderte.

Und Niels verfehlte nicht, die Moral dieser Geschichten zu erfassen; er sah vollkommen ein, wie verächtlich es sei, so zu werden, wie die Menschen im allgemeinen waren; er war auch bereit, das harte Los auf sich zu nehmen, das den Helden beschieden war, und willig litt er im Geiste unter den zehrenden Kämpfen, dem herben Mißgeschick, dem Martyrium der Verkennung und den friedlosen Siegen. Aber es war doch ein großer Trost für ihn, daß es noch gute Weile damit hatte, daß dies alles erst kommen würde, nachdem er groß geworden.

Wie die Traumgebilde und Traumtöne einer Nacht am hellen Tage wiederkehren und in Nebelgestalt den Gedanken anrufen können, so daß dieser eine flüchtige Sekunde gleichsam lauscht und sich staunend fragt, ob es wohl wirklich gerufen habe – so zogen die Vorstellungen von jener traumhaften Zukunft leise über Niels Lyhnes Kindheitstage hin und erinnerten ihn ohn' Unterlaß, daß dieser glücklichen Zeit ein Ziel gesteckt sei, und daß sie eines Tages nicht mehr sein werde.

Dies Bewußtsein erzeugte den brennenden Wunsch, das Kindheitsleben in seiner ganzen Fülle zu genießen, es mit allen Sinnen einzusaugen, keinen Tropfen zu vergeuden, auch nicht einen einzigen, und so kam es, daß eine Innigkeit in seinen Spielen lag, die sich unter dem Drucke des beängstigenden Gefühls, daß ihm die Zeit entrann, ohne daß er aus ihren reichen Wogen alles, was sie Welle auf Welle brachte, hatte bergen können, zu einer wahren Leidenschaft steigerte. Er konnte sich auf die Erde werfen und vor Verzweiflung schluchzen, wenn er sich einmal an einem Ferientage langweilte, weil ihm irgend etwas fehlte, ein Spielkamerad, Erfindungsgabe oder gutes Wetter. Aus diesem Grunde ging er auch stets so ungern zu Bette, weil der Schlaf das Ereignislose, das völlig Empfindungslose war. Aber es war nicht immer so.

Es geschah auch wohl, daß er ermüdete, daß seine Phantasie nicht die geringsten Farben mehr besaß. Dann fühlte er sich unsagbar elend, er fühlte sich zu klein, zu nichtig für jene ehrgeizigen Träume, ja, es schien ihm, als sei er ein unwürdiger Lügner, der sich in frechem Übermut den Schein gegeben habe, als liebe er das Große und Edle, als verstehe er es, während er doch in Wirklichkeit das Alltägliche liebte, während alle niedrigen Wünsche und Begierden in ihm lebten; oft war es ihm sogar, als empfinde er den ganzen Klassenhaß der Niedriggeborenen gegen die Höhergestellten, als würde er sich mit Wonne an der Steinigung dieser Herren beteiligen können, die aus edlerem Geblüt waren als er, und die wußten, daß sie es waren.

24

In solchen Zeiten mied er seine Mutter, und mit einem Gefühl, als folge er einem weniger edeln Instinkt, hielt er sich zu dem Vater. Er hatte dann ein williges Ohr und einen empfänglichen Sinn für alle seine an der Erde klebenden Gedanken und traumlosen Erklärungen. Und er fühlte sich so wohl bei dem Vater, war so glücklich, daß er beinahe vergaß, daß dies derselbe Vater war, auf den er sonst von den Zinnen seines Traumschlosses als einen Unebenbürtigen mitleidig herabgesehen hatte.

Freilich stand dies alles vor seinem kindlichen Bewußtsein nicht mit der Klarheit und Bestimmtheit, die ihm durch das ausgesprochene Wort verliehen wird; es war in einer nicht greifbaren, erst werdenden Form vorhanden, gleichsam unfertig, ungeboren, nicht unähnlich der wunderbaren Pflanzenwelt auf dem Meeresgrunde, durch trübes Eis gesehen; zerschlage das Eis oder beleuchte das dunkel Lebende mit dem Licht der Worte, und das Gleiche wird sich ereignen: das, was du nun sehen und fassen kannst, ist in seiner Klarheit nicht mehr das Dunkle, das es vorher gewesen ist.

Drittes Kapitel

Und die Jahre schwanden dahin: ein Weihnachtsfest folgte dem anderen, die Luft noch lange nach dem heiligen Dreikönigstage mit seinem strahlenden Festglanz erfüllend; eine Pfingstzeit nach der anderen lächelte auf die blütenduftenden Frühlingswiesen; Sommer auf Sommer rückte heran, feierte seine Sonnenscheingelage und schüttete seinen Sommerwein aus vollen Schalen aus, und dann eines Tages, mit der sinkenden Sonne, lief er davon, und es blieb nur die Erinnerung zurück, mit den sonnverbrannten Wangen, den verwunderten Augen und dem erregten Blute.

Und die Jahre schwanden dahin, und die Welt war nicht mehr die Wunderwelt, die sie zuvor gewesen war; in den dunkeln Winkeln hinter den morschen Holunderbäumen, in den geheimnisvollen Bodenkammern und in jener düstern Steinkiste am Klastrupwege wohnte nicht mehr das märchenhafte Grauen; und jener breite Hügel, der beim ersten Lerchenschlag sein Gras unter den purpurränderigen Sternen der Tausendschönchen und den gelben Glocken der Himmelsschlüsselchen barg, der Bach mit seinen phantastischen Tier- und Pflanzenschätzen und die wilden Bergabhänge der Sandgrube mit ihren schwarzen Steinen und den silbern schimmernden Granitblöcken, das alles waren nur armselige Blumen, Tiere und Steine; das strahlende Goldhaar der Feen war wieder in Laub verwandelt.

Ein Spiel nach dem anderen war alt und langweilig, dumm und sinnlos geworden wie die Bilder in der Fibel, und doch waren sie einmal so neu gewesen, so wunderbar neu!

Dort hatten sie mit dem Leitseil gespielt, Niels und des Pfarrers Frithjof, und der Reifen war ein Fahrzeug gewesen, das strandete, sobald er auf die Seite fiel, ergriff man ihn aber noch rechtzeitig, so warf das Schiff seine Anker aus. Den schmalen Steig am Meeresufer entlang, der so beschwerlich zu begehen war, nannten sie Bab el Mandeb oder die Pforte des Todes, auf die Stalltür hatten sie mit Kreide geschrieben, daß hier England sei, und auf der Scheunentür stand: Frankreich; die Gartenpforte war Rio de Janeiro und die Schmiede Brasilien. Sie hatten auch ein Spiel, welches Holger Danske hieß, das konnten sie zwischen den großen Klettenblättern hinter der Scheune spielen; aber oben im Felde hinter der Mühle befanden sich mehrere Erdhöhlen, dort hauste Prinz Beomund in höchsteigener Person, und jene wilden Sarazenen mit rotgrauen Turbanen und gelben Helmbüschen – Kletten und Königskerzen von mächtigem Wuchs; dort war das richtige Mauretanien, denn diese grenzenlose Üppigkeit, diese unübersehbaren Massen wuchernden Lebens reizten den Zerstörungsgeist, berauschten den Sinn mit der Wollust des Vernichtens, und die hölzernen Schwerter blitzten mit dem Glanze des Stahles, der grüne Pflanzensaft färbte die Klingen blutrot, und die abgehauenen Stengel, welche die Füße zermalmten, waren Türkenleiber, die von Pferdehufen zerstampft wurden.

Unten am Meeresstrande hatten sie gespielt; sie sandten Muschelschalen aus, das waren Schiffe, und wenn ein Stückchen Seetang ihren Lauf hemmte oder wenn sie an einer Sandbank landeten, so stellte das Kolumbus im Sargassomeere vor oder die Entdeckung von Amerika. Hafenanlagen wurden gemacht und mächtige Dämme, sie gruben den Nil in dem festen Sande am Strande aus, und einmal bauten sie aus Kieselsteinen das Schloß Gurre, ein kleiner, toter Fisch in einer Austernschale war die tote Tove, und sie selber waren König Waldemar, der trauernd an dem Leichnam der Geliebten saß.

Aber das war alles vorbei.

Niels war jetzt ein großer Knabe, er war zwölf Jahre alt und brauchte nicht mehr auf Disteln und Kletten loszuhauen, um seinen Ritterphantasien zu genügen, wie er denn auch nicht mehr nötig hatte, seine Entdeckungsträume in Muschelschalen aussegeln zu lassen; jetzt genügten ihm ein Buch und eine Sofaecke, und reichte auch das nicht aus, wollte ihn das Buch nicht an eine Küste tragen, die ihm lieb war, so suchte er Frithjof auf und erzählte ihm die Geschichte, die das Buch ihm versagt hatte. Arm in Arm gingen sie dann den Weg entlang, der eine erzählend, beide lauschend; wollten sie aber so recht genießen, der Phantasie ihren freien Lauf lassen, so versteckten sie sich in dem duftigen Halbdunkel des Heubodens. Doch bald wurden diese Geschichten, die ja immer endeten, wenn man sich eben in sie hineingelebt hatte, zu einer einzigen, langen Geschichte, die niemals ein Ende nahm, sondern eine Generation nach der anderen zu Grabe trug; denn war der Held zu alt geworden oder hatte man ihn unvorsichtigerweise umkommen lassen, so gab man ihm einen Sohn, der die Erbschaft des Vaters antrat und den man zugleich mit all den neuen Eigenschaften ausstatten konnte, auf die man in dem Augenblicke ein besonderes Gewicht legte.

Alles, was Eindruck auf Niels gemacht hatte, was er gesehen, was er verstanden, und was er mißverstanden hatte, was er bewunderte, sowie das, wovon er wußte, daß man es bewundern sollte, alles dies kam in die Geschichte. Wie ein fließendes Wasser von jedem Bilde gefärbt wird, das sich seinem Spiegel nähert, und je nachdem der Zufall es will, das Bild in ungestörter Klarheit wiedergibt, oder es verzerrt und verunstaltet, oder es in wellenförmigen, unsicher zitternden Umrissen zurückwirft, oder auch es ganz im Spiel der eigenen Farben und Linien ertränkt: so ergriff die Geschichte des Knaben Gefühle und Gedanken, eigene wie fremde, ergriff Menschen wie Begebenheiten, Leben und Bücher, so gut sie sie ergreifen konnte. Es war gleichsam ein Leben, das neben dem wirklichen Leben gespielt wurde, es war ein trautes, heimliches Versteck, wo sich so süß von den wildesten Abenteuern träumen ließ, es war ein Märchengarten, der sich auf den leisesten Wink öffnete, der den Knaben einließ in seine ganze Herrlichkeit, der alle anderen ausschloß. Von oben war dieser Garten durch säuselnde Palmen geschlossen, und unten zwischen Blumen aus Sonne und Blättern, auf Sternen, auf Korallenzweigen, da eröffneten sich tausend Wege zu allen Ländern und allen Zeiten; schlug man den einen Weg ein, so gelangte man hierhin, und auf dem anderen gelangte man dorthin – zu Aladdin, zu Robinson Crusoe, zu

Vaulunder und Henrik Magnard, zu Niels Klim und Mungo Park, zu Peter Simpel und zu Odysseus – und sobald man es nur wünschte, war man wieder daheim.

Ungefähr einen Monat nach Niels' zwölftem Geburtstage waren zwei neue Gesichter auf Lönborggaard erschienen. 30

Das eine war das des neuen Hauslehrers, das andere gehörte Edele Lyhne.

Der Hauslehrer, Herr Bigum, war Kandidat der Theologie und stand auf der Schwelle der Vierziger. Er war klein, aber kräftig, von fast lasttiermäßigem Bau, mit breiter Brust, hochschultrig und stiernackig. Seine Arme waren lang, die Beine stark und kurz, die Füße breit. Sein Gang war langsam, schwer und energisch, seine Armbewegungen waren unbestimmt, ausdruckslos und erforderten viel Platz. Er war rotbärtig wie ein Wilder, und seine Haut war mit Sommersprossen bedeckt. Seine große, hohe Stirn war flach wie eine Wand, zwischen den Augenbrauen hatte er ein paar lotrechte Runzeln, die Nase war kurz und plump, der Mund groß mit dicken, frischen Lippen. Das schönste an ihm waren seine Augen, sie waren hell, sanft und klar. An den Bewegungen der Augäpfel konnte man sehen, daß er ein wenig schwerhörig war. Dies verhinderte ihn aber nicht, die Musik zu lieben und ein leidenschaftlicher Violinspieler zu sein; denn er sagte, man höre die Töne nicht mit den Ohren allein, der ganze Körper höre, die Augen, die Finger, die Füße, und ließe uns auch das Ohr einmal im Stich, würde doch die Hand den rechten Ton zu finden wissen, auch ohne Hilfe des Gehörs. Und schließlich seien doch alle hörbaren Töne falsch, wem aber einmal die Gnadengabe der Töne beschert sei, der besitze in seinem Innern ein unsichtbares Instrument, gegen das die herrlichste Cremoneser Geige nur wie die Ralebaßvioline der Wilden sei, und auf diesem Instrumente 31 spiele die Seele, auf seinen Saiten erklängen die idealen Töne und auf ihm hätten die großen Tondichter ihre unsterblichen Werke komponiert. Die äußerliche Musik, die die Luft der Wirklichkeit durchbebt und die man mit den Ohren vernimmt, sei nur eine armselige Nachahmung, ein stammelnder Versuch, das Unaussprechliche zu sagen, sie sei im Vergleich zu der seelischen Musik dasselbe, was die Statue, die mit den Händen gebildet, mit dem Meißel ausgehauen, mit dem Maße gemessen sei, im Vergleich zu des Bildhauers wunderbarem Marmortraume sei, den zu schauen sterblichen Augen nicht vergönnt wird.

Übrigens war die Musik keineswegs das Hauptinteresse des Herrn Bigum; er war vor allem Philosoph, nicht aber einer jener produktiven Philosophen, welche neue Gesetze erfinden und Systeme bauen; er lachte über ihre Systeme, diese Schneckenhäuser, die man über das unendliche Feld des Gedankens in dem einfältigen Glauben mit sich herumschleppt, daß das, was sich im Innern des Schneckenhauses befindet, das Feld sei. Und diese Gesetze! Gedankengesetze, Naturgesetze! als wäre ein Gesetz entdecken etwas anderes als einen bestimmten Ausdruck für das Bewußtsein finden, wie beschränkt man im Grunde sei; so weit kann ich sehen und nicht weiter, das ist mein Horizont, das und weiter nichts bedeutete die Entdeckung; denn war nicht ein neuer Horizont hinter dem ersten, und ein neuer und abermals ein neuer, Horizont hinter Horizont, Gesetz hinter Gesetz bis in die Unendlichkeit hinaus? Herr Bigum war nicht auf diese Weise Philosoph. Er glaubte nicht, daß er eingebildet sei, daß er sich selber überschätze, aber er konnte seine Augen nicht vor der Tatsache verschließen, daß seine Intelligenz sich über weitere Felder erstreckte als die anderer Sterblichen. Wenn er sich in die Werke der großen Denker vertiefte, so war es ihm, als bewege er sich zwischen einer Schar schlummernder Gedankenriesen, die, vom Lichte seines Geistes überströmt, erwachten und ihrer Stärke inne wurden. Und so war es mit allem: jeder fremde Gedanke, jede Stimmung, jedes Gefühl, dem es vergönnt war, in ihm zu erwachen, das erwachte mit seinem Stempel auf der Stirn, geadelt, geläutert, gestärkt zu neuem Fluge, mit einer Größe in sich, mit einer Macht an sich, von welcher der Schöpfer desselben niemals geträumt hatte!

Wie oft hatte er nicht beinahe demütig gestaunt über diesen wunderbaren Reichtum seiner Seele, über diese selbstbewußte, göttliche Ruhe seines Geistes, denn es konnte Tage geben, an denen er die Welt und die Dinge in der Welt von ganz entgegengesetzten Standpunkten beurteilte, wo er die Welt und die Dinge unter Voraussetzungen betrachtete, die so verschieden voneinander waren wie Tag und Nacht, ohne daß diese Standpunkte und Voraussetzungen, die er zu seinen eigenen gemacht hatte, ihn jemals, auch nur auf eine Sekunde, zu ihrem Eigentum gemacht hätten, ebensowenig wie der Gott, welcher die Gestalt des Stieres oder des Schwanes annahm, dadurch einen Augenblick zum Stier oder Schwan ward und aufhörte Gott zu sein.

Es gab niemand, der von dem, was in Herrn Bigum wohnte, eine Ahnung gehabt hätte. Alle gingen sie blind an ihm vorüber, er aber freute sich über diese Blindheit, in Verachtung der Menschheit. Es werde der Tag kommen, meinte er, da sein Auge erlöschen, da die Pfeiler zu dem herrlichen Gebäude seines Geistes schwanken, zusammenbrechen, da er selber vergehen würde, als sei er niemals gewesen, ohne ein Werk von seiner Hand zu hinterlassen, nicht ein geschriebenes Titelchen, das von dem, was an ihm verloren war, Kunde geben könnte. Er jubelte bei dem Gedanken, daß Geschlecht auf Geschlecht kommen und gehen würde, daß die Größten dieser Geschlechter ihr Leben einsetzen würden, um das zu gewinnen, was er hätte geben können, wenn er nur seine Hand hätte öffnen wollen.

In einer so untergeordneten Stellung zu leben, bereitete ihm einen eigenartigen Genuß, denn welche Verschwendung lag darin, daß sein Geist dazu verwendet werden sollte, Kinder zu unterrichten! War es nicht ein wahnsinniges Mißverhältnis, eine riesige Ungereimtheit, daß man seine (des genialen Bigums) Zeit mit dem armseligen täglichen Brot bezahlte, daß er dies Brot auf Empfehlung gewöhnlicher Menschen verdienen durfte, die sich für seine Fähigkeit verbürgten, den jämmerlichen Platz eines Hauslehrers auszufüllen?

Und man hatte ihn durchfallen lassen, als er sein Staatsexamen machte! Daß der brutale Unverstand der Welt ihn beiseite warf wie elende Spreu, während man das Leere, Inhaltlose für goldenes Korn achtete, welchen Genuß mußte ihm das bereiten, ihm, der sich sagen durfte, seine geringsten Gedanken seien eine ganze Welt wert!

Aber es gab auch Zeiten, in denen die Größe seiner Einsamkeit schwer und erdrückend auf ihm lag. Ach wie oft, wenn er Stunde auf Stunde in heiligem Schweigen auf die Stimme in seinem Innern gelauscht hatte, dann Auge und Ohr wieder dem Leben öffnete, das ihn umgab, und sich nun so fremd fühlte in dem Elend und der Vergänglichkeit des irdischen Daseins – wie oft war ihm da nicht zumute wie jenem Mönch, der im Klosterwalde gelauscht hatte, während der Paradiesvogel einen einzigen Triller sang, und der, als er zurückkehrte, hundert Jahre entschwunden fand! Denn fühlte sich schon der Mönch einsam zwischen dem unbekannten Geschlecht, wie ungleich einsamer mußte nicht er sich fühlen, dessen wahre Zeitgenossen noch nicht einmal geboren waren! In solchen Augenblicken der Verlassenheit konnte sich Bigum über dem feigen Wunsche ertappen, hinabsinken zu können zu dem Schwarm der gewöhnlichen Sterblichen und ihr niederes Glück zu teilen, ein Bürger zu werden auf ihrer großen Erde, ein Bürger in ihrem kleinen Himmel. Aber bald war er wieder er selber.

35
Der andere Gast des Hauses, Fräulein Edele Lyhne, Lyhnes sechsundzwanzigjährige Schwester, hatte viele Jahre hindurch in Kopenhagen gelebt, zuerst bei der Mutter, die, nachdem sie Witwe geworden, in die Hauptstadt gezogen war, und seit dem Tode der Mutter bei ihrem reichen Onkel, dem Etatsrat Neergaard. Der Etatsrat machte ein großes Haus und nahm regen Anteil am geselligen Leben, so daß Edele in einen wahren Wirbel von Bällen und Festen hineingeriet.

Überall wurde sie bewundert, und die Mißgunst, der getreue Schatten der Bewunderung, verfolgte auch sie. Sie war eine so viel besprochene Persönlichkeit, wie es unbeschadet des guten Rufes irgend möglich ist, und wenn die Herren untereinander über die drei Schönheiten der Stadt sprachen, erhoben sich stets viele Stimmen, die den einen der drei Namen ausstreichen und den von Edele Lyhne an die Stelle setzen wollten; man konnte nur nicht einig werden, welche von den beiden Schönheiten das Feld zu räumen hätte, von der dritten konnte natürlich gar keine Rede sein.

Ganz junge Leute freilich bewunderten sie nicht. Solchen war es ein wenig bange vor ihr; sie fühlten sich in ihrer Nähe doppelt so dumm, als sie waren, denn Edele hörte sie mit einem Ausdruck gelinde vernichtender Geduld an, mit einem Blick boshaft bemerklich gemachter Geduld, der deutlich erzählte, daß sie auswendig wisse, was man ihr zum besten gab. Für alles, was diese Herrchen sagten, für alle ihre Anstrengungen, sich in ihren eigenen wie in Edelens Augen zu heben, indem sie blasiert
36
erscheinen wollten, indem sie wilde Paradoxen aufstellten, oder indem sie, wenn die Verzweiflung den Höhepunkt erreicht hatte, unverschämte Erklärungen machten – für alle diese Versuche, die einander in jugendlich unmotivierten Übergängen drängten und überstürzten, hatte sie nur ein schwaches Lächeln, ein fatales Lächeln des Wiedererkennens, das den Unglücklichen erröten machte und ihn merken ließ, daß er die hundertundelfte Fliege sei, die sich in demselben unbarmherzigen Spinngewebe gefangen hatte.

Auch hatte ihre Schönheit weder das Weiche, noch die Glut, die so betörend auf junge Herzen wirken, wogegen sie auf ältere Herzen, sowie auf kühlere Köpfe einen eigenen Zauber ausübte. Sie war groß. Ihr dichtes, schweres Haar war blond und hatte jenen matten, rötlichen Schimmer, der über reifem Weizen liegt, es wuchs ihr tief in den Nacken hinein in zwei schmaler werdenden Reihen, die etwas heller waren als das übrige Haar und sich stark lockten. Auf der hohen, scharf geformten Stirn zeichneten sich die ziemlich hellen Brauen unbestimmt und ohne Linien ab. Die hellgrauen, großen, klaren Augen wurden durch keine Brauen gehoben, erhielten auch kein wechselndes Spiel von Schatten durch die leichten, dünnen Augenlider. Sie hatten etwas Unbestimmtes, Unschlüssiges in ihrem Ausdruck, sahen die Menschen voll und offen an, hatten nichts von jenem reichen Spiel mit Seitenblicken, jenem flüchtigen Aufblitzen, sie schienen unnatürlich wach, unbezwinglich, unergründlich. Das ganze Mienenspiel lag im Untergesicht, in den Nasenflügeln, in Mund und Kinn. Die Augen schauten nur zu. Vor allem war der Mund ausdrucksvoll mit seinen tiefen Winkeln, seinen scharfgezeichneten Umrissen und den lieblich gebogenen Linien der Lippen. Nur in der Haltung der Unterlippe lag etwas Hartes, das beim Lächeln oft fast verschwand, oft aber auch einem Ausdruck von Brutalität nahe kam.

Die fast gewaltsam geschwungene Linie des Rückens und die im Verhältnis zu den strengen Formen der Schultern und Arme große Fülle des Busens gaben ihr etwas Herausforderndes, etwas berauschend Tropisches, das durch ihren blendend weißen Teint und die krankhafte, stark blutrote Farbe der Lippen noch mehr hervorgehoben wurde, so daß der Gesamteindruck ihrer Erscheinung ein sinnberückender und dabei besorgniserregender war.

Es lag über ihrer ganzen hohen, hüftlosen Gestalt etwas gesteigert Stilvolles, das sie, namentlich in ihren Balltoiletten, mit einer kecken Kunst hervorzuheben wußte, die von ihrem Kunstverstand – der hier Selbstverständnis war – ein beredtes Zeugnis gab. Und konnte man auch nicht leugnen, daß sie damit dicht an den schlechten Geschmack streifte, so fand man doch darin nur einen neuen Reiz.

Nichts konnte tadelloser sein als ihr Auftreten. In dem, was sie sagte, wie in dem, was sie sich sagen ließ, hielt sie sich stets in den Grenzen der strengsten Züchtigkeit. Ihre Gefallsucht bestand darin, daß sie sich nicht im geringsten gefallsüchtig zeigte, daß sie für den Eindruck, den sie unter ihren Anbetern hervorrief, unheilbar blind war, und daß sie durchaus keinen Unterschied machte. Aber gerade deswegen träumten sie alle berauschende Träume von dem Gesicht, das sich hinter der Maske befinden müsse, glaubten sie alle an ein Feuer unter dem Schnee. Keiner von ihnen würde überrascht gewesen sein, wenn er erfahren

hätte, daß sie einen heimlichen Liebhaber besitze, aber ebensowenig
würde einer von ihnen es gewagt haben, seinen Namen zu erraten.

In diesem Lichte sah man Edele Lyhne.

Sie hatte die Hauptstadt verlassen, weil ihre Gesundheit durch dies
unaufhörliche Gesellschaftstreiben, diese Tausendundeine Nacht von
Bällen und Maskeraden Schaden genommen hatte. Gegen Ende des
Winters hatte es sich herausgestellt, daß ihre Brust stark angegriffen sei,
weshalb der Arzt Landluft, Ruhe und Milch verordnet hatte, lauter
Dinge, die sich an ihrem jetzigen Aufenthaltsorte köstlich beisammen
fanden. Aber auch eine unerträgliche Langeweile fand sich hier, und
noch war Edele keine Woche auf dem Lande gewesen, als sie schon von
einem verzehrenden Heimweh nach Kopenhagen ergriffen wurde. Einen
Brief nach dem anderen füllte sie mit Bitten, daß man ihrer Verbannung
doch ein Ende machen möge, und sie sprach es offen aus, daß ihr das
Heimweh mehr Schaden zufüge, als die Landluft ihr gut tue. Aber der
Arzt hatte den Etatsrat zu ängstlich gemacht, als daß er es nicht für
seine Pflicht gehalten hätte, ihren bitterlichen Klagen gegenüber taub
zu bleiben.

Es waren nicht eigentlich die Vergnügungen, was sie so schmerzlich
entbehrte, sondern daß sie dem Bedürfnisse nicht genügen konnte, ihr
Leben hörbar in der geräuschvollen Luft der großen Stadt verklingen
zu lassen; herrschte doch auf dem Lande eine Stille in Gedanken, in
Worten, in Augen, in allem, so daß man unausgesetzt sich selber hörte,
mit derselben unvermeidlichen Bestimmtheit, mit der man in einer
schlaflosen Nacht das Ticken der Uhr vernimmt. Und dann zu wissen,
daß die da drüben lebten, weiter lebten wie früher, es war ihr, als sei
sie bereits gestorben und höre in der stillen Nacht die Töne des Ballsaales
über ihrem Grabe.

Hier war niemand, mit dem sie sprechen konnte, denn man erfaßte
ihre Worte nicht in der feineren Bedeutung, die gerade das Leben der
Worte ausmacht; man verstand sie wohl, es war ja Dänisch, aber mit
jenem matten Ungefähr, mit dem man eine fremde Sprache versteht,
die man nicht zu hören gewohnt ist. Die Leute ahnten ja nicht, auf wen
oder auf was sie durch jene schärfere Betonung eines Satzes anspielte,
sie ließen es sich nicht träumen, daß dies kleine Wort ein Zitat war,
oder daß jenes andere, gerade in dieser Zusammensetzung, eine neue
Einkleidung eines allgemein bekannten Witzes sei. Sie selber sprachen
mit einer bitteren Magerkeit, so daß man das Knochengerüste der

Grammatik zwischen den einzelnen Sätzen herausfühlen konnte, sprachen mit einer buchstäblichen Anwendung der Wörter, als hätten sie sie eben frisch den Spalten des Wörterbuches entnommen. Schon die Art und 40 Weise, wie sie »Kjöbenhavn« sagten! Bald mit einer gedeckten Betonung, als sei es ein Ort, an dem man kleine Kinder verzehre, bald mit einer Entfernung in der Stimme, als handle es sich um eine Stadt im Innern von Afrika, oder auch mit einem feierlichen Tone, als klinge die Weltgeschichte hindurch, ganz so, wie sie Ninive oder Karthago gesagt haben würden. Keiner von ihnen konnte Kjöbenhavn sagen, so daß es eine Stadt wurde, die sich vom Westtor bis zur Zollbude erstreckte, zu beiden Seiten der Östergade und von Kongens Nytorv. Und so war es mit allem, was sie sagten; und mit allem, was sie taten, war es ebenso.

Es gab nichts auf Lönborggaard, was ihr nicht mißfallen hätte: diese Mahlzeiten, die sich nach der Sonne richteten, dieser Lavendelduft in den Schränken und Schubladen, diese spartanischen Stühle, alle diese Provinzmöbel, die sich so eng an die Wände schmiegten, als sei ihnen bange vor den Leuten. Auch die Luft war ihr widerwärtig: man konnte keinen Spaziergang machen, ohne einen derben Duft von Wiesenheu und Feldblumen in seinem Haar und seinen Kleidern mit heimzubringen, als sei man in ein Wagehaus eingesperrt gewesen.

Und dann – Tante genannt zu werden, Tante Edele! Wie das klang!

Daran gewöhnte sie sich indessen mit der Zeit, aber im Anfang war ihr Verhältnis zu Niels aus diesem Grunde sehr kühl.

Niels war das ganz einerlei. 41

Da geschah es an einem Sonntag, Anfang August, daß Lyhne und seine Frau in die Nachbarschaft gefahren, und Niels und Fräulein Edele allein zu Hause geblieben waren. Am Vormittag hatte Edele Niels gebeten, ihr einige Kornblumen zu pflücken, er hatte es aber vergessen, und erst am Nachmittag, als er mit Frithjof umherschlenderte, erinnerte er sich daran. Er pflückte die Blumen und lief damit nach Hause.

Die Stille, die im ganzen Hause herrschte, erweckte in ihm die Vorstellung, daß die Tante schlafe, und vorsichtig schlich er durch die Zimmer. Auf der Schwelle zum Saal hielt er inne und bereitete sich darauf vor, ganz leise zu Edelens Tür hinüberzugehen. Das Zimmer war voll Sonnenschein, und ein großer, blühender Oleander machte die Luft beklommen mit seinem süßen Mandelduft. Der einzige Laut, der hörbar war, kam vom Blumentische her, wo die Goldfische in ihrem Glasgefäß plätscherten.

Niels ging leise über den Fußboden. Dabei hielt er die Arme in der Schwebe und die Zunge zwischen den Zähnen.

Behutsam faßte er den Türgriff an, der, von der Sonne durchglüht, ihm in der Hand brannte; langsam und vorsichtig, mit gerunzelter Stirn und zusammengekniffenen Augen, drehte er ihn herum.

Jetzt öffnete er die Tür ein wenig, beugte sich durch die Öffnung vor und legte die Blumen auf einen Stuhl, der neben der Tür stand. Es war dunkel im Zimmer, als wären die Vorhänge geschlossen, und die Luft war gleichsam feucht von Duft, von Rosenölduft.

In seiner gebückten Stellung sah er nichts als den hellen Strohteppich, der auf dem Fußboden lag, die Holzverkleidung unter dem Fenster und den lackierten Fuß eines Pfeilertisches; als er sich aber aufrichtete, um sich zurückzuziehen, erblickte er die Tante.

Sie lag ausgestreckt auf dem seegrünen Atlas des Ruhebetts, in ein phantastisches Zigeunerkostüm gekleidet. Sie lag auf dem Rücken, den Kopf zurückgebeugt, das Kinn in der Luft; ihr langes, aufgelöstes Haar floß über die Lehne des Ruhebettes auf den Teppich herab. Eine künstliche Granatblüte auf dem bronzefarbenen Lederschuh glich einer Insel in mattgoldenem Strom.

Die Farben ihres Anzuges waren mannigfaltig, aber alle gedämpft. Ein Mieder von schwerem, glanzlosem Stoff, buntgemustert mit dunkelblauen, blaßroten, grauen und orangefarbenen Flammen, umschloß ein weißseidenes Hemd mit weiten Ärmeln, die bis an den Ellenbogen reichten. Die Seide hatte einen rötlichen Schimmer und war mit einzelnen Fäden roten Goldes leicht durchwirkt. Ihr Rock von aurikelfarbenem Samt ohne Kante war nicht zusammengerafft, sondern umfloß sie lose, bildete schiefe Falten von unten nach oben und hing von dem Ruhebett auf die Erde herab. Vom Knie abwärts waren ihre Beine entblößt, und die übers Kreuz gelegten Knöchel hatte sie mit einer großen Halskette von blaßroten Korallen zusammengebunden. Auf dem Fußboden lag ein geöffneter Fächer, dessen Zeichnung ein zu einem Rad geordnetes Kartenspiel darstellte, in geringer Entfernung davon lagen ein paar braune, seidene Strümpfe, der eine zusammengezogen, der andere flach ausgebreitet, so daß man die ganze Form derselben und den roten Zwickel deutlich erkennen konnte.

In demselben Augenblick, wo Niels sie erblickte, hatte auch sie ihn schon gesehen. Sie machte unwillkürlich eine Bewegung, wie um sich zu erheben, bezwang sich aber und blieb ruhig liegen, wendete nur den Kopf ein wenig und schaute Niels fragend an.

»Da sind sie«, sagte er und trat mit den Blumen an sie heran.

Sie streckte die Hand danach aus, verglich mit einem flüchtigen Blick die Farbe der Blumen mit der Farbe ihres Gewandes und ließ sie mit einem müden Unmöglich! fallen.

Mit einer abwehrenden Bewegung der Hand hinderte sie Niels, die Blumen aufzuheben.

»Gib mir das da«, sagte sie und zeigte auf ein rotes Fläschchen, das auf einem zerknitterten Taschentuch neben ihren Füßen lag.

Niels trat an das Fußende des Ruhebettes, er war dunkelrot geworden, und indem er sich hinabbeugte über diese mattweißen, sich langsam rundenden Beine und über diese langen, schmalen Füße, die in ihren fein geschweiften Formen etwas von der Intelligenz der Hand hatten, überfiel ihn ein Schwindel, und als sich in demselben Augenblick der eine Fuß mit einer plötzlichen Bewegung krümmte, war er nahe daran, umzufallen.

»Wo hast du die Kornblumen gepflückt?« fragte Edele.

Niels raffte sich auf und wandte sich nach ihr um. »Sie standen zwischen dem Roggen auf dem Pfarracker«, antwortete er mit einer Stimme, über die er sich selber wundern mußte, es war so viel Klang darin. Ohne aufzublicken, reichte er ihr das Fläschchen.

Edele bemerkte seine Erregtheit und sah ihn staunend an. Plötzlich errötete sie, stützte sich auf den einen Arm und zog die Beine unter den Rock. »Geh, geh, geh, geh!« sagte sie halb ärgerlich, halb verlegen, und bei jedem Wort sprengte sie etwas von der Rosenessenz auf Niels.

Niels ging.

Als er zur Tür hinaus war, ließ sie langsam die Beine von dem Ruhebett herabgleiten und betrachtete sie neugierig.

Mit hastigem, unsicherem Gang eilte Niels durch die Stuben auf sein Zimmer. Er war ganz verwirrt, er fühlte eine so wunderbare Mattigkeit in seinen Knien und hatte ein Gefühl im Halse, als müßte er ersticken. Dann warf er sich auf das Sofa und schloß seine Augen, aber er konnte keine Ruhe finden. Es war eine unbegreifliche Unruhe über ihn gekommen, das Atemholen ward ihm so schwer, er empfand eine quälende Angst, das Licht schmerzte ihn trotz der geschlossenen Augen.

Nach und nach wurde das anders, es war, als umfächelte ihn ein warmer, drückender Atem, der ihn so hilflos machte, so matt. Er hatte ein Gefühl, wie man es wohl im Traume hat, uns ruft etwas, wir wollen so gern kommen, aber es ist uns nicht möglich, einen Fuß zu bewegen, unsere Ohnmacht treibt uns das Blut siedend heiß durch die Adern, die Sehnsucht fortzukommen verzehrt uns, die rufende Stimme, die ja nicht weiß, daß wir gebunden sind, treibt uns zum Wahnsinn. Und Niels stöhnte wie ein Fieberkranker, er sah sich im Zimmer um, noch niemals hatte er sich so unglücklich gefühlt, so einsam, so verstoßen und verlassen.

Er setzte sich ans Fenster in den Sonnenschein und weinte bitterlich.

Von diesem Tage an fühlte sich Niels ängstlich beglückt durch Edelens Nähe. Sie war kein Mensch mehr, wie alle die anderen, sondern ein wunderbares höheres Wesen, göttlich geworden durch das Geheimnis einer seltsamen Schönheit, und es war eine süße Wonne, sie anzuschauen, in seinem Herzen vor ihr zu knien, in selbstvernichtender Demut im Staube vor ihren Füßen zu kriechen. Zuweilen aber steigerte sich sein Gefühl der Anbetung derart, daß es sich in einem äußeren Zeichen der Unterwerfung Luft machen mußte, und dann erspähte er einen günstigen Augenblick, um sich in Edelens Zimmer zu schleichen und heiße Küsse in unendlicher Zahl auf den kleinen Teppich vor ihrem Bett zu pressen, auf ihre Schuhe oder sonst auf irgendeine Reliquie, die sich seiner Leidenschaft darbot.

Als ein großes Glück betrachtete er den Umstand, daß seine Sonntagsjacke gerade in der Zeit zum Alltagsdienst erniedrigt wurde, denn in dem Duft, den jene Tropfen Rosenessenz hinterlassen hatten, besaß er einen mächtigen Talisman, der ihm gleichsam in einem Zauberspiegel Edele so zeigte, wie er sie gesehen hatte, in dem Maskeradenkostüm auf dem grünen Ruhebett liegend.

In der Geschichte, die er Frithjof erzählte, kehrte dies Bild unablässig wieder, und der unglückliche Frithjof war jetzt nie mehr sicher vor barfüßigen Prinzessinnen: schleppte er sich durch die Dickichte des Urwaldes dahin, so riefen sie ihn aus ihrer Hängematte von Lianen an, suchte er in einer Berghöhle Schutz vor der Wut des Orkans, so erhoben sie sich von ihrem Lager aus samtweichem Moos und hießen ihn willkommen, und sprengte er, pulverdampfgeschwärzt, blutbefleckt, mit kräftigem Säbelhieb die Kajüte des Piraten, so fand er sie auch dort, hingegossen auf dem grünen Sofa des Kapitäns. Sie langweilten ihn sehr, und er konnte gar nicht fassen, warum sie plötzlich so notwendig geworden waren für die lieben Helden. –

Wie himmelhoch ein Menschenkind auch seinen Thron gestellt haben mag, wie fest es auch die Tiara der Ausnahme, die Genie bedeuten soll, auf seine Stirn gedrückt hat, es kann sich doch niemals sicher davor fühlen, daß es nicht einmal gleich König Nebukadnezar die seltsame Lust anwandelt, auf allen vieren zu gehen und mit den niederen Tieren des Feldes Gras zu fressen.

47

Also geschah es Herrn Bigum, indem er sich ganz einfach in Fräulein Edele verliebte. Und es half ihm nichts, daß er, um diese Liebe zu entschuldigen, die Weltgeschichte veränderte, es half ihm auch nichts, daß er Edelen Beatrice, Laura oder Vittoria Colonna nannte, denn alle die künstlichen Glorien, mit denen er seine Liebe schmückte, erloschen ebenso schnell, wie er sie angezündet hatte, von der unleugbaren Wahrheit, daß er sich in Edelens Schönheit verliebt hatte, und daß es nicht die Eigenschaften des Herzens oder des Geistes waren, die es ihm angetan hatten, sondern einzig und allein ihre Eleganz, ihr leichter Weltton, ihre Sicherheit, ja sogar ihre graziöse Unverschämtheit. Es war nach jeder Richtung hin eine Liebe, die ihn mit schamvoller Verwunderung über den Wankelmut der Menschenkinder erfüllen mußte.

Und was tat das denn schließlich? Was hatten sie denn alle zu sagen, diese ewigen Wahrheiten und flüchtigen Lügen, die wie Ringe ineinander griffen und den schweren Panzer bildeten, den er seine Überzeugung nannte, was hatten die gegen seine Liebe zu sagen? Sie waren ja das Mark und der Kern des Lebens, da konnten sie ihre Stärke beweisen; waren sie schwächer, nun so mußten sie brechen; waren sie aber stärker – Aber sie waren ja gebrochen, auseinander gezerrt wie das Gewebe morscher Fäden. Was kümmerte sie sich um die ewigen Wahrheiten! Und die großartigen Visionen, was halfen ihm die? Die Gedanken, welche die Tiefe der Unendlichkeit erforschten, konnte er sie mit ihnen erringen? Es war ja alles wertlos, was er besaß! Leuchtete auch seine Seele in einer Pracht, welche die Sonne tausendfach überstrahlte, was nützte ihm das, wenn er sie unter dem armutshäßlichen Filz einer Diogeneskappe verbarg? Form, Form! gebt mir die dreißig Silberlinge der Form für meinen Inhalt! Gebt mir den Körper eines Alcibiades, den Mantel eines Don Juan und den Rang eines Kammerjunkers!

48

Aber das alles besaß er nun einmal nicht, und Edele fühlte sich keineswegs sympathisch berührt von dieser plumpen Philosophennatur, die die Regungen des Lebens nur in der barbarischen Nacktheit der Abstraktionen betrachtet hatte, und die deswegen in ihren Äußerungen etwas lärmend Absolutes hatte, das sich mit unangenehmer Sicherheit vordrängte, etwa wie eine verkehrt angebrachte Trommel in einem melodischen Konzert. Das Angestrengte, was er an sich hatte, daß sich sein Gedanke jeder kleinen Frage gegenüber gleichsam mit gespannten Muskeln in Position stellte, wie ein starker Mann, der mit eisernen Kugeln spielen will, das machte ihn in ihren Augen lächerlich, und es ärgerte sie, wenn er, getrieben von einer urteilssüchtigen Moral, das Inkognito jedes leicht angedeuteten Gefühles verriet, indem er es unerzogenerweise bei seinem rechten Namen nannte, gerade in dem Augenblick, wo es im flüchtigen Lauf des Gespräches an ihm vorübereilen wollte.

Bigum wußte sehr wohl, welch unvorteilhaften Eindruck er machte, und wie völlig hoffnungslos seine Liebe war; aber er wußte es so, wie man etwas weiß, wenn man mit der ganzen Macht der Seele hofft, daß dies Wissen auf einem Irrtum beruhen möge. Es gibt noch Wunder, und wenn die Wunder auch nicht gerade geschehen, so könnten sie doch geschehen. Wer weiß? Vielleicht irrt man, vielleicht täuschen uns unser Verstand, unsere Einbildungskraft oder unsere Sinne trotz ihrer tageshellen Klarheit, vielleicht kommt es nur darauf an, den unvernünftigen Mut zu haben und dem Irrlicht der Hoffnung zu folgen, das über der wilden Gärung der Leidenschaften brennt. Erst wenn die Tür der Entscheidung hinter uns ins Schloß gefallen ist, graben sich die eisenkalten Klauen der Gewißheit in unsere Brust, um sich langsam, langsam im Herzen zu sammeln um den nervenfeinen Faden der Hoffnung, an dem die Welt unseres Glückes hängt; dann wird der Faden zerschnitten, und das, was er trug, fällt und wird zermalmt, und durch die schreckliche Leere dringt der wilde Schrei der Verzweiflung.

Niemand verzweifelt, so lange er noch im Zweifel ist. –

An einem sonnigen Septembernachmittage saß Edele draußen auf der Plattform der breiten, altmodischen Holztreppe, die in fünf, sechs Stufen aus dem Gartenzimmer in den Garten hinabführte. Die Glastüren hinter ihr waren weit geöffnet und gegen die Mauer mit ihrer bunten, leuchtend roten und grünen Bekleidung von wildem Wein gelehnt. Sie stützte ihr Haupt gegen den Sitz eines Stuhles, der mit großen, schwarzen Mappen belastet war, und hielt einen Kupferstich mit beiden Händen vor sich hin. Kolorierte Blätter, welche byzantinische Mosaike wiedergaben, in denen Blau und Gold vorherrschten, lagen auf dem verblichenen Grün der Binsenmatte, auf der Türschwelle und dem eichenbraunen

Parkettfußboden der Gartenstube ausgebreitet. Am Fuße der Treppe lag ein weißer Schutzhut, denn Edele war barhäuptig und trug keinen andern Schmuck als eine Blume von Goldfiligran, deren Muster zu dem Armband paßte, das sie hoch oben am Arme trug. Ihr weißes Kleid, aus halbklarem Stoff mit schmalen, seidenblanken Streifen, hatte eine eingewebte Kante von grauer und orangefarbener Chenille und war mit Rosetten in denselben beiden Farben besetzt. Helle Halbhandschuhe bedeckten ihre Hände und reichten bis über den Ellenbogen hinauf. Sie waren, wie ihre Schuhe, von perlgrauer Seide.

Durch die herabhängenden Zweige einer uralten Esche sickerte das goldene Sonnenlicht strahlenweise auf die Treppe herab und bildete in dem dämmerigen, halbklaren Schatten einen leuchtenden Strom, der die Luft umher mit goldenem Staub erfüllte und helle Flecken auf die Stufen der Treppe, auf die Tür und an die Wand zeichnete, Sonnenfleck neben Sonnenfleck, so daß es war, als leuchtete durch einen löcherigen Schatten alles dem Licht mit eigenen Farben entgegen, weiß von Edelens weißem Kleide, purpurblutig von den Purpurlippen, und bernsteingelb von dem bernsteinblonden Haar. Und ringsumher in hundert anderen Farben, in Blau, in Gold, in Eichenbraun, in glasblankem Spiegelglanz, in Rot und Grün.

Edele ließ den Kupferstich fallen und erhob hoffnungslos ihren Blick: ihre Augen sprachen in stummer Klage den Seufzer aus, den zu seufzen sie zu müde war. Dann setzte sie sich mit einer Bewegung zurecht, als wollte sie ihre Umgebungen ausschließen und sich in sich selber zurückziehen.

In demselben Augenblick kam Herr Bigum des Weges.

Edele sah ihn mit einem müden Blinzeln an, gerade so wie ein Kind, das zu gut liegt und zu müde ist, um sich zu rühren, das aber doch zu neugierig ist, um seine Augen zu schließen.

Herr Bigum hatte einen neuen Filzhut auf, er war ganz in sich selbst vertieft und gestikulierte so lebhaft mit seiner Tombakuhr, die er in der Hand hielt, daß die dünne, silberne Halskette, an der die Uhr befestigt war, jeden Augenblick zu zerreißen drohte. Mit einer plötzlichen Bewegung steckte er die Uhr unsanft in seine Tasche, schüttelte ungeduldig den Kopf, faßte mit ärgerlichem Griff in den Kragenaufschlag seines Rockes und schritt dann weiter mit einem zornigen Schlenkern der Glieder und einem Gesicht, das der ganze hoffnungslose Kummer verfinsterte, der in einem Manne kocht, der vor seinen eigenen peinigenden Gedanken flüchtet und dabei doch weiß, daß er vergebens flieht.

Edelens Hut, wie er da am Fuße der Treppe lag, weiß schimmernd gegen die schwarze Erde des Weges, hemmte ihn in seiner Flucht. Er nahm ihn vorsichtig mit beiden Händen auf, in demselben Augenblick sah er Edele und blieb, unschlüssig, was er sagen sollte, stehen, ohne ihr den Hut zu reichen. Nicht einen Gedanken konnte er in seinem Gehirn entdecken, nicht ein einziges Wort wollte ihm über die Lippen, und mit einem dumpfen Ausdruck gelähmten Tiefsinnes starrte er vor sich hin.

»Das ist ein Hut, Herr Bigum«, warf Edele hin, um nicht bei diesem verlegenen Schweigen selbst verlegen zu werden.

»Ja«, erwiderte der Hauslehrer eifrig, als wäre er entzückt darüber, von ihr eine Ansicht bestätigen zu hören, die er sich auch gerade gebildet hatte; aber in demselben Augenblick errötete er über die Unbeholfenheit dieser Antwort.

»Er lag hier«, fügte er schnell hinzu, »hier auf der Erde, so – so lag er«, und er beugte sich herab und zeigte, wie der Hut gelegen hatte, mit der ganzen gedankenlosen Umständlichkeit des Verlegenseins, und beinahe glücklich über die Erleichterung, die es ihm gewährte, ein Lebenszeichen von sich geben zu können, wie armselig es auch sein mochte. Und noch immer stand er da mit dem Hut in der Hand.

»Wollen Sie den Hut behalten?« fragte Edele. Bigum wußte nicht, was er antworten sollte.

»Ich meine, ob Sie ihn mir nicht geben wollen?« erklärte sie.

Bigum ging ein paar Stufen hinauf und reichte ihr den Hut. »Fräulein Lyhne«, sagte er, »Sie glauben – Sie dürfen nicht glauben, Fräulein Lyhne – bitte, lassen Sie mich reden; das heißt – ich will ja auch nichts sagen, haben Sie nur Geduld mit mir! Ich liebe Sie, Fräulein Lyhne, unsagbar, unsagbar, es ist mir nicht möglich, zu sagen, wie ich Sie liebe! O, wenn es ein Wort gäbe, das die bewundernde Furcht eines Sklaven, das ekstatische Lächeln eines Märtyrers, das namenlose Heimweh eines Verwiesenen, eines Landesverwiesenen in sich trüge, so würde ich das Wort wählen, um damit auszudrücken, wie sehr ich Sie liebe. O, lassen Sie mich reden, hören Sie mich an, hören Sie mich an, stoßen Sie mich nicht von sich. Denken Sie nicht, daß ich Sie durch wahnsinnige Hoffnungen beleidige, ich weiß, wie gering ich in Ihren Augen bin, wie plump, wie abstoßend! Ich vergesse keinen Augenblick, daß ich arm bin, ja, Sie sollen es hören, so arm, daß ich meine Mutter in einem Armenhause wohnen lassen muß, ich muß es, muß es, so bitter arm bin ich. Ja, Fräulein Lyhne, ich bin nur ein niedrig dienender Mann, der das Brot Ihres Bruders ißt, und doch gibt es eine Welt, in der ich herrsche, und zwar mächtig, stolz, reich, umgeben von Siegesglanz, edel, geadelt durch denselben Trieb, der Prometheus veranlaßte, das Feuer aus dem Himmel der Götter zu holen, und dort bin ich Ihr Bruder, der Bruder aller Geistesheroen, die die Welt getragen hat, die die Welt noch trägt; o, ich verstehe sie, wie nur Ebenbürtige einander verstehen; kein Flug, den sie geflogen, war zu hoch für die Kraft meiner Schwingen. Verstehen Sie mich, glauben Sie mir? Ach, glauben Sie mir nicht, es ist ja alles nicht wahr, ich bin nichts als die niedrig geborene Koboldsgestalt, die Sie hier sehen. Es ist alles vorbei; denn die furchtbare Verirrung dieser Liebe hat meine Schwingen gelähmt, meine geistigen Augen verlieren ihre Sehkraft, mein Herz verdorrt, meine Seele verblutet zu der Blutlosigkeit der Feigheit – o, erlösen Sie mich von mir selber, Fräulein Lyhne, wenden Sie sich nicht höhnend ab, weinen Sie, weinen Sie über mich!«

Er war mitten auf der Treppe auf beide Knie gesunken und rang die Hände. Sein Gesicht war bleich und verzerrt, er biß die Zähne in wildem Schmerz zusammen, die Augen schwammen in Tränen, seine ganze Gestalt erbebte vor unterdrücktem Schluchzen, daß man nur ein pfeifendes Atmen vernahm.

Edele hatte sich nicht von der Plattform erhoben. »Fassen Sie sich doch, Mensch!« sagte sie in mitleidigem Tone, »fassen Sie sich, lassen Sie sich doch nicht so hinreißen, seien Sie ein Mann! Hören Sie, Herr Bigum, stehen Sie auf, gehen Sie ein wenig im Garten auf und ab und versuchen Sie, sich wieder zu beruhigen!«

»Und können Sie mich denn wirklich nicht lieben?« stöhnte Bigum fast unhörbar; »o, es ist furchtbar! es gibt nichts in meiner Seele, was ich nicht ausrotten, nicht vertilgen würde, wenn ich Sie dadurch gewinnen könnte. Nein, nein, wenn man mir die Wahl stellte, wahnsinnig zu werden, und ich in den Visionen dieses Wahnsinnes Sie besitzen könnte, Sie besitzen, dann würde ich sagen: Hier habt ihr mein Gehirn, greift mit schonungsloser Hand hinein in sein wundervolles Gebäude und zerreißt alle die feinen Fasern, mit denen mein Selbst an den strahlenden Triumphwagen des Menschengeistes geknüpft ist, laßt mich zurücksinken in den Kot der Materie, unter die Räder des Wagens, laßt die andern die Pfade ihrer Herrlichkeit ziehen, entgegen dem Lichte! Verstehen Sie mich? Begreifen Sie, daß ich Ihre Liebe, selbst wenn sie, ihres Glanzes, der Majestät ihrer Reinheit beraubt, zu mir käme, besudelt, ein Zerrbild wahrer Liebe, ein krankes Phantom, daß ich sie selbst dann annehmen würde, demütig kniend, als wäre sie die heilige Hostie. Aber das Beste in mir ist umsonst, auch das Schlechte in mir ist vergebens. Ich rufe die Sonne an, aber sie scheint nicht, ich rufe den Himmel an, aber er antwortet nicht. Antworten! Welche Antwort gäbe es wohl auf meine Leiden? Nein, diese unsäglichen Qualen, die mein innerstes Wesen bis in seine geheimsten Wurzeln zersplittern, diese peinigenden Schmerzen, sie berühren Sie nur unangenehm, sind für Sie nur eine kleine, unbedeutende Beleidigung, und in Ihrem Herzen lächeln Sie höhnisch über die unmögliche Leidenschaft des armen Hauslehrers.«

»Sie tun mir unrecht, Herr Bigum«, versetzte Edele und erhob sich – Bigum erhob sich gleichfalls –, »ich lache nicht; Sie fragen mich, ob Sie die geringste Hoffnung haben, und ich antworte Ihnen: Nein, Sie haben nicht die geringste Hoffnung; zum Lachen ist das aber ganz und gar nicht. Doch will ich Ihnen noch etwas sagen: von dem ersten Augenblicke an, als Sie anfingen, an mich zu denken, hätten Sie wissen können, wie meine Antwort ausfallen würde, und Sie haben es auch gewußt, nicht wahr, Sie haben es die ganze Zeit hindurch gewußt, und doch haben Sie alle Ihre Gedanken und Wünsche dem Ziele entgegengetrieben, von dem Sie wußten, daß Sie es nicht erreichen konnten. Ihre Liebe beleidigt mich keineswegs, Herr Bigum, aber ich verurteile sie. Sie haben getan, was so viele andere tun! Wir schließen unsere Augen vor dem wirklichen Leben, wir wollen das Nein, welches das Leben unseren Wünschen entgegenruft, nicht hören, wir wollen den tiefen Abgrund, den es uns zeigt, vergessen, den Abgrund, der sich zwischen unserer Sehnsucht und ihrem Gegenstande befindet. Wir wollen unseren Traum verwirklichen. Das Leben aber rechnet nicht mit Träumen, auch nicht das geringste Hindernis läßt sich aus dem Leben hinwegträumen, und so liegen wir denn schließlich jammernd am Abgrunde, der sich nicht verändert hat, der noch immer so ist, wie er von Anfang an gewesen war, nur wir selbst sind verändert, wir haben alle unsere Gedanken durch die Träume erregt, wir haben unsere Sehnsucht zu übermenschlicher Spannung hinaufgeschraubt. Der Abgrund aber ist nicht schmaler geworden, und alles in uns sehnt sich schmerzlich danach, hinüberzugelangen. Aber nein, nein, immer nein, nichts als nein! Hätten wir nur auf uns geachtet, solange es noch Zeit war – jetzt aber ist es zu spät, wir sind unglücklich!«

Sie schwieg, gleichsam erwachend. Ihre Stimme war ruhig gewesen, suchend, als spräche sie mit sich selber; jetzt aber wurde sie abweisend, kalt und hart.

»Ich kann Ihnen nicht helfen, Herr Bigum, Sie sind mir nichts von alledem, was Sie mir zu sein wünschen; wenn Sie das unglücklich macht, so müssen Sie unglücklich sein, wenn Sie leiden, so leiden Sie nur, es muß auch Wesen geben, die leiden! Hat man einen Menschen zu seinem Gott gemacht, zum Herrn seines Schicksals, so muß man sich auch dem Willen seiner Gottheit beugen; klug ist es aber niemals, sich Götter zu machen und seine Seele in die Gewalt eines anderen zu geben, denn es gibt Götter, die nicht von ihrem Piedestal herabsteigen wollen. Seien Sie vernünftig, Herr Bigum! Ihre Gottheit ist so gering, ist der Anbetung nicht wert, wenden Sie sich ab von ihr, und werden Sie glücklich mit einer von den Töchtern der Erde!«

Mit einem matten Lächeln ging sie durch das Gartenzimmer ins Haus. Bigum sah ihr vernichtet nach. Eine Viertelstunde lang ging er noch vor der Treppe auf und nieder, alle die Worte, die sie gesprochen hatte, klangen noch in der Luft; sie war eben erst gegangen, es war ihm, als zögere da noch ein Schatten von ihr, als könne sein Flehen sie noch erreichen, als sei noch nicht alles hoffnungslos vorbei. Aber dann kam das Hausmädchen, sammelte die Kupferstiche und trug den Stuhl ins Haus, und die Mappen, die Binsendecke – alles.

Und dann konnte auch er gehen.

Oben in dem geöffneten Fenster der Bodenkammer saß Niels und starrte ihm nach. Er hatte die ganze Unterhaltung von Anfang bis zu Ende mit angehört, und es lag ein entsetzter Ausdruck auf seinem Antlitz, ein nervöses Zucken ging durch seinen Körper. Er hatte zum erstenmal Furcht empfunden vor dem Leben, zum erstenmal wirklich begriffen, daß, wenn das Leben einen Menschen zum Leiden verurteilt hat, dies Urteil weder eine Drohung noch eine Phantasie ist; dann wird man zur Folterbank geschleppt und gemartert, und es kommt keine märchenhafte Befreiung im letzten Augenblick, kein plötzliches Erwachen wie aus einem bösen Traume.

Das war es, was ihm in ahnungsvoller Angst klar geworden war. –

Es wurde kein guter Herbst für Edele, und der Winter vernichtete ihre Kräfte so völlig, daß der Frühling, als er endlich kam, nicht einmal mehr einen armseligen, erfrorenen Lebenskeim vorfand, gegen den er gut sein konnte und liebreich und warm; er fand nur noch ein Hinwelken, dem keine Milde, keine Wärme Einhalt tun konnte, alles, was er vermochte, war Linderung zu bringen. Er konnte seine Lichtfluten über die Erbleichende ausgießen und duftig lind der entweichenden Lebenskraft das Geleite geben, gleichwie die purpurne Abendröte noch zögernd weilt, wenn der Tag bereits erstorben ist.

Es war im Mai, als das Ende kam, ein Tag voller Wonne, einer von jenen Tagen, an denen die Lerche nimmer schweigt, an denen der Roggen so rasch wächst, daß man es mit den Augen sehen kann. Draußen vor ihrem Fenster standen die großen, blütenweißen Kirschbäume. Sträuße aus Schnee, Kränze aus Schnee, Kuppeln, Bogen, Girlanden, eine Feenarchitektur aus weißen Blüten und dazu als Hintergrund der tiefblaue Himmel.

Sie fühlte sich an jenem Tage so matt, und doch so leicht in ihrer Mattigkeit, so wunderbar leicht, und sie wußte, was da kommen würde, denn am Vormittag hatte sie Bigum rufen lassen und hatte Abschied von ihm genommen.

Der Etatsrat war von Kopenhagen herübergekommen, und den ganzen Nachmittag saß der schöne, weißhaarige Mann an ihrem Bett, ihre Hand in der seinen haltend. Er sprach nicht, nur hin und wieder bewegte er die Hand, dann drückte Edele sie leise, und dann blickte sie zu ihm auf, und er lächelte ihr zu. Ihr Bruder blieb auch die ganze Zeit über bei ihr, reichte ihr die Arznei und war auch sonst im Krankenzimmer behilflich.

Sie lag so still mit geschlossenen Augen da, und heimische Bilder aus dem Leben da drüben zogen an ihr vorüber: Sorgenfris hängende Buchen, Lyngbys rote Kirche auf ihrem Sockel aus Gräbern, und das weiße Landhaus an dem kleinen Hohlweg unten am See, wo das Plankenwerk stets grün war, als habe die Feuchtigkeit es angemalt – das alles spiegelte sich vor ihrem geistigen Auge ab, nahm zu an Klarheit, nahm ab an Klarheit und verschwand wieder. Und andere Bilder folgten: da war die Bredgade, wenn die Sonne unterging und das Dunkel langsam an den Häusern heraufzog, und da war das wunderliche Kopenhagen, das man vorfand, wenn man eines Vormittags im Sommer vom Lande hereinkam. Es schien so phantastisch in seinem geschäftigen Treiben und seinem Sonnenschein, mit seinen weißgekalkten Fensterscheiben und seinem Obstduft in den Straßen; die Häuser sahen so unwirklich aus in dem grellen Licht, und es war, als läge ein tiefes Schweigen über ihnen, das selbst der Lärm und das Wagengerassel nicht vertreiben konnten. Und dann war da dieses warme, dunkle Wohnzimmer an den Herbstabenden, wenn man sich zum Theater angekleidet hatte und die anderen noch nicht fertig waren, der Duft der Räucherkerzchen, das Kaminfeuer, das hell über den Teppich hinflackerte, das Klatschen der Regentropfen gegen die Fensterscheiben, die Pferde, die ungeduldig im Torweg scharrten, der melancholische Ruf der Muschelverkäufer da unten auf der Straße, und ahnungsvoll hinter dem Ganzen das Lichtmeer des Theaters, die Musik, die Pracht!

Unter solchen Bildern verstrich der Nachmittag.

Drinnen im Saal waren Niels und seine Mutter. Niels lag vor dem Sofa auf den Knien, er hatte sein Gesicht tief in den braunen Samt vergraben und die Hände über den Scheitel gefaltet; er weinte laut und schmerzlich, ohne den geringsten Versuch zu machen, sich zu beherrschen, so völlig ging er in seinem Kummer auf. Frau Lyhne saß neben ihm. Auf dem Tische vor ihr lag ein Gesangbuch, bei den Sterbeliedern aufgeschlagen. Hin und wieder las sie einige Verse, hin und wieder beugte sie sich über den Sohn und sprach ihm Trostesworte zu oder ermahnte ihn; Niels aber ließ sich nicht trösten, und sie konnte weder seinen Tränen noch dem wilden Flehen seiner Verzweiflung Einhalt tun.

Dann erschien Lyhne in der Tür des Krankenzimmers. Er machte kein Zeichen, er blickte sie nur ernsthaft an, und sie standen beide auf und folgten ihm zu seiner Schwester. Er nahm sie beide an der Hand und trat mit ihnen ans Bett, und Edele blickte auf, schaute sie beide an und bewegte die Lippen wie zu einem Worte; dann führte Lyhne seine Frau ans Fenster und setzte sich zu ihr, während sich Niels am Fußende des Bettes auf die Knie warf.

Er weinte leise und betete mit gefalteten Händen inbrünstig und unaufhörlich in gedämpften, leidenschaftlichem Flüstern; er sagte zu Gott, daß er nicht aufhören wolle zu hoffen: Ich lasse dich nicht, Herr, ich lasse dich nicht, ehe du ja gesagt hast; du darfst sie nicht von uns nehmen, du weißt ja, wie wir sie lieben; du darfst es nicht, du darfst es nicht. Ach, ich kann ja nicht sagen: dein Wille geschehe, denn du willst sie sterben lassen; ach, laß sie doch leben, ich will dir danken und dir gehorchen, ich will alles tun, was du von mir verlangst; ich will so gut sein und niemals widerstreben, wenn du sie nur leben lassen willst.

Hörst du mich, mein Gott? O, halt ein, halt ein, mache sie wieder gesund, ehe es zu spät ist! Ich will auch – ja ich will – doch, was kann ich dir nur versprechen? – doch, ich will dir danken, dich nie, nie vergessen; ach, so erhöre mich doch, mein Gott! du siehst ja, daß sie stirbt; hörst du denn nicht? So nimm doch deine Hand fort von ihr, nimm sie fort, ich kann sie nicht verlieren; mein Gott, ich kann es nicht, laß sie doch leben! Willst du nicht, willst du nicht? O, es ist unrecht von dir!

Draußen vor dem Fenster erröteten sie wie Rosen, die weißen Blüten, im Schein der sinkenden Sonne. Blumenleicht fügte der weiße Blütenflor Bogen auf Bogen zu einer Rosenburg, zu einem Chor von Rosen; und durch die luftige Wölbung blaute der Abendhimmel dämmernd herein, während goldige Lichter mit einem Purpurschimmer in Glorienstrahlen auf allen schwebenden Girlanden des Blumentempels blitzten.

Bleich und still lag Edele da drinnen, die Hand des alten Mannes in der ihren haltend. Langsam hauchte sie das Leben aus, Zug für Zug; schwächer und schwächer hob sich die Brust, schwerer und schwerer wurden ihre Augenlider.

»Grüße – Kopenhagen!« war ihr letztes, schwaches Flüstern.

Aber ihren letzten Gruß, den hörte niemand. Nicht einmal als Hauch kam er über ihre Lippen, ihr Gruß, an ihn, den großen Künstler, den sie im geheimen mit allen Fasern ihrer Seele geliebt hatte, dem sie aber nichts gewesen war, nur ein Name, den sein Ohr kannte, nur eine fremde Gestalt mehr in einem großen, bewundernden Publikum.

Und das Licht schwand in blauer Dämmerung, und die Hände sanken matt voneinander. Die Schatten wuchsen – die Schatten des Abends und des Todes.

Der Etatsrat beugte sich herab über ihr Lager und legte seine Hand auf ihren Puls und wartete still, und als das letzte Leben entflohen war, das letzte schwache Wallen des Blutes sich gelegt hatte, da preßte er ihre bleiche Hand an seine Lippen.

»Geliebte Edele!«

Viertes Kapitel

Es gibt Menschen, die ihren Kummer auf sich nehmen und ihn tragen können, starke Naturen, die sich ihrer Stärke gerade durch die Last der Bürde bewußt werden, während sich die schwächeren Naturen ihrem Kummer hingeben, willenlos, wie man sich einer Krankheit hingeben muß; es durchdringt sie auch der Kummer wie eine Krankheit, saugt sich in ihrem innersten Wesen fest und wird eins mit ihnen, wird in ihnen in einem langsamen Kampfe umgeformt und verliert sich dann in völliger Genesung.

Aber es gibt auch Menschen, für die der Kummer eine gegen sie gerichtete Macht ist, eine Grausamkeit, die sie niemals als Prüfung oder Zuchtrute und ebensowenig als ein einfaches Schicksal ansehen lernen. Er ist für sie eine Ausgeburt der Tyrannei, etwas persönlich Feindliches, und er läßt stets einen Stachel in ihren Herzen zurück.

Es ist nicht häufig, daß Kinder so trauern, aber bei Niels Lyhne war das der Fall. Denn in der Inbrunst seines Gebetes hatte er seinem Gott gleichsam von Angesicht zu Angesicht gegenüber gestanden, er hatte sich auf den Knien vor den Thron seines Schöpfers geschleppt, voller Hoffnung, bebend vor Furcht, aber doch in dem festen Glauben an die Allmacht des Gebetes, mutig in seinem Flehen um Erhörung; und er hatte sich aus dem Staube erheben müssen, und von dannen gehen mit getäuschter Hoffnung. Er hatte mit seinem Glauben das Wunder nicht vom Himmel herunterzuholen vermocht, kein Gott hatte ihm Antwort gegeben auf sein Rufen, der Tod war, ohne einzuhalten, auf seine Beute losgeschritten, als sei kein Wall von inbrünstigen Gebeten schützend zum Himmel aufgetürmt.

Es entstand eine tiefe Stille in ihm.

Sein Glaube war blindlings gegen die Pforten des Himmels angeflogen, und nun lag er mit geknickten Schwingen auf Edelens Grab. Denn er hatte geglaubt, er hatte jenen geraden Märchenglauben besessen, den man so oft bei Kindern findet. Es ist nicht der Gott des Lehrbuches, an den die Kinder glauben, es ist der mächtige, alttestamentliche Gott, der Adam und Eva so herzlich geliebt hat, dem gegenüber das ganze Men- schengeschlecht, Könige, Propheten, Pharaonen, nichts sind als artige oder unartige Kinder, dieser gewaltige, väterliche Gott, der mit dem Zorne eines Riesen zürnt, und der gütig ist mit der ganzen Gutmütigkeit eines solchen, der kaum das Leben erschaffen hat und auch schon den Tod darauf entfesselt, der seine Erde mit den Wassern seines Himmels ersäuft, der Gesetze herniederdonnert, die viel zu schwer sind für das Geschlecht, das er erschaffen hat, und der dann zu Kaiser Augustus' Zeit Mitleid mit den Menschen empfindet und seinen Sohn in den Tod gibt, damit das Gesetz gebrochen werden kann, indem es gehalten wird. Dieser Gott, der stets ein Wunder bereit hat, ist der Gott, zu dem die Kinder reden, wenn sie beten. Dann kommt wohl einmal ein Tag, wo sie verstehen, daß sie in dem Erdbeben, das Golgatha erschütterte und die Gräber sprengte, zum letztenmal seine Stimme gehört haben, und daß jetzt, nachdem der Vorhang seines Allerheiligsten zerrissen ist, das Jesuskind regiert, und von dem Tage an beten sie anders.

So weit war Niels noch nicht gekommen. Wohl hatte er in gläubigem Sinne Jesum auf dessen Erdenwanderung begleitet; aber die Tatsache, daß dieser sich stets dem Vater unterordnete, so machtlos einherging und so menschlich litt, hatte für ihn die Göttlichkeit beeinträchtigt; er hatte in ihm nur den gesehen, der den Willen des Vaters tat, nur den Sohn Gottes, nicht Gott selber; und darum hatte er auch zu Gott dem Vater gebetet, und nun hatte Gott der Vater ihn in seiner bitteren Not im Stich gelassen. Aber hatte sich Gott von ihm abgewandt, so konnte auch er sich von Gott wenden. Hatte Gott kein Ohr, so hatte auch er keine Lippen, hatte Gott keine Gnade, so hatte auch er keine Gottesverehrung mehr. Und er trotzte und stieß Gott aus seinem Herzen.

An dem Tage, an welchem Edele begraben ward, stampfte er jedesmal, wenn der Prediger den Namen des Herrn nannte, verächtlich mit dem Fuße in die Erde des Grabes, und wenn er seitdem auf den Namen Gottes in Büchern oder im Munde anderer traf, so runzelte er voll Empörung die Kinderstirn. Legte er sich am Abend schlafen, so überkam ihn ein wunderbares Gefühl verlassener Größe, wenn er daran dachte, daß sie nun alle, Kinder wie Erwachsene, zu Gott beteten und ihre Augen in seinem Namen schlossen, während er allein seine Hände nicht faltete, während er allein Gott seine Huldigung verweigerte. Er war ausgeschlossen aus dem Schutze des Himmels, kein Engel wachte an seiner Seite, allein und unbeschützt trieb er umher auf den seltsam murmelnden Wassern, und die Einsamkeit senkte sich auf ihn herab und verbreitete sich, vom Lager ausgehend, in immer weiter und weiter werdenden Kreisen; aber er betete doch nicht, sehnte er sich auch bis zu Tränen danach, er rief trotzdem nicht.

Und so blieb er auch den Tag über, denn er löste sich in bitterem Trotz von der Art und Weise, zu sehen, auf die er durch seinen Unterricht hingeführt worden war, und er flüchtete mit seiner Sympathie auf die Seite derer, die vergeblich ihre Kraft dazu verwendet hatten, wider den Stachel zu löken.

In den Büchern, die er gelesen, und in dem, was man ihn gelehrt hatte, zogen Gott und die Seinen – sein Volk und seine Ideen – daher in unaufhaltsamem Siegeszuge; und er hatte mit eingestimmt in den Jubel, hingerissen von dem glückseligen Gefühl, mit zu den stolzen Legionen der Siegreichen zu zählen; denn ist nicht der Sieg stets eine gerechte Sache, ist nicht der Sieger ein Befreier, ein Förderer, ein Verbreiter des Lichts?

Jetzt aber war der Jubel in ihm verstummt, jetzt dachte er mit den Gedanken des Überwundenen, fühlte mit den Herzen der Geschlagenen, und er verstand jetzt, daß darum, weil das Siegende gut ist, das Unterliegende nicht schlecht zu sein braucht, und da nahm er denn Partei für das letztere, sagte, daß es besser, und fühlte, daß es größer sei; die Siegesstärke aber nannte er Übermacht und Gewalt. Er nahm Partei gegen Gott, aber wie ein Vasall, der wider seinen rechtmäßigen Herrn zu den Waffen greift, denn er glaubte noch immer und konnte den Glauben nicht wegtrotzen.

Sein Lehrer, Herr Bigum, war nicht die Persönlichkeit, die seine Seele wieder zurückgewinnen konnte. Im Gegenteil, Bigums Stimmungsphilosophie, die es ihm möglich machte, sich für alle Seiten einer Sache zu begeistern, heute ganz hingerissen zu sein von der einen und morgen wieder von der entgegengesetzten, führte seinen Schülern alle Dogmen vor. Er war wohl im Grunde ein christlicher Mann und würde, wenn es überhaupt möglich gewesen wäre, eine bestimmte Antwort von ihm darüber zu erlangen, was für ihn das Feste in all dem Schwankenden sei, wohl auch gesagt haben, daß es der Glaube und die Lehre der lutherisch-evangelischen Kirche sei, oder doch etwas Ähnliches; aber er war nun einmal durchaus nicht dazu gemacht, seine Schüler auf dem genau begrenzten Wege des Kirchenglaubens vorwärtszutreiben und ihnen bei jedem Schritt zuzurufen, daß das geringste Abweichen den Weg zur Lüge und zum Dunkel, zur Seelenverirrung und zur Hölle bedeute; denn die leidenschaftliche Fürsorge der Strenggläubigen für Buchstaben und Titelchen ging ihm völlig ab. Er war nämlich auf jene künstlerische, überlegene Art und Weise religiös, wie so begabte Menschen es sich gestatten zu können glauben; sie schrecken nicht vor ein wenig Harmonisierung zurück und lassen sich leicht zu halb unwillkürlichen Umdichtungen und Änderungen verleiten, weil sie bei allem, was es nun auch sei, zuerst ihre Persönlichkeit berücksichtigen, und weil sie, in welche Sphären sie auch hineinfliegen, vor allen Dingen das Brausen ihrer eigenen Geistesschwingen hören müssen.

Menschen wie diese leiten ihre Schüler nicht, aber in ihrem Unterrichte liegt eine Fülle, eine Mannigfaltigkeit, eine etwas schwankende Allseitigkeit, die den Schüler, wenn sie ihn nicht verwirrt, in hohem Grade zur Selbständigkeit entwickelt und ihn fast dazu zwingt, sich seine eigene Anschauung zu bilden; denn Kinder können sich ja nun einmal nicht bei etwas Unbestimmtem, Nebelhaftem beruhigen, sie fordern aus instinktmäßigem Selbsterhaltungstriebe stets ein reines Ja oder ein reines Nein, ein Für oder Wider, um zu wissen, welchen Weg sie mit ihrem Haß und welchen sie mit ihrer Liebe einzuschlagen haben.

Es gab also keine zuverlässige, unerschütterliche Autorität, die durch ihre eigene Sicherheit, ihr beständiges Beispiel Niels auf den alten Pfad des Glaubens hätte zurückführen können. Er hatte die Stange zwischen die Zähne genommen und eilte jeden neuen Steig entlang, der sich ihm zeigte, gleichviel, wohin er führen mochte, wenn er nur in der entgegengesetzten Richtung von dem ging, was früher das Sein seiner Gefühle und Gedanken gewesen war.

Es liegt ein neues Gefühl von Kraft darin, so mit den eigenen Augen zu sehen, mit dem eigenen Herzen zu wählen und an sich selber zu arbeiten; es taucht so viel auf dem Grunde der Seele auf, so viele ungeahnte, zerstreute Seiten seines Wesens fügen sich so wunderbar zusammen zu einem vernünftigen Ganzen. Es ist eine wonnevolle Zeit der Entdeckungen, in welcher er nach und nach, in Angst und unsicherem Jubel, voll zweifelnden Glückes sich selbst entdeckt. Zum ersten Male sieht er ein, daß er anders ist als die anderen, ein geistiges Schamgefühl erwacht in ihm und macht ihn wortkarg und verlegen. Allen Fragen gegenüber ist er mißtrauisch und findet in allem, was gesagt wird, Anspielungen auf seine verborgensten Seiten. Weil er gelernt hat, in sich selber zu lesen, glaubt er auch, daß alle anderen lesen können, was in ihm geschrieben ist, und er zieht sich von den Erwachsenen zurück und schweift einsam umher. Die Menschen sind alle auf einmal so merkwürdig anzüglich geworden. Er hat ein fast feindseliges Gefühl ihnen gegenüber, als seien sie Wesen einer anderen Rasse, und in seiner Einsamkeit fängt er an, sie vorzunehmen und sie spähend, aburteilend zu betrachten. Bis dahin waren die Namen »Vater, Mutter, der Pfarrer, der Müller« eine völlig genügende Erklärung gewesen. Der Name hatte die Person völlig vor ihm versteckt. Der Pfarrer war der Pfarrer, mehr bedurfte es nicht. Jetzt aber sah er, daß der Pfarrer ein kleiner, jovialer Herr war, der zu Hause so zahm und still wie möglich war, um nicht von seiner Frau bemerkt zu werden, und der sich dann außer dem Hause in einen förmlichen Rausch von Empörung und freiheitsdürstender Gewalttätigkeit hineinredete, nur um das häusliche Joch zu vergessen. Das war aus dem Pfarrer geworden. Und Herr Bigum? Er hatte ihn bereit gesehen, für Edelens Liebe alles über Bord zu werfen, er hatte ihn in jener Stunde der Leidenschaft sich selbst und den Geist in sich verleugnen hören, und jetzt redete er stets von des philosophischen Menschen olympischer Ruhe gegenüber den Wirbelwinden und dunsterzeugten Regenbogen des Lebens. Welch schmerzliche Geringschätzung erweckte das nicht in dem Knaben, wie wachsam und beobachtend machte es ihn! Er wußte ja nicht, daß das, was Herr Bigum bei den Menschen mit verächtlichen Namen bezeichnete, ganz anders genannt wurde, wenn es sich um ihn selber handelte, und daß seine olympische Ruhe dem gegenüber, was die Menschen in Erregung versetzte, das verächtliche Lächeln eines Titanen war, voll von Erinnerungen an das Sehnen der Titanen, an die Leidenschaften der Titanen.

Fünftes Kapitel

Ungefähr ein Jahr nach Edelens Tode verlor eine von Lyhnes Cousinen ihren Mann, den Tonwarenfabrikanten Refstrup. Das Geschäft war niemals glänzend gewesen, die lange Krankheit des Mannes hatte es noch mehr in Verfall gebracht, und die Witwe stand bei seinem Tode am Rande der Armut. Sieben Kinder waren mehr, als sie versorgen konnte. Die beiden jüngsten, sowie der älteste Sohn, der schon in der Fabrik tätig war, blieben bei ihr, die übrigen nahm die Familie zu sich. Zu Lyhnes kam der zweitälteste Sohn. Er hieß Erik, war vierzehn Jahre alt und hatte eine Freistelle in der Lateinschule der Stadt gehabt; jetzt sollte er von Herrn Bigum zusammen mit Niels und Frithjof Petersen, des Pfarrers Frithjof, unterrichtet werden.

Er hatte sich nicht aus freien Stücken zum Studieren entschlossen, denn er wollte Bildhauer werden. Der Vater hatte gesagt, das sei Unsinn, Lyhne jedoch hatte nichts dagegen einzuwenden, weil er Talent bei dem Knaben vermutete. Doch wünschte er, daß dieser erst seine Abgangsprüfung bestehe, dann habe er stets einen festen Stützpunkt, außerdem sei ja klassische Bildung für einen Bildhauer notwendig oder doch wünschenswert.

Dabei blieb es denn vorläufig, und Erik mußte sich mit der nicht unbedeutenden Sammlung von guten Kupferstichen und hübschen Bronzen trösten, die sich auf Lönborggaard befand. Das war schon immer etwas Großes für jemand, der bis dahin nichts gesehen hatte als den alten Plunder, den ein mehr sonderbarer als kunstverständiger Drechsler der Bibliothek seiner Vaterstadt geschenkt hatte, und es währte nicht lange, so war Erik mit Bleifeder und Modellierstift tätig. Nichts sagte ihm so sehr zu wie Guido Reni, der ja auch in jenen Tagen einen größeren Namen hatte als Raffael und die hervorragendsten Meister; und es gibt wohl kaum etwas, das junge Augen besser für die Schönheiten eines Kunstwerkes öffnet, als die feste Überzeugung, daß ihre Bewunderung ermächtigt ist bis zu den höchsten Höhen hinauf; Andrea del Sarto, Parmegianino und Luini, die später, als sein Talent und er einander gefunden hatten, soviel für ihn werden sollten, die ließen ihn jetzt gleichgültig, während das Gesunde bei Tintoretto, das Bittere bei Salvatore Rosa und Caravaggio ihn entzückte, denn dem Lieblichen

in der Kunst können die jüngeren noch keinen Geschmack abgewinnen. Der anmutvollste Miniaturmaler hat seine Laufbahn in Buonarottis Spur begonnen, der sanfteste Lyriker unternahm seine erste Fahrt mit schwarzem Segel auf dem Blute der Tragödie.

Aber bis jetzt war ihm diese Beschäftigung mit der Kunst nur noch ein Spiel, kaum besser als die anderen Spiele, und er war nicht stolzer über einen mit Erfolg modellierten Kopf oder ein geschickt ausgeschnittenes Pferd, als über einen gewandten Wurf, der die Wetterfahne an der Kirche streifte, oder über die Großtat, nach Sönderhagen hinaus und wieder zurück geschwommen zu sein, ohne Ruhepause dazwischen; denn er liebte solche Spiele, bei denen es auf Leibesübung, auf Stärke und Ausdauer, auf eine sichere Hand und ein geübtes Auge ankam, nicht Spiele, wie die von Niels und Frithjof, wo die Phantasie die Hauptrolle spielte und wo sowohl die Handlung wie der Held nur eingebildet waren. Die beiden verließen jedoch bald ihren alten Zeitvertreib, um Erik zu folgen. Die Romanbücher wurden beiseite gelegt, die endlose Geschichte erhielt in einer letzten, heimlichen Zusammenkunft auf dem Heuboden einen etwas gewaltsamen Schluß, und tiefes Schweigen lagerte über dem hastig zugeschütteten Grabe, denn sie mochten mit Erik nicht darüber sprechen. Schon nach einer Bekanntschaft von wenigen Tagen fühlten sie, daß er sich über sie wie über ihre Geschichte lustig machen, daß er sie in ihren eigenen Augen herabsetzen und sie dahin bringen würde, sich gründlich zu schämen. Diese Macht besaß er nämlich, denn er war frei von allem, was Träumerei, Exaltation oder Phantasterei heißt. Und da seine klare, praktische Knabenvernunft in ihrer makellosen Gesundheit geistigen Gebrechen gegenüber ebenso schonungslos verfuhr, wie Kinder den körperlichen gegenüber zu tun pflegen, so fürchteten sich Niels und Frithjof vor ihm, sie richteten sich nach ihm, verleugneten vieles und verbargen noch mehr. Niels namentlich war schnell bei der Hand, alles das bei sich zu unterdrücken, was nicht mit Eriks Denkart übereinstimmte, ja mit der brennenden Schmähsucht eines Renegaten verspottete er Frithjof und machte den Freund lächerlich, dessen langsamere, treuere Natur nicht so auf einmal das Alte um des Neuen willen vergessen konnte. Was aber Niels hauptsächlich zu diesem lieblosen Gebaren veranlaßte, war Eifersucht, denn gleich am ersten Tage hatte er sich in Erik verliebt, der, scheu und zurückhaltend, nur mit Widerstreben und halbem Spott es duldete, daß man ihn liebte.

Gibt es wohl unter allen Gefühlsverhältnissen des Lebens etwas, das zarter, edler und herzlicher wäre als die leidenschaftliche und doch so schüchterne Verliebtheit eines Knaben in einen anderen? Eine Liebe, die nie redet, die sich niemals in Liebkosungen, Blicken oder Worten Luft zu machen wagt, eine sehende Liebe, die über jeden Fehler, über jede Unvollkommenheit, welche sie bei dem Geliebten entdeckt, schmerzlich klagt, die Sehnsucht ist und Bewunderung und Selbstvergessen, die Stolz ist und Demut und ruhig atmendes Glück?

Eriks Aufenthalt auf Lönborggaard währte nur ein Jahr oder auch anderthalb, denn Lyhne hatte bei einem Besuch in Kopenhagen mit einem bedeutenden Bildhauer gesprochen und ihm die Skizzen des Knaben gezeigt, und Mikkelsen, der Bildhauer, hatte gesagt, daß sich in ihnen ein unverkennbares Talent zeige, und daß das Studieren Zeitverschwendung sei, es bedürfe keiner besonderen klassischen Bildung, um einen griechischen Namen für einen nackten Menschen zu finden. Deswegen wurde verabredet, daß Erik gleich in die Hauptstadt geschickt werden sollte, um die Akademie zu besuchen und in Mikkelsens Atelier zu arbeiten.

Am letzten Nachmittage saßen Niels und Erik oben auf ihrem Zimmer. Niels besah die Bilder in einem Pfennigmagazin. Erik war in Spenglers beschreibenden Katalog der Gemäldesammlung auf dem Christiansborger Schlosse vertieft. Wie unzählige Male hatte er dies Buch nicht durchgeblättert und sich aus den naiven Beschreibungen eine Vorstellung über die Gemälde zu bilden versucht, beinahe krank vor Sehnsucht, alle diese Kunst und Schönheit wirklich zu schauen, die ganze Herrlichkeit dieser Linien und Farben wirklich mit den Augen zu genießen, wirklich mit den Augen zu erfassen, so daß sie durch die Bewunderung sein eigen würde; und wie unzählige Male hatte er dann dies Buch zugeschlagen, müde, in den treibenden, phantastischen Nebel der Worte hineinzustarren, in den Nebel, der sich nicht befestigen, sich nicht ballen und gestalten, sondern nur in verwirrendem Wechsel wogen und wogen wollte. Heute war es anders, heute hatte er die Gewißheit, daß dieser Nebel bald kein Schatten aus dem Traumlande mehr sein würde, und er fühlte sich so reich durch alle die Verheißungen des Buches, und die Bilder gestalteten sich heute wie nie zuvor und durchbrachen die Wolken in flüchtigem Schimmer, wie die farbenstarke Sonne, die durch den Nebel bricht, golden und in goldig zitterndem Glanze.

»Was besiehst du da?« fragte er Niels.

Niels zeigte ihm in seinem Buch Lassen, den Helden des zweiten April.

»Wie häßlich der ist!« meinte Erik.

»Häßlich! Er war doch ein Held, nennst du denn vielleicht auch den da häßlich?«

Niels hatte zurückgeblättert bis zu dem Bilde eines großen Dichters.

»Scheußlich häßlich!« versicherte Erik und verzog den Mund. »Ist das vielleicht eine Nase? und der Mund und die Augen und dies struppige Haar, das ihm um den Kopf hängt!«

Niels sah, daß er häßlich war, und wurde ganz kleinlaut. Es war ihm bis dahin niemals eingefallen, daß das, was groß ist, deswegen nicht auch allemal in eine schöne Form gekleidet sei.

»Das ist wahr«, sagte Erik, und klappte seinen Spengler zu. »Ich wollte dir ja noch den Schlüssel zum Wrack geben.«

Niels machte eine tiefsinnige, abwehrende Bewegung, aber Erik hängte ihm trotzdem den Schlüssel zu einem kleinen Vorlegeschloß an einem breiten, schwarzen Bande um den Hals. »Wollen wir hingehen?« fragte er.

Und sie gingen. Am Gartenzaun fanden sie Frithjof, er lag im Grase, aß unreife Stachelbeeren und hatte Abschiedstränen in den Augen. Trotzdem war er beleidigt, daß sie ihn nicht früher aufgesucht hatten. Er kam sonst freilich immer von selber, aber an einem Tage wie heute, meinte er, müsse man die Form etwas mehr beobachten als gewöhnlich. Schweigend hielt er ihnen eine Handvoll von den grünen Früchten hin; sie aber hatten ihre Lieblingsgerichte zu Mittag bekommen und waren wählerisch.

»Sauer«, sagte Erik und schauderte.

»Ungesundes Zeug«, fügte Niels überlegen hinzu und sah auf die dargebotenen Beeren herab. »Wie kannst du das nur essen? Wirf den Schund weg, wir wollen zum Wrack hinunter«; und dabei zeigte er mit dem Kinn auf das Schlüsselband, denn die Hände hatte er in den Hosentaschen.

Und dann gingen die drei miteinander an den Strand.

Das Wrack war eine alte, grün angemalte Schiffskajüte, die einmal auf einer Strandauktion gekauft worden war und die, während der Damm gebaut wurde, zum Aufbewahren der Gerätschaften gedient hatte; jetzt wurde sie nicht mehr benutzt, und die Knaben hatten Besitz davon ergriffen. Sie bewahrten dort ihre Fahrzeuge, ihre Flitzbogen, ihre Springstöcke und andere Herrlichkeiten auf, namentlich solche verbotene, aber unentbehrliche Dinge wie Pulver, Tabak und Schwefelhölzer.

78

Mit einem gewissen feierlichen Ernst öffnete Niels die Tür der Kajüte, und sie gingen hinein und suchten ihre Sachen aus den dunkeln Winkeln des leeren Kojenraumes zusammen.

»Wißt ihr was!« sagte Erik, dessen Kopf in einer der entferntesten Ecken steckte, »ich will mein Schiff in die Luft fliegen lassen.«

»Meins und Frithjofs auch«, sagte Niels und begleitete seine Worte mit einer feierlichen, beschwörenden Bewegung der Hand.

»O bewahre, meins nicht!« rief Frithjof, »womit sollten wir denn wohl segeln, wenn Erik fort ist?«

»Das ist wahr«, sagte Niels und wandte sich verächtlich von ihm ab.

Frithjof fühlte sich ein wenig ungemütlich, als aber die anderen hinausgegangen waren, suchte er sich doch ein etwas sicheres Versteck für sein Fahrzeug aus.

Draußen legten sie das Pulver in einem teergetränkten Nest von Hede in die Schiffe, machten die Lunten zurecht, setzten die Segel auf, zündeten dann an und sprangen zurück. Und dann liefen sie am Strand entlang und machten der Mannschaft an Bord Zeichen und erklärten einander mit lauter Stimme die zufälligen Wendungen und Bewegungen des Schiffes als Beweise für die nautische Intelligenz des tapferen Kapitäns.

Aber die Schiffe trieben bei der Landzunge auf den Strand, ohne daß die erwünschte Explosion stattgefunden hatte, und dadurch erhielt Frithjof Gelegenheit, edelmütigerweise die Wattierung seiner Mütze zu opfern, damit aus ihr neue und bessere Lunten hergestellt würden.

Mit vollen Segeln standen die kleinen Schiffe vor Seelands Sandbank, die schweren Fregatten der Engländer näherten sich langsam in undurchdringlicher Kette, während der glänzend weiße Schaum unter den schwarzen Bugen zischte und die Kanonen die Luft mit ihrem lauten Gedröhn erfüllten. Näher und immer näher; blau und rot leuchtete es, goldig schimmerte es von »Albions« und »Conquerors« riesigen Gallionen. Die grauen Segelmassen bedeckten den Horizont, Pulverdampf rollte in weißen Wolken daher und trieb als schleierhafter Nebel dicht über der blanken, sonnenspiegelnden Wasserfläche dahin. Da flog das Verdeck von Eriks Fahrzeug mit einem schwachen Knall in die Luft, die Hede geriet in Brand, die rote Lohe schlug empor, und an Rahen und Masten hinauf züngelten die Flammen, fraßen sich langsam durch die Einfassung der Segel und schlugen dann gleich langen Blitzen in das Segeltuch, das sich brennend aufrollte und krümmte und dann endlich in großen, schwarzen Fetzen weit hinaus über das Meer flatterte. Noch wehte der Danebrog von der schlanken Spitze des wolkenhohen Schonermastes, die Flaggenschnur war verbrannt, er flatterte wild, als schlüge er kampfbereit die roten Schwingen; aber die Flammen strichen in wilder Lohe darüber hin, und ohne Steuer und ohne Lenker trieb jetzt das rauchgeschwärzte Schiff dahin, tot und willenlos, ein Spielball der Winde und der Wogen des Strandes.

Niels Fahrzeug wollte nicht so gut brennen; das Pulver hatte zwar gefangen, und der dichte Rauch war aufgestiegen, aber das war auch alles, und das genügte nicht.

»Hallo, ihr Männer!« rief Niels von der Landzunge aus, »bohrt das Schiff in den Grund! schießt mit den Steuerbordkanonen durch die

Achterluken!« In demselben Augenblick bückte er sich nach einem Stein: »Gebt Feuer!« und der Stein entflog seiner Hand.

Erik und Frithjof waren auch nicht träge, und so war denn das Fahrzeug bald zertrümmert, und Eriks Wrack ebenfalls.

Sorgfältig wurden die Trümmer ins Trockene gebracht, denn nun sollte ein Scheiterhaufen angezündet werden.

Aus den Schiffstrümmern, aus trockenem Tang und welkem Gras war denn auch bald ein brennender, qualmender Haufen aufgeschichtet, und die kleinen Kieselsteine und Muscheln, die sich im Tang befanden, knackten und sprangen lustig in der starken Hitze.

Eine Zeitlang saßen die Knaben regungslos vor dem Scheiterhaufen, aber plötzlich sprang der noch immer finstere Niels auf und holte seine sämtlichen Sachen aus dem Wrack, zerbrach sie in kleine Stücke und warf diese ins Feuer. Dann holte Erik die seinen, und auch Frithjof holte etliches herbei. Nun schlugen die Flammen des Opferfeuers hoch in die Luft. Erik aber fürchtete, daß man den Schein möglicherweise vom Felde aus sehen könne, deswegen fing er an, das Feuer mit feuchtem Tang zu dämpfen, während Niels ruhig dastand und schwermutsvoll dem am Strande dahintreibenden Rauch nachstarrte. Frithjof hielt sich ein wenig entfernt von den anderen und summte einen Heldengesang vor sich hin, den er hin und wieder heimlich mit wilden Bardengriffen in die Saiten einer unsichtbaren Harfe begleitete.

Allmählich erlosch das Feuer, und Erik und Frithjof gingen heimwärts, während Niels zurückblieb, um das Wrack zu schließen. Als das geschehen war, sah er sich sorgfältig nach den anderen um und warf dann den Schlüssel mit dem Bande weit hinaus ins Meer. Erik, der sich gerade in dem Augenblick umwandte, sah den Schlüssel fallen, aber hastig drehte er den Kopf um und fing an, mit Frithjof um die Wette zu laufen.

Am nächsten Tage reiste er ab.

In der ersten Zeit wurde Erik schmerzlich vermißt, denn für die beiden Zurückbleibenden war alles gleichsam stehen geblieben. Das Leben hatte sich nach und nach unter der Voraussetzung gestaltet, daß drei da waren, um es zu leben. Drei, das war Gesellschaft, Abwechslung, Mannigfaltigkeit – zwei, das war Einsamkeit, und nichts weiter. Was in aller Welt sollten sie nun anfangen?

Konnten etwa zwei nach der Scheibe schießen oder Ball spielen? Sie konnten Robinson Crusoe und Freitag sein; ja, das konnten sie, wer aber sollte die Wilden vorstellen?

Und diese Sonntage! Niels war so lebensüberdrüssig, daß er erst anfing, zu repetieren, und dann mit Hilfe von Herrn Bigums großem Atlas seine geographischen Kenntnisse weit über die vorgeschriebenen Grenzen bereicherte. Schließlich begann er, die ganze Bibel durchzulesen und ein Tagebuch zu führen; Frithjof dagegen suchte in seiner völligen Verlassenheit einen entwürdigenden Trost darin, daß er mit seinen Schwestern spielte.

Allmählich trat die Vergangenheit mehr in den Hintergrund, und die Sehnsucht wurde milder; sie kam wohl noch an stillen Abenden, wenn das Sonnenrot die Wände der einsamen Kammer beleuchtete, das ferne, einförmige Rufen des Kuckucks verstummte und das Schweigen noch tiefer und größer wurde – dann konnte die Sehnsucht kommen und alles reizlos machen und sich erschlaffend auf die Sinne legen; aber sie schmerzte nicht mehr, sie kam so leise, sie ließ sich so sanft herab, daß sie bald süß war, wie ein gestillter Schmerz.

Ebenso verhielt es sich mit den Briefen. Im Anfang waren sie voller Klagen, voller Fragen und Wünsche, die sich lose aneinander reihten; aber mit der Zeit wurden sie länger, beschäftigten sich mehr mit dem Äußeren und erzählten, und dann waren sie stilvoll, sauber geschrieben, und es lag eine gewisse Freude darin, daß man die Gefühle so gut zwischen den Zeilen verbergen konnte.

Es war ja auch ganz natürlich, daß jetzt wieder manches zum Vorschein kam, was sich während Eriks Anwesenheit nicht ans Tageslicht gewagt hatte. Die Schwärmerei streute ihre Flitterblumen in die langweilige Stille des ereignislosen Lebens herab, die Traumluft legte sich über die Sinne, reizte und zehrte mit ihrem Duft des des Lebens und dem feinen, im Tode verborgenen Gift ihrer lebensdurstigen Ahnungen.

Und so wächst denn Niels allmählich heran, und alle Kindheitseinflüsse hinterlassen ihre Spuren in dem weichen Ton, alles bildet, alles hat Bedeutung, das Wirkliche wie das nur Geträumte, das Gewußte und das Geahnte, das hinterläßt alles seine leichten, aber sichergezogenen Linien, welche noch entwickelt und vertieft werden und dann abgerundet und ausgelöscht werden sollen.

Sechstes Kapitel

»Studiosus Lyhne – Frau Boye; Studiosus Frithjof Petersen – Frau Boye.«

Es war Erik, der vorstellte, und zwar in Mikkelsens Atelier, einem großen, hellen Raume mit gestampftem Lehmboden und einer Höhe von zwölf Ellen, mit zwei großen Türen nach außen in der einen Wand und mehreren kleinen Türen im Hintergrunde, die zu den einzelnen Ateliers führten. Alles da drinnen war grau von Lehm-, Gips- und Marmorstaub. Der Staub hatte die Fäden der Spinnengewebe an der Decke so dick gemacht wie Segelgarn und eine Flußkarte auf die großen Fensterscheiben gezeichnet; er lag in den Augen, Mündern und Nasen, in den Muskelvertiefungen, in den Locken und den Gewändern der unzähligen Gipsabgüsse, die sich wie ein Fries von der Zerstörung Jerusalems auf langen Borten an den Wänden des ganzen Zimmers entlang zogen, und die Lorbeerbäume in den Ecken an den Türen, die hohen Lorbeerbäume hatte er derartig gepudert, daß sie grauer aussahen als die grauesten Oliven.

Erik stand mitten im Zimmer und modellierte mit einer Papiermütze auf dem dunkeln, leicht gelockten Haar; er hatte einen Schnurrbart bekommen und sah ganz männlich aus gegen seine blassen, examensmüden Freunde, die einen so wohlerzogenen, provinzmäßigen Eindruck machten in ihren funkelnagelneuen Kleidern, dem zu kurz geschnittenen Haar und den weiten Studentenmützen.

In geringer Entfernung von Eriks Gerüst saß Frau Boye auf einem niedrigen, hochlehnigen Holzstuhl, ein elegant gebundenes Buch in der einen, ein Stückchen Ton in der anderen Hand haltend. Sie war klein, ein wenig zu klein und leicht brünett, mit klaren, braunen Augen und leuchtend weißem Teint, der im Schatten der Rundungen goldig matt wurde und wunderbar zu dem glanzvollen Haar stimmte, dessen Dunkel im Licht einen Ton bräunlichgebrannter Blondheit annahm.

Sie lachte, als die zwei Jünglinge kamen, wie ein Kind lachen kann, so erquickend lange und lustig laut, so fröhlich frei, und es lag auch der strahlende Blick eines Kindes in ihren Augen, das unüberlegte Lächeln eines Kindes um ihren Mund, der noch kindlicher erschien, weil die Oberlippe so kurz war, daß sie die milchweißen Zähne fast niemals verbarg und den Mund fast immer ein wenig geöffnet ließ.

Aber sie war kein Kind mehr. War sie wohl einige dreißig Jahre alt? Die volle Form des Kinnes sagte nicht nein, ebensowenig wie das reife Rot der Unterlippe, und ihr Wuchs war voll mit festen Formen, die stark hervorgehoben wurden durch ein dunkelblaues Kleid, das sie stramm umschloß wie die Jacke eines Reitkleides. Um ihren Hals und auf den Schultern lag in reichen Falten ein dunkles, blutrotes seidenes Tuch, dessen Enden in dem herzförmigen Ausschnitt des Kleides verschwanden, und im Haar trug sie Nelken von der Farbe des Tuches.

»Ich fürchte, wir haben Sie in einer angenehmen Lektüre gestört«, meinte Frithjof mit einem Blick auf das schöngebundene Buch.

»Nicht im geringsten; ach nein, über das, was wir gelesen haben, zanken wir uns nun bereits eine ganze Stunde, antwortete Frau Boye und sah Frithjof mit großen Augen an. Herr Erik Refstrup ist so ein Idealist in allen Fragen der Kunst, und ich finde es nun einmal so langweilig, dies Predigen von der rohen Wirklichkeit, die geläutert werden soll und geklärt und wiedergeboren, und wie es sonst noch heißt, bis schließlich nichts mehr übrigbleibt. Tun Sie mir den Gefallen und sehen Sie einmal die Bacchantin von Mikkelsen an, die der faule Traffelini da hinten in Marmor aushaut, wenn ich die in einem beschreibenden Kataloge anführen sollte – du gütiger Himmel! Nr. 77. Eine junge Dame in Negligee steht nachdenklich auf beiden Beinen und weiß nicht recht, was sie mit der Weintraube anfangen soll. Wenn ich etwas zu sagen hätte, müßte sie die Traube zerquetschen, so richtig zerquetschen, daß der rote Saft ihr über die Brust herabliefe, wie? Nicht wahr? Habe ich nicht recht?« Und in kindlichem Eifer ergriff sie Frithjofs Arm und rüttelte ihn förmlich.

»Ja«, räumte Frithjof ein, »ja, das muß ich allerdings sagen, es fehlt das – Frische, Unmittelbare.«

»Das Natürliche fehlt, und du großer Gott, warum können wir denn nun nicht natürlich sein? Ach, ich weiß es ja so gut, es fehlt uns nur an Mut. Weder die Künstler noch die Dichter haben den Mut, die Menschen zu zeigen, wie sie sind, nur Shakespeare allein besaß diesen Mut!«

»Ja, das wissen Sie recht gut«, sagte Erik hinter seiner Figur vor, »mit Shakespeare kann ich nicht gut fertig werden, er macht mir zu viel Wesens davon, er jagt mit einem herum, daß man schließlich nicht mehr weiß, woran man ist.«

»Das möchte ich doch nicht sagen«, versetzte Frithjof tadelnd; »aber«, fügte er mit entschuldigendem Lächeln hinzu, »ich kann freilich die Berserkerwut des großen britischen Dichters keinen wirklich bewußten, verständigen Künstlermut nennen!«

»Das können Sie nicht? Großer Gott, wie amüsant Sie sind!« und sie lachte, so laut sie nur konnte, indem sie aufstand und in das Atelier ging. Plötzlich wandte sie sich um, streckte die Arme nach Frithjof aus und rief: »Gott segne Sie!« und dabei krümmte sie sich vor Lachen fast bis zur Erde.

Frithjof war nahe daran, sich beleidigt zu fühlen, aber es war so unbequem, erzürnt fortzugehen, außerdem hatte er ja vollkommen recht mit dem, was er gesagt hatte, und dann war Frau Boye ja so wunderhübsch. Er blieb also und knüpfte ein Gespräch mit Erik an, indem er, sich in Gedanken stets zu ihr hinwendend, bemüht war, einen Ausdruck reifer Nachsicht in seine Stimme zu legen.

Frau Boye stöberte inzwischen in dem anderen Ende des Ateliers umher, sie summte nachdenklich eine Melodie vor sich hin, schlug zwischendurch wohl einmal einige helle Triller an, die wie fröhliches Gelächter klangen, oder sie ging langsam zu einem feierlichen Rezitativ über.

Auf einer großen hölzernen Kiste stand ein jugendlicher Augustuskopf; von diesem wischte sie den Staub ab, suchte sie dann etwas Ton und formte daraus einen Schnurrbart und einen Kinnbart für den Kopf, auch Ringe, die sie ihm an den Ohren befestigte.

Während sie noch damit beschäftigt war, hatte sich Niels ihr unter dem Vorwande, die auf dem Boden stehenden Abgüsse zu betrachten, langsam genähert. Sie hatte keinen Augenblick nach der Richtung hingesehen, in welcher er sich befand, aber sie mußte ihn doch in der Nähe wissen, denn ohne sich umzuwenden streckte sie die Hand nach ihm aus und bat ihn, Eriks Hut zu holen.

Niels gab ihr den Hut in die noch immer ausgestreckte Hand, sie nahm ihn und setzte ihn auf den Augustuskopf.

»Du altes Shakespearchen«, sagte sie schmeichelnd und streichelte die Wange der travestierten Büste. »Du alter, dummer Bursche, der nicht wußte, was er tat! Saß so da und kaute an der Feder und schuf einen Hamletkopf, ohne darüber nachzudenken, was er eigentlich tat!« Sie nahm den Hut von dem Kopfe der Büste und ließ die Hand mütterlich über seine Stirn gleiten, als wollte sie ihm das Haar aus den Augen streichen.

»Du alter, erfolggekrönter Bursche! trotz alledem! Du alte, nicht ungeschickte Dichterseele! Denn nicht wahr, Herr Lyhne, das muß man ihm doch wohl eigentlich lassen, er war im Grunde doch ein recht erfolgreicher Literat, dieser Shakespeare!«

»Ja, ich habe nun einmal meine eigene Ansicht über den Mann«, antwortete Niels ein wenig verletzt und errötend.

»Großer Gott, haben Sie auch eine eigene Ansicht über Shakespeare! Und welche ist denn das, wenn ich fragen darf? Sind Sie für oder gegen uns?« Und damit stellte sie sich neben die Büste und schlang ihren Arm um ihren Nacken.

»Ich kann nicht sagen, ob meine Ansicht, von der Sie so überrascht sind, daß ich sie überhaupt besitze, so glücklich ist, dadurch an Bedeutung zu gewinnen, daß sie mit der Ihren übereinstimmt; aber ich glaube wohl, daß ich sagen darf, sie ist für Sie und Ihren Schützling. Jedenfalls ist das meine Ansicht, daß er wußte, was er tat, daß er erwog, was er tat, und daß er wagte, was er tat. Oftmals unternahm er das Wagestück voller Zweifel, und man kann noch heute diese Zweifel deutlich erkennen, oftmals wagte er auch nur halb und verlöschte das, was er nicht stehen zu lassen wagte, durch neue Züge.«

Und in dieser Weise redete Niels weiter.

Während er sprach, wurde Frau Boye allmählich unruhig, sie blickte nervös bald nach der einen, bald nach der anderen Seite und spielte ungeduldig mit den Fingern, während ein bekümmerter und schließlich ein leidender Ausdruck ihr Gesicht mehr und mehr verdunkelte.

Am Ende konnte sie sich nicht länger bezwingen.

»Vergessen Sie nicht, was Sie sagen wollten!« bat sie, »aber ich flehe Sie an, Herr Lyhne, lassen Sie das mit der Hand, diese Bewegung, als wenn Sie Zähne ausziehen wollten. Wie? nun, so tun Sie es! lassen Sie sich lieber nicht stören, ich bin wieder ganz Ohr, und ich bin ganz einig mit Ihnen!«

»Ja, dann brauche ich wohl nichts mehr zu sagen!«

»Aber warum denn nicht?«

»Nun, ich meine, wenn wir einig sind!«

»Ja, wenn wir einig sind!«

Keines von den beiden meinte etwas mit diesen letzten Worten, aber sie sprachen sie mit einer so bedeutungsvollen Betonung aus, als lägen die feinsten Beziehungen darin, und sie sahen einander an mit einem vielsagenden Lächeln auf den Lippen, dem flüchtigen Abglanz des Einverständnisses, das zwischen ihnen aufgeblitzt war, während sie doch 90 beide darüber nachgrübelten, was der andere wohl gemeint haben könnte, und sich ärgerten, daß sie so schwerfällig waren.

Sie begaben sich langsam zu den anderen zurück, und Frau Boye nahm wieder Platz auf dem niedrigen Stuhl.

Erik und Frithjof hatten sich ausgeredet und freuten sich des Zuwachses in der Unterhaltung. Deswegen näherte sich Frithjof sogleich der jungen Frau und war sehr liebenswürdig. Erik hielt gleichsam mit der Bescheidenheit des Wirtes ein wenig zurück.

»Wenn ich neugierig wäre«, begann Frithjof, »würde ich fragen, was für ein Buch es gewesen ist, das vorhin, als wir kamen, den Streit zwischen der gnädigen Frau und Erik veranlaßte.«

»Fragen Sie?« fragte Frau Boye.

»Ich frage.«

»*Ergo?*«

»*Ergo*«, erwiderte Frithjof mit einer demütig einräumenden Verneigung.

Frau Boye hielt das Buch in die Höhe und sagte in feierlich verkündendem Tone: »Helge. – Öhlenschlägers Helge.« – »Und weiter, was für ein Gesang war es?« – »Es war: Die Meerjungfrau besucht König Helge.« – »Und weiter, was für ein Vers war es?« – »Es war der Vers, wo sich Tangkjär an Helges Seite gelagert hat, und er seine Neugier nicht länger bezwingen kann, sondern sich umwendet. 91

> Und während die Blicke so jünglingswild
> Hinüber ihm streifen und gleiten,
> Da ruht ihm das lieblichste Frauenbild
> An seiner grünenden Seiten.
>
> Kein ärmlicher Rock mehr umwölkt das Licht
> Der Schönheit des blühenden Weibes:
> Durch den enganliegenden Schleier bricht
> Der Glanz des üppigen Leibes.«

»Und das ist alles, was wir von der Schönheit der Meerjungfrau zu sehen bekommen, und das war es, womit ich unzufrieden war. Ich verlange an der Stelle eine glühende Schilderung, ich will so etwas blendend Schönes sehen, daß mir der Atem dabei ausbleibt. Ich will einen Einblick tun in die eigenartige Schönheit so eines Meerjungfrauenleibes – und nun bitte ich Sie, was soll ich mit zwei weißen Armen anfangen und herrlichen Gliedern, über die ein Stück Flor gezogen ist? Großer Gott! Nein, sie muß nackt sein wie eine Welle, und die wilde Schönheit des Meeres muß ihren Ausdruck in ihr finden. Über ihrer Haut muß der Phosphorschimmer des sommerlichen Meeres liegen, und in ihrem Haar etwas von dem dunkeln, wirren Schrecken des Tangwaldes.«

»Nicht wahr? Ja, die unzähligen Farben des Wassers müssen in ihren Augen in wechselvollem Schimmer kommen und gehen; der wogende Wellenschlag muß den bleichen Busen, muß alle ihre Formen durchrieseln, in dem Umschlingen ihrer Arme muß die verzehrende Weichheit des Schaumes liegen, und das Saugen des Meeresstrudels in ihrem Kuß.«

Sie hatte sich ganz warm geredet und stand jetzt da, völlig hingerissen von ihrer eigenen Schilderung, ihre jungen Zuhörer mit großen, fragenden Kinderaugen anschauend.

Die aber sagten nichts. Niels war dunkelrot geworden, und Erik schien im höchsten Grade verlegen. Frithjof war ganz benommen und starrte sie mit der offenbarsten Bewunderung an, und doch war grade er der von den dreien, der am wenigsten bemerkte, wie bezaubernd schön sie war, während sie so hinter ihren eigenen Worten vor ihnen stand.

Es waren noch nicht viele Wochen verstrichen, als schon Niels und Frithjof ebenso häufige Gäste in Frau Boyes Hause waren wie Erik Refstrup. Außer Frau Boyes blasser Nichte trafen sie hier mit einer Menge junger Leute zusammen, mit angehenden Dichtern, Malern, Schauspielern und Architekten, kurz mit Künstlern, deren Hauptvorzug mehr in ihrer Jugend als in hervorragendem Talent zu liegen schien, die alle aber voller Hoffnung, mutig und kampfbereit waren und äußerst leicht in Begeisterung gerieten. Es waren unter ihnen wohl einzelne jener stillen Träumer, die wehmütig nach den entschwundenen Idealen einer entschwundenen Zeit seufzen, aber die Mehrzahl war doch voll von dem, was damals das Neue war, berauscht von den Theorien des Neuen, verwirrt von der Kraft des Neuen und geblendet von seine Morgenröte. Modern waren sie, verbittert modern, modern bis zur Übertreibung, und vielleicht gerade deswegen, weil sie in ihrem Innersten eine Sehnsucht empfanden, die sich nicht betäuben ließ, eine Sehnsucht, die das

Neue nicht stillen konnte, so weltengroß es auch sonst war, alles umfassend, alles beherrschend, alles erleuchtend.

Eins aber war gewiß: in den jungen Seelen herrschte ein stürmischer Jubel, ein Glaube an die Gestirne großer Geister, eine Hoffnung, so weit wie das Meer, und die Begeisterung trug sie auf Adlerfittichen, und das Herz schwoll ihnen in tausendfältigem Mut.

Freilich, das Leben verwischte späterhin vieles davon, die Weltklugheit tat ihm weiteren Abbruch, und die Feigheit ertötete den Rest; aber was tat das? Die Zeit, die im Dienste des Guten verlebt ist, kann keine schlechten Früchte tragen, und nichts in dem Leben, das später gelebt wird, kann auch nur einen Tag, eine Stunde von dem Leben auslöschen, das gelebt worden ist.

Für Niels erhielt die Welt in jenen Tagen ein ganz verändertes Aussehen. Seine geheimnisvollsten, verschämtesten Gedanken hörte er jetzt von einem Chor der verschiedenartigsten Personen klar und deutlich aussprechen; seine eigentümlichen Anschauungen lagen nicht mehr wie eine neblige Landschaft vor ihm, er sah diese Landschaft jetzt ohne Schleier in grellen, harten, tageshellen Farben bis in die geringsten Einzelheiten bloßgelegt, von zahllosen Wegen durchschnitten, und eine wimmelnde Volksmenge auf diesen Wegen – das Phantastische war 94 handgreiflich geworden!

Er war nicht länger ein einsamer Märchenkönig, der über Länder herrschte, die er nur im Traum erschaffen hatte, nein, er war einer in der Schar, ein Mann in der Schar, ein Soldat im Solde der Idee, im Solde des Neuen. Da war ein Schwert für seine Hand, eine Fahne, der er folgen konnte.

Niels Lyhnes Verwandte in Kopenhagen, und besonders der alte Etatsrat, waren gar nicht zufrieden mit dem Umgange, den der junge Student sich erwählt hatte. Es waren nicht so sehr die neuen Ideen, die ihnen Kummer bereiteten, als die Tatsache, daß einzelne von den jungen Menschen der Ansicht waren, daß langes Haar, hohe Jagdstiefel und ein leichter Anstrich von Unsauberkeit den neuen Ideen zum Vorteil gereichten, und obwohl Niels selber in dieser Hinsicht nicht fanatisch war, berührte es sie doch unangenehm, wenn sie ihm, und noch weit unangenehmer, wenn ihre Bekannten ihm in der Gesellschaft von Jünglingen dieses Schlages begegneten. Aber das war doch im Grunde noch nichts gegenüber der Tatsache, daß er soviel in Frau Boyes Hause verkehrte und mit ihr und ihrer blassen Nichte ins Theater ging.

Mit Bestimmtheit konnte man Frau Boye freilich nichts Übles nachsagen. Aber man sprach über sie. Und zwar auf mancherlei Art. Sie war aus guter Familie, eine geborene Konnerog, und die Konnerogs gehörten zu den ältesten und vornehmsten Patrizierfamilien der Stadt. Aber sie hatte mit ihnen gebrochen. Einige behaupteten, die Veranlassung dazu sei ihr leichtsinniger Bruder gewesen, den man nach den Kolonien geschickt hatte. Das jedoch stand fest, der Bruch war ein vollständiger, und man erzählte sich sogar, daß der alte Konnerog sie verflucht und dann einen Anfall seines bösen Frühlingsasthmas bekommen habe.

Dies alles hatte sich zugetragen, nachdem sie Witwe geworden war.

Ihr Mann war Apotheker gewesen, *Assessor pharmaciae* und Ritter des Danebrog. Als er starb, war er sechzig Jahre alt und Besitzer von anderthalb Tonnen Goldes. Soviel man wußte, hatten sie sehr gut miteinander gelebt. Im Anfang der Ehe, während der ersten drei Jahre, war der alternde Mann sehr verliebt gewesen, später lebte jedes mehr für sich: er widmete sich eifrig seinem Garten und seinem Herrenklub, in welchem er zu glänzen suchte; sie war mit Theater, Romanzenmusik und deutscher Poesie beschäftigt. Dann starb er.

Als das Trauerjahr um war, machte die Witwe eine Reise nach Italien, und lebte mehrere Jahre im Süden, hauptsächlich in Rom. Es war nichts an dem Gerücht, daß sie im französischen Klub Opium geraucht habe, und daß sie sich wie Paulina Borghese habe modellieren lassen; auch hatte der kleine russische Fürst, der sich während ihres Aufenthaltes in Neapel erschoß, sich keineswegs um ihretwillen erschossen. Es beruhte dagegen auf Wahrheit, daß die deutschen Künstler unermüdlich waren, ihr Serenaden zu bringen, und auch das beruhte auf Wahrheit, daß sie sich eines Morgens in Albaneser Bauerntracht auf eine Kirchentreppe in der Via Sistina gesetzt und sich von einem eben angekommenen Künstler hatte bestimmen lassen, ihm Modell zu stehen mit einem Krug auf dem Kopfe und einem kleinen braunen Knaben an der Hand. Jedenfalls hing ein solches Bild in ihrem Zimmer.

Auf der Heimreise von Italien traf sie mit einem Landsmanne zusammen, einem bekannten, tüchtigen Kritiker, der gern Dichter gewesen wäre. Eine skeptische, verneinende Natur nannte man ihn, einen scharfen Kopf, der seine Mitmenschen hart und unbarmherzig angriff, weil er gegen sich selber hart und unbarmherzig war und seine Brutalität dadurch gerechtfertigt glaubte. Aber er war nicht ganz das, wozu ihn die Leute machten, er war nicht so aus einem Gusse, nicht so rücksichtslos konsequent, wie es den Anschein hatte; denn obwohl er stets auf Kriegsfuß mit der idealen Richtung der Zeit lebte und ihr geringschätzige Namen gab, so hatte er doch für das Träumerische, Ätherische, für die blaue Blume der Romantik eine tiefere Sympathie als für die mehr erd-geborene Richtung, für die er kämpfte.

Widerstrebend verliebte er sich in Frau Boye, aber er sagte ihr das nicht, denn es war keine junge und offene, keine hoffnungsvolle Neigung. Er liebte sie wie ein Wesen von einer anderen, feineren, glücklicheren Rasse als seine eigene, und deswegen lag ein Groll in seiner Liebe, eine 97 instinktmäßige Verbitterung gegen das, was Rasse in ihr war. Mit feindlichen, eifersüchtigen Augen betrachtete er ihre Neigungen und Ansichten, ihre Geschmacksrichtung und ihre Lebensanschauungen, und mit allen Waffen, mit feiner Beredsamkeit, mit herzloser Logik, mit überlegenem, in Mitleid gehülltem Spott erkämpfte er sie, gewann er sie für sich und für seine Ansichten. Aber als er endlich den Sieg davon-getragen hatte, und sie geworden war wie er, da sah er ein, daß er viel zu viel gewonnen, daß er sie gerade mit ihren Illusionen und Vorurteilen, mit ihren Träumen und Irrtümern geliebt hatte, nicht aber als die, die sie jetzt war. Unzufrieden mit sich selber, mit ihr und mit allen in der Heimat reiste er von dannen und blieb fort.

Aus diesem Verhältnis konnten die Leute natürlich vieles machen, und das taten sie auch redlich. Die Etatsrätin sprach mit Niels darüber, wie die alte Tugend über jugendliche Irrtümer spricht, aber Niels nahm das in einer Weise auf, welche die Etatsrätin sowohl beleidigte als auch erschreckte; er antwortete ihr und sprach in hochtrabenden Worten von der Tyrannei der Gesellschaft, von der persönlichen Freiheit, von der plebejischen Rechtschaffenheit der Menge und von dem Adel der Lei-denschaft.

Seit jenem Tage kam er nur selten mehr zu seinen fürsorglichen Verwandten, Frau Boye aber sah ihn um so häufiger. 98

Siebentes Kapitel

Es war an einem Frühlingsabend, die Sonne schien rot in das Zimmer, sie war gerade im Begriff, unterzugehen. Die Flügel der Mühle da oben auf dem Wall warfen ihre Schatten auf die Fensterscheiben und auf die Wände des Zimmers, kommend, schwindend, in einförmigem Wechsel von Licht und Dämmerung, einen Augenblick Dämmerung, zwei Augenblicke Licht.

Am Fenster saß Niels Lyhne und starrte durch die bronzedunkeln Ulmen des Walles auf zu der Glut der Wolken. Er war außerhalb der Stadt gewesen, unter frischbelaubten Buchen, zwischen grünen Roggenfeldern und auf buntblumigen Wiesen; alles war so leicht und licht gewesen, der Himmel so blau, der Sund so blank, und die Frauen, denen er begegnete, so wunderbar schön. Singend war er den Waldweg entlang gegangen, dann verstummten die Worte seines Gesanges, dann legte sich der Rhythmus, dann erstarben die Töne, und das Schweigen überfiel ihn wie ein Schwindel. Er schloß die Augen, aber er merkte trotzdem, wie das Licht sich in ihn einsog und ihm durch alle Nerven strömte, während die kühl berauschende Luft bei jedem Atemzuge das sonderbar gelähmte Blut in immer ungestümerer Kraft durch die vor Schwäche zitternden Adern trieb, und es überkam ihn ein Gefühl, als ob all dies Wimmelnde, Berstende, Sprossende, Erzeugende in der Frühlingsnatur um ihn her – als ob es sich in ihm zu einem einzigen, lauten Ruf zu vereinigen suchte; und es dürstete ihn nach diesem Ruf, er lauschte, bis sein Lauschen sich in ein unklares, schwellendes Sehnen verwandelte.

Er war seines eigenen Ichs müde, ach so müde der kalten Gedanken und Hirngespinste. Das Leben selbst ein Gedicht! mußte er erkennen und sich zurufen. Nicht, wenn man beständig umherging und an seinem Leben dichtete, statt es zu leben. Wie war es doch inhaltlos, leer, leer, leer! Dies Jagen nach sich selber, dies genaue Beobachten der eigenen Spur, und immer im Kreise sich drehend; dies sich zum Schein hinausstürzen in den Strom des Lebens, während man doch gleichzeitig dasaß und nach sich selber angelte, sich selber in irgendeiner seltsamen Vermummung auffischte! Wenn es doch über ihn kommen wollte, das Leben, die Liebe, die Leidenschaft, so daß er es nicht mehr dichtete, sondern daß es aus ihm eine Dichtung machte!

Unwillkürlich machte er eine abwehrende Bewegung mit der Hand. Er war im innersten Innern bange vor dem Gewaltigen, das man Leidenschaft nennt. Dieser Sturmwind, der all das Gesetzte, all das Anerkannte, all das Erworbene bei dem Menschen im Wirbel mit sich fortführt, als wären es welke Blätter! Danach strebte er nicht. Diese prasselnde Flamme, die sich in ihrem eigenen Rauch verzehrt – nein, er wollte langsamer brennen.

Und doch, es war so kläglich, dies Dahinleben mit halber Kraft, in stillen Gewässern, ohne die Küste aus den Augen zu verlieren; wenn es doch nur lieber mit Strom und Sturm kommen wollte! – wenn er nur wüßte, wie!

Er wollte mit vollen Segeln die Fahrt über das Meer des Lebens wagen. Lebt wohl, ihr langsam dahinschleppenden Tage; lebt wohl, ihr glücklichen, kleinlichen Augenblicke; lebt wohl, ihr matten Stimmungen, die man mit Poesie aufputzen muß, um ihnen Glanz zu verleihen; ihr lauen Gefühle, die man in warme Träume kleiden muß, und die trotzdem erfrieren. Ich überlasse euch eurem Schicksal! Ich steuere einem Strande zu, wo sich die Stimmungen gleich üppigen Ranken um alle Fibern des Herzens schlingen, ein undurchdringlicher Wald; auf jede welkende Ranke kommen dort zwanzig in voller Blüte, und auf jede blühende Ranke hundert mit jungen frischen Trieben. Ach, daß ich dort wäre!

Seine Sehnsucht ermüdete ihn, er war seiner selbst überdrüssig. Er bedurfte der Menschen. Aber Erik war natürlich nicht zu Hause. Mit Frithjof war er am Vormittag zusammengewesen, und um ins Theater zu gehen, war es schon zu spät.

Trotzdem ging er ins Freie und schlenderte mißmutig in den Straßen umher.

Vielleicht war Frau Boye zu Hause? Es war freilich heute nicht ihr Empfangsabend, und reichlich spät war es auch schon. Den Versuch konnte er ja doch einmal wagen.

Frau Boye war zu Hause.

Sie war allein; die Frühlingsluft hatte sie zu sehr ermüdet, um mit der Nichte zu einem Diner zu gehen, sie hatte es vorgezogen, sich auf das Ruhebett zu legen, starken Tee zu trinken und Heine zu lesen; nun aber hatte sie genug von der Poesie und hätte am liebsten Lotto gespielt.

Und so spielten sie denn Lotto miteinander. Fünfzehn, zwanzig, siebenundfünfzig, und eine lange Reihe von Zahlen – das Rasseln der hölzernen Nummern in dem Beutel, und ein unablässiges Rollen und Kugeln in der Wohnung über ihnen.

»Es ist nicht amüsant«, sagte Frau Boye, als sie nach einer Weile noch keine einzige Karte besetzt hatten. »Wie? – Nein«, antwortete sie sich selber und schüttelte mißmutig den Kopf. »Aber was können wir denn sonst nur spielen?«

Sie faltete die Hände über den Zahlen vor sich und sah Niels verzweiflungsvoll an.

Niels wußte wirklich gar nichts.

»Sagen Sie um Gottes willen nicht Musik!« Sie beugte ihr Gesicht über ihre Hände herab und berührte die gefalteten Finger mit ihren Lippen, einen Knöchel nach dem anderen, die ganze Reihe entlang und wieder zurück.

»Es ist das abscheulichste Dasein, das man sich nur denken kann«, sagte sie und blickte auf. »Es ist völlig unmöglich, auch nur das Allergeringste zu erleben, und wie soll uns nur das wenige, was das Leben abwirft, in Atem halten, wie, fühlen Sie nicht ganz dasselbe?«

»Ja, ich weiß wirklich nichts Besseres vorzuschlagen, als daß wir es machen, wie der Kalif in Tausendundeiner Nacht. Wenn Sie zu dem seidenen Schlafrock, den Sie anhaben, nur ein weißes Tuch um den Kopf nähmen, und wenn ich Ihren großen ostindischen Schal umtäte, so könnten wir ganz ausgezeichnet zwei Kaufleute aus Mossul vorstellen.«

»Und was sollten wir unglücklichen Kaufleute dann nur anfangen?«

»An die Sturmbrücke hinabgehen und für zwanzig Goldstücke ein Boot mieten und auf die dunkle Flut hinaussegeln.«

»Vorbei an den Sandküsten?«

»Ja, mit farbigen Lanzen an den Masten.«

»Wie Ganem, der Sklave der Liebe. Wie genau ich ihn wiedererkenne, den ganzen Gedankengang; es ist so recht männlich, gleich so eilig darüber herzufallen, die Szenerie auszumalen, und die Situation, und über all den Äußerlichkeiten die Hauptsache zu vergessen. Haben Sie es wohl beachtet, wie ungleich weniger phantastisch wir Frauen sind, als die Männer? Wir können dem Genuß nicht so in unserer Phantasie vorgreifen oder uns die Leiden mit einem phantastischen Troste vom Leibe halten. Was einmal da ist, ist da. Die Phantasie! ach, die ist so jämmerlich klein! Ja, wenn man erst älter geworden ist, wie ich, dann läßt man sich zuweilen an der ärmlichen Komödie der Phantasterei genügen. Aber das sollte man niemals tun, niemals!«

Sie setzte sich erschöpft auf dem Sofa zurecht, halb liegend, halb sitzend, die Hände unter dem Kinn, die Ellenbogen auf die Sofakissen gestützt. Ihr Blick schweifte träumerisch durch das Zimmer, und sie schien ganz verloren in ihre trüben Gedanken.

Niels schwieg auch, und es ward ganz still. Man vernahm das rastlose Auf- und Abhüpfen des Kanarienvogels, die Tafeluhr tickte lauter und lauter durch das Schweigen, und eine Saite in dem geöffneten Klavier machte einen plötzlichen kleinen Ruck und klang in langem, schwachem, ersterbendem Tone mit dem weichen Singen des Schweigens zusammen.

Sie sah so jung aus, wie sie so dalag, inmitten des gelben Scheines der Astrallampe, vom Scheitel bis zur Sohle beleuchtet, und es war ein entzückender Widerspruch zwischen dem schönen Halse, der matronenhaften Charlotte Corday-Haube und den kindlich unschuldigen Augen, dem kleinen offenen Munde mit den milchweißen Zähnen.

Niels schaute sie bewundernd an.

»Wie sonderbar es doch ist, dies Sehnen nach dem eigenen Ich!« sagte sie, sich zögernd von ihren Träumen wendend und mit ihrem Blicke wieder zur Wirklichkeit zurückkehrend. »Und ich sehne mich so oft, so unendlich oft nach mir selber, wie ich als junges Mädchen war, und ich liebe das junge Mädchen wie jemand, dem ich unendlich nahe gestanden, mit dem ich Leben und Glück und alles geteilt habe, und den ich dann verlieren mußte, ohne das geringste dazu tun zu können. Welche herrliche Zeit war das! Sie ahnen nicht, wie zart und rein so ein Menschenleben in der Zeit der allerersten Liebe ist. Es kann nur in Tönen ausgesprochen werden; stellen Sie es sich vor wie ein Fest, ein Fest in einem Feenschloß, wo die Luft leuchtet gleich rötlichem Silber. Da ist eine Fülle von Blumen, und sie wechseln ihre Farbe, sie tauschen langsam ihre Farben miteinander aus. Alles klingt da drinnen und jubelt, aber nur gedämpft, und die dämmernden Ahnungen glühen und blitzen wie ein mystischer Wein in feinen, feinen Traumkelchen, und es klingt und duftet: tausend Düfte wogen durch die Säle; o, ich könnte weinen, wenn ich daran denke, und auch wenn ich mir klarmache, daß, wenn das alles wie durch ein Wunder wieder wäre, wie es gewesen ist, mich dies Leben jetzt nicht mehr tragen könnte.«

»Nein, im Gegenteil!« sagte Niels eifrig, und seine Stimme bebte, als er fortfuhr: »Nein, Sie würden gerade weit feiner lieben können und unendlich viel geistvoller als das junge Mädchen.«

»Geistvoll? o, wie ich diese geistvolle Liebe hasse! Was auf dem Boden einer solchen Liebe wächst, sind nichts als Zeugblumen; und die wachsen nicht einmal, die nimmt man aus dem Haar und steckt sie ins Herz, weil das Herz selber keine Blumen hat. Und gerade deswegen beneide ich das junge Mädchen, bei ihr ist nichts Unrechtes, sie mischt nicht das Surrogat der Phantasterei in den Becher ihrer Liebe. Glauben Sie nicht, daß, weil ihre Liebe durchwoben und überschattet ist von Phantasiebildern, von großartig wuchernden, unbestimmten Bildern, dies seinen Grund darin hat, daß sie sich mehr aus diesen Bildern macht als aus der Erde, auf der sie wandelt – nein, das kommt nur daher, weil alle Sinne, Triebe und Fähigkeiten in ihr überall nach der Liebe greifen, allüberall, ohne daß sie das ermüdete. Nicht aber, weil sie ihre Phantasien genösse oder sich auch nur in ihnen wiegte, nein, sie ist unendlich viel wirklicher, so wirklich, daß sie oft auf ihre eigene, unwissende Weise unschuldig zynisch wird. Sie ahnen nicht, welch ein berauschender Genuß zum Beispiel für ein junges Mädchen darin liegen kann, heimlich den Geruch des Zigarrenrauches einzuatmen, der in den Kleidern des Geliebten hängt; das ist für sie tausendmal mehr, als ein ganzer Feuerbrand von Phantasie. Ich verachte die Phantasie! Was nützt es uns, wenn sich unser ganzes Wesen dem Herzen eines Menschen entgegensehnt, um in den kalten Vorraum der Phantasie eingeschlossen zu werden! Und wie häufig ist das doch der Fall! Wie oft müssen wir uns doch darein finden, daß der, den wir lieben, uns mit seiner Phantasie ausschmückt, uns mit einer Glorie umgibt, uns Flügel an die Schultern bindet und uns in ein sternbesätes Gewand hüllt, und uns erst dann seiner Liebe würdig findet, wenn wir in diesem Maskeradenstaat einherstolzieren, in dem keiner von uns sich ganz so geben kann, wie er im Grunde ist, denn wir sind viel zu geputzt, und man macht uns verlegen, indem man sich vor uns in den Staub wirft und uns anbetet, statt uns zu nehmen, wie wir sind, und uns so zu lieben.«

Niels war ganz verwirrt. Er hatte ihr Taschentuch, das sie verloren hatte, aufgehoben und saß nun da, berauschte sich an den Düften des Tuches und war gar nicht darauf vorbereitet, daß sie ihn so ungeduldig fragend ansah, und noch dazu gerade in dem Augenblicke, wo er in die Betrachtung ihrer Hand vertieft war. Endlich bekam er dann die Antwort heraus, daß ja ein Mann damit am besten seine große Liebe beweise, daß er, um es vor sich selber zu verantworten, wie unsagbar er einen Menschen liebe, diesen Menschen mit einer Glorie der Gottheit umgeben müsse.

»Ja, darin liegt ja gerade das Beleidigende«, versetzte Frau Boye, wir sind eben göttlich genug, so wie wir sind!

Niels lächelte verbindlich.

»Nein, Sie müssen nicht lächeln, es soll durchaus kein Scherz sein. Im Gegenteil, die Sache ist sehr ernsthaft, denn diese Anbetung ist von Grund aus tyrannisch, wir sollen gezwungen werden, uns dem Ideale des Mannes anzupassen. Schlag eine Ferse ab, schneide eine Zehe ab!

Das in uns, was nicht mit seiner idealen Vorstellung übereinstimmt, soll verschwinden, und gelingt es nicht, es zu unterdrücken, so wird es übersehen, planmäßig vergessen, alle Entfaltung wird ihm genommen, und das, was wir nicht besitzen oder was doch nicht unser Eigentum ist, das soll zur üppigsten Blüte gebracht werden, indem es bis zu den Wolken erhoben wird, indem von vornherein angenommen wird, daß wir es im höchsten Maße besitzen, und indem es zum Eckstein gemacht wird, auf den sich die Liebe des Mannes stützt. Ich nenne das Gewalttätigkeit gegen unsere Natur. Ich nenne das Dressur. Die Liebe des Mannes will dressieren. Und wir fügen uns dem – selbst die, die nicht lieben, fügen sich, – wir sind ja nun einmal verachtungswürdige Schwächlinge.«

Sie erhob sich aus ihrer ruhenden Stellung und blickte Niels drohend an.

»Wenn ich schön wäre, o, bezaubernd schön, herrlicher, als je ein Weib auf Erde gewesen ist, so daß alle, die mich anschauten, von unüberwindlicher, schmerzlicher Liebe ergriffen, davon erfaßt würden wie von einem Zauber, wie wollte ich sie da durch die Macht meiner Schönheit zwingen, nicht ihr hergebrachtes blutloses Ideal, sondern mich selbst anzubeten, so wie ich gehe und stehe, jede Falte meines Wesens, jeden Schimmer meiner Natur!«

Sie hatte sich jetzt ganz erhoben, und Niels dachte auch daran, zu gehen, stand aber da und überlegte eine kühne Äußerung nach der anderen, ohne daß er den Mut finden konnte, seinen Gedanken Worte zu verleihen. Endlich faßte er Mut, ergriff ihre Hand und küßte sie. Da reichte sie ihm auch die andere Hand zum Kusse, und so kam er nicht weiter als zu einem: »Gute Nacht!«

Niels Lyhne war in Frau Boye verliebt. Als er heimging und durch dieselben Straßen kam, durch die er noch vor wenig Stunden so mißmutig geschlendert war, wollte es ihm scheinen, als läge es lange, lange hinter ihm, daß er hier gegangen war. Es war außer dem eine gewisse Sicherheit, ein ruhiger Anstand in seinen Gang und seine Haltung gekommen, und als er seine Handschuhe sorgfältig zuknöpfte, tat er das mit einer Empfindung, als sei eine große Veränderung mit ihm vorgegangen, und mit dem unklaren Bewußtsein, als schulde er es dieser Veränderung, seine Handschuhe zuzuknöpfen, und zwar sorgfältig.

Zu erregt von seinen Gedanken, um schlafen zu können, ging er auf den Wall hinauf. Es schien ihm, als denke er so merkwürdig ruhig, er wunderte sich über die Stille in ihm, aber er glaubte eigentlich nicht so recht daran, es war ihm, als siede es ganz leise aber unaufhörlich in seinem Innern, als sprudle und gäre und walle es, aber weit, weit fort. Ihm war zumute, als warte er auf irgend etwas, das aus der Ferne kommen müsse, eine entfernte Musik, die sich nähern müsse, nach und nach, tönend, sausend, schäumend, brausend, die sich dröhnend über ihn ergießen müsse, ihn ergreifen, ohne daß er wußte, wie, ihn forttragen, ohne daß er wußte, wohin, kommend wie die Flut, kämpfend wie die Brandung, und dann –. Aber noch war er ruhig; nur dies bebende Singen in der Ferne, sonst war alles Friede und Klarheit.

Er liebte, er sagte es sich selber laut, daß er liebte. Unzählige Male. Es lag ein so wunderbarer Klang in den Worten, und sie bedeuteten so viel. Sie bedeuteten, daß er kein Gefangener aller jener phantastischen Kindheitseinflüsse mehr sei, daß er nicht länger der Spielball ziellosen Sehnens, nebelhafter Träume, daß er diesem Elfenlande entflohen sei, das mit ihm aufgewachsen war, das ihn mit hundert Armen umschlungen, ihm die Augen mit hundert Händen zugehalten hatte. Er hatte sich losgerissen aus seiner Macht, und streckte es jetzt auch die Hände nach ihm aus, flehte es ihn auch mit stummem Blicke an, winkte es ihm auch mit seinen weißen Gewändern, seine Herrschaft war nun einmal tot, ein vom Tage getöteter Traum, ein von der Sonne zerstreuter Nebel. Denn war seine junge Liebe nicht der Tag, und die Sonne, und die ganze Welt? Und war er nicht bisher einherstolziert in einem purpurnen Feierkleide, das nicht gesponnen war, und mächtig gewesen auf einem Throne, der nicht errichtet war? Jetzt aber, jetzt stand er auf einem hohen Berge und schaute hinaus über die weiten Ebenen der Welt, einer sangesdurstigen Welt, in der er nicht vorhanden war, in der man ihn nicht ahnte, ihn nicht erwartete. Es war ein jubelnder Gedanke, zu denken, daß kein Hauch seines Atems in dieser ganzen weiten, wachenden Unendlichkeit ein Blatt bewegt oder eine Welle gekräuselt hatte. Alles das zu gewinnen, stand ihm noch bevor. Und er wußte, daß er es konnte, er fühlte sich siegesgewiß und stark, wie es nur der kann, dessen Lieder ungesungen und schwellend in seiner Brust ruhen.

Die laue Frühlingsluft war voller Düfte, nicht so gesättigt, wie es eine Sommernacht sein kann, sondern gleichsam gestreift von dem würzigen Balsamhauche junger Pappeln, von dem kühligen Atem später Veilchen und dem süßen Dufte der blühenden Syringen, und das alles kam und vermischte sich, ging und trennte sich und löste sich zuletzt langsam in der Nachtluft auf. Und wie Schatten von dem launenhaften Spiel des Duftes zogen luftige Stimmungen durch sein Inneres.

Er suchte sich ihr Bild zurückzurufen, so wie sie auf dem Sofa geruht und mit ihm gesprochen hatte, aber es kam nicht; er sah sie die Allee entlang gehen, sah sie sitzen und lesen, den Hut auf dem Kopfe, eins der großen, weißen Blätter des Buches zwischen ihren behandschuhten Fingern haltend, gerade im Begriff, es umzuwenden, und dann weiter und weiter blätternd; er sah sie in ihren Wagen steigen am Abend nach dem Theater, sie winkte ihm hinter den Fensterscheiben zu, und dann fuhr der Wagen davon, und er stand da und schaute ihm nach, wie er weiter und weiter fuhr; gleichgültige Gesichter kamen und redeten ihn an; Gestalten, die er seit Jahren nicht gesehen hatte, gingen die Straße hinab, wendeten sich um und schauten ihm nach; und immer weiter fuhr der Wagen, ohne Unterlaß, er konnte sich nicht frei machen von dem Wagen, konnte vor dem Wagen an keine anderen Bilder denken. Da gerade, als er völlig erregt war vor Ungeduld, da kam es: das gelbe Licht, die Augen, der Mund, die Hand unter dem Kinn, so deutlich, als befände es sich gerade vor ihm im Dunkeln.   111

Wie war sie doch schön, wie mild, wie rein! Er liebte sie in kniender Inbrunst, er warb zu ihren Füßen um all diese bezaubernde Schönheit. Stürze dich herab von deinem Throne und komm zu mir! Mache dich zu meiner Sklavin, lege dir selber die Sklavenketten um den Hals, aber nicht zum Scherz, ich will an der Kette rütteln, es soll Gehorsam sein in deinen Gliedern, Unterwürfigkeit in deinem Blick! O, könnte ich mich mit einem Liebestrank hinabbeugen zu dir; nein, kein Liebestrank, denn der würde dich zwingen, und du würdest dem Zwange willenlos gehorchen, aber ich allein will dein Herr sein, und ich würde deinen Willen hinnehmen, der vernichtet in deinen demütig ausgestreckten Händen liegt. Du solltest meine Königin sein, und ich dein Sklave, aber mein Sklavenfuß würde auf deinem stolzen königlichen Nacken stehen; es ist kein Wahnsinn, was ich begehre, denn darin besteht ja die Frauenliebe: stolz sein und stark und doch sich beugen, ich weiß es, das ist Liebe: schwach sein und herrschen!

Er fühlte es, daß das Teil in ihrer Seele, das Seele für das Glühend-Sinnliche ihrer Schönheit war, sich niemals zu ihm hingezogen fühlen würde, ihn nimmermehr mit diesen blendenden Junoarmen umschlingen, ihm niemals liebesschwach diesen schimmernden Nacken zum Kusse hingeben würde. Er wußte es wohl, das junge Mädchen in ihr konnte er gewinnen, hatte er wohl schon gewonnen, und sie, die Üppige, dessen war er sicher, sie hatte gefühlt, wie die frühe Schönheit, die in ihr erstorben war, sich mystisch in ihrem Grabe gerührt hatte, um ihn mit schlanken Jungfrauenarmen zu umfangen, ihm mit zagen Jungfrauenlippen zu begegnen. Aber seine Liebe war nicht von der Art. Er liebte nur das, was nicht zu gewinnen war, liebte gerade diesen Nacken mit seinem warmen Blütenschnee und dem Schimmer von tauigem Golde unter dem dunklen Haar. Er schluchzte vor Liebesweh und rang seine Hände in sehnender Ohnmacht; er schlang die Arme um einen Baum, lehnte seine Wange gegen seine Rinde und weinte.

Achtes Kapitel

Es war in Niels Lyhne eine gewisse lahme Besonnenheit, das Kind einer angeborenen Unlust, etwas zu wagen, das Kindeskind eines halbklaren Bewußtseins von dem Mangel an Persönlichkeit, und mit dieser Lahmheit lag er in stetem Kampfe, bald sich selber dagegen aufstachelnd, indem er ihr schimpfliche Namen beilegte, bald bemüht, sie zur Tugend herauszustaffieren, zu einer Tugend, die in der innigsten Verbindung mit dem Naturgrunde in ihm stand, ja noch mehr: die eigentlich bewirkte, was er war und was er vermochte. Aber wozu er sie auch machte, wie er sie auch betrachten mochte, stets haßte er sie doch wie ein heimliches Gebrechen, das er wohl vor der Welt, jedoch niemals vor sich selber verbergen konnte, das immer da war, um ihn jedesmal zu demütigen,

wenn er so recht einig mit sich selber war. Und wie beneidete er dann jene selbstbewußte Unbesonnenheit, in deren Feuer Denken und Handeln in eins zusammenschmelzen. Die Menschen, die so waren, erschienen ihm wie Kentauren, Mann und Pferd aus einem Guß, Gedanke und Sprung eins, ein ganzes, während er selber geteilt war in Reiter und Pferd, der Gedanke für sich, und der Sprung für sich.

Wenn er sich vorstellte, er könnte Frau Boye seine Liebe gestehen, und er mußte sich nun einmal alles vorstellen, dann sah er sich so deutlich in dieser Lage, seine ganze Haltung, seine Bewegung, seine ganze Person, von vorn, von der Seite und vom Rücken, sah sich so unsicher gemacht von dieser fieberhaften Angst vor dem Handeln, die ihn stets lähmte und ihm alle Geistesgegenwart raubte, daß er dastand und eine Antwort hinnahm, wie er einen Schlag hingenommen hätte, der ihn in die Knie sinken machte, statt sie hinzunehmen, wie man einen Federball in Empfang nimmt, den man auf wer weiß wie viele Arten zurückwerfen kann, und der auf wer weiß wie viele andere Arten wieder herfliegen kann.

Er wollte sprechen, und er wollte schreiben, aber es gelang ihm niemals, offen mit der Sprache herauszugehen. Es kam nicht weiter als bis zu verblümten Erklärungen, oder dazu, daß er sich scheinbar in halb angenommener lyrischer Leidenschaftlichkeit zu einem liebeswarmen Worte, zu schwärmerischen Wünschen hinreißen ließ. Aber trotzdem kam es doch allmählich zu einem Verhältnis zwischen ihnen, zu einem eigentümlichen Verhältnis, erzeugt aus der demütigen Liebe eines 114 Jünglings, aus dem traumschwülen Verlangen eines Phantasten und dem Wunsche eines Weibes, in romantischer Unnahbarkeit begehrt zu werden. Und das Verhältnis zwischen ihnen ward zu einer Mythe, über deren Entstehung sie sich beide nicht klar waren, zu einer stillen, stubenluftbleichen Mythe von einer schönen Frau, die in ihrer frühesten Jugend einen von den Heroen des Geistes geliebt hatte, welcher von dannen gezogen war, um in einem fernen Lande zu sterben, vergessen und verlassen. Und die schöne Frau hatte trauernd lange Jahre dahin gelebt, aber niemand ahnte ihren Kummer, nur die Einsamkeit war heilig genug, ihr Leid zu schauen. Da kam ein Jüngling, der jenen Geisteshelden seinen Meister nannte, und der durchdrungen war von seinem Geiste, erfüllt von seinem Werke. Und er liebte das trauernde Weib. Ihr aber war es, als stiegen längst entschwundene, glückliche Tage aus ihrem Grabe, so daß sich alles seltsam süß verwirrte und Vergangenheit und Gegenwart zu einem silberverschleierten, dämmerigen Traumtage verschmolzen, und sie liebte den Jüngling halb um seiner selbst willen, halb als Schatten eines anderen, und sie gab ihm ihre halbe Seele völlig hin! Aber leise mußte er auftreten, damit der Traum nicht entfliehe, streng mußte er über seine heißen irdischen Wünsche wachen, damit sie nicht die süße Dämmerung verscheuchten und sie zu neuem Schmerz erwachte.

Allmählich aber gewann ihr Verhältnis unter dem Schutze dieser 115 Mythe doch festere Formen. Sie sagten Du zueinander und nannten sich, wenn sie allein waren, bei ihren Vornamen – Niels und Tema –, und die Gegenwart der bleichen Nichte wurde so viel wie möglich beschränkt. Wohl versuchte Niels hin und wieder einmal die gezogenen Schranken zu durchbrechen, aber Frau Boye war ihm viel zu überlegen, um nicht mit Leichtigkeit diesen Empörungsversuch niederschlagen zu können, und bald ergab sich Niels wieder und fand sich von neuem für eine Weile in diese Liebesphantasie mit lebenden Bildern. Das Verhältnis versumpfte weder zu platonischer Fadheit, noch glitt es in der einförmigen Ruhe der Gewohnheit dahin. Und Ruhe war das, was ihm am wenigsten eigen war. Niels Lyhnes Hoffnung ermüdete nie, und wurde sie auch jedesmal, wenn sie begehrlich aufflammte, sanft in ihre Schranken zurückgewiesen, so glühte sie darum im Verborgenen nur desto heißer. Und wie wurde diese Hoffnung am Leben erhalten durch Frau Boyes tausenderlei Liebeskünste, durch ihre herausfordernde Naivität! Und dann hatte sie das Spiel auch nicht immer so ganz und gar in der Hand, denn es konnte zuweilen vorkommen, daß das Blut in seinem Müßiggang davon träumte, diese halbgezähmte Liebe zu belohnen.

Blieb so dieses Verhältnis für Niels Lyhnes verträumte, wenn auch lebensdurstige Natur bloß ein Spiel, so war es doch ein ernsthaftes Spiel, beschäftigend genug, um ihm eine Leidenschaftsgrundlage zu geben, auf der er sich entwickeln konnte.

Und das war ein Bedürfnis für ihn. Es sollte ja ein Dichter aus Niels Lyhne werden, und es waren auch genug Bedingungen in seinem äußeren Leben gewesen, die seine Neigungen nach dieser Richtung hinlenken konnten, genug, die seine Fähigkeiten einer solchen Aufgabe dienstbar machen konnten. Bis heute freilich hatte er nicht viel anderes gehabt als seine Träume, und nichts ist einförmiger und eintöniger, als ein solches Phantasieleben, denn in dem scheinbar unendlichen, ewig wechselnden Lande der Träume gibt es in der Tat nur bestimmte, kurze, gebahnte Wege, auf die sich der ganze Verkehr beschränkt und von denen niemand weichen darf. Die Menschen können sehr verschieden sein, ihre Träume aber sind es nicht, denn die drei, vier Dinge, die sie begehren, erlangen sie ja mehr oder weniger schnell im Traume, mehr oder weniger vollkommen, aber sie verlangen sie doch stets sämtlich; es gibt ja niemand, der sich mit leeren Händen träumte. Darum lernt sich auch niemand im Traume kennen, wird sich niemand in Träumen seiner Eigentümlichkeiten bewußt, denn der Traum weiß nichts davon, wie man sich begnügt, den Schatz zu gewinnen, wie man ihn fahren läßt, wenn man ihn verliert, wie satt man wird, wenn man genießt, welchen Weg man einschlägt, wenn man entbehrt.

Niels Lyhne hatte deswegen auch von der ästhetischen Persönlichkeit im allgemeinen ausgehend gedichtet: der Lenz war für ihn eine Zeit des

Schwellens und Knospens, das Meer war groß, die Liebe süß und der Tod traurig. Er selber war nicht weiter in diese Poesie eingedrungen, er machte nur Verse. Jetzt aber wurde das anders! Jetzt, wo er um die Liebe eines Weibes warb, wo er wollte, daß sie ihn lieben sollte, ihn, ihn, Niels Lyhne von Lönborggaard, der dreiundzwanzig Jahre zählte, ein wenig vornübergebeugt ging, schöne Hände und kleine Ohren hatte, der überaus schüchtern war, der wünschte, daß sie ihn lieben sollte, ihn persönlich und nicht den idealisierten Nikolaus seiner Träume, mit dem stolzen Gang, den sichern Manieren, und der ein wenig älter war! Jetzt fing er an, sich lebhaft für diesen Niels zu interessieren, mit dem er eigentlich bis dahin nur wie mit einem weniger präsentabeln Freunde verkehrt hatte. Er war viel zu beschäftigt gewesen, um sich mit dem auszustaffieren, was ihm fehlte, als daß er Zeit gehabt hätte, das zu sehen, was er wirklich besaß; jetzt aber fing er mit der Leidenschaft eines Forschers an, sein eigenes Ich aus Kindheitserinnerungen und Kindheitseindrücken, aus den wirklich gelebten Augenblicken seines Lebens herauszusammeln, und mit frohem Staunen sah er, wie das alles zueinander paßte, Stück für Stück, und er fügte alles zusammen zu einer ungleich sympathischeren Persönlichkeit, als die war, der er im Traume nachgelaufen, ungleich, wahrer, kräftiger, willensstärker. Dies war nicht mehr der tote Klotz eines Ideals; das wirkliche Leben mit seinen wunderlichen, unergründlichen Tätigkeiten spielte in tausendfarbigem Wechsel mit hinein. Du lieber Himmel, er hatte ja Kräfte, die er brauchen konnte, so wie sie waren, er war ja Aladdin; es gab ja nichts, wonach er die Hände ausgestreckt hatte, ohne daß es aus den Wolken herab ihm in den Turban gefallen war.

Und jetzt kam eine glückliche Zeit für Niels. Die glückliche Zeit, in der die mächtige Schwungkraft der Entwickelung uns jubelnd hinwegführt über die toten Punkte in unserer Natur, wo alles in uns wächst und vollkommener wird, so daß wir im Übermaß unserer Kraft die Schultern, wenn es sein muß, selbst gegen Berge stemmen und mutig den Bau des babylonischen Turmes beginnen, der bis an den Himmel reichen soll, der freilich nur das armselige Bruchstück eines Kolosses wird, an dem man den ganzen Rest des Lebens mit zaghaften Türmchen und sonderbaren Erkern weiterbaut.

Alles war wie verändert; Natur, Fähigkeiten und Arbeit griffen ineinander wie ein Triebrad in das andere, da war keine Rede von einem Innehalten, von einer Freude über das Gelungene, denn das Fertige wurde sofort verworfen, er war ja unter der Arbeit gewachsen, es wurde nur die Stufe, auf der er emporklomm zu dem stets zurückweichenden Ziel, Stufe auf Stufe zurückgelegte Wege, die schon wieder vergessen waren, während noch sein Fußtritt auf ihnen widerhallte.

Aber während er so von neuen Kräften und neuen Gedanken einer größeren Reife, einem weiteren Gesichtskreise entgegengetragen wurde, fühlte er sich auch allmählich immer einsamer, denn seine Bekannten und Parteigenossen blieben einer nach dem andern zurück und verloren sich in demselben Maße, wie er ihnen sein Interesse nicht mehr bewahren konnte. Wurde es ihm doch von Tag zu Tag schwerer, irgendwelchen Unterschied zu finden zwischen diesen Oppositionsmännern und der Mehrheit, gegen welche sie opponierten. Es verschwamm für ihn alles zu einer großen feindlichen Masse, die nur Langeweile bedeutete. Was schrieben sie denn auch, wenn sie mit ihren Liedern zum Angriff aufforderten? Nichts als pessimistische Gedichte, deren Inhalt war, daß Hunde treuer seien als Menschen, und Zuchthäusler oft ehrlicher als die Leute, die frei einhergingen; wohlredende Phrasen über den Vorzug des grünen Waldes und der braunen Heide vor den staubigen Städten; Erzählungen von der Tugendhaftigkeit des Bauernstandes und den Lastern der Reichen, von dem Blute der Natur und der Bleichsucht der Bildung; Schauspiele, die von dem Unverstande des Alters und der höheren Berechtigung der Jugend handelten. Wie genügsam waren sie doch, wenn sie schrieben! Dann war es doch besser, wenn sie innerhalb ihrer sicheren vier Wände redeten! Nein, wenn er einmal so weit kam, dann sollte Musik erschallen, Posaunenmusik!

Auch mit den alten Freunden war es nicht mehr wie früher. Besonders mit Frithjof. Der Grund lag darin, daß Frithjof, eine positive Natur mit gutem Kopf und breitem Rücken, sich darüber hergemacht hatte, Heiberg recht gründlich zu studieren; er hatte alles für bare Münze genommen, daß die Systematiker kluge Leute seien, die ihre Systeme nach ihren Werken machten, und nicht ihre Werke nach ihren Systemen. Und es geht ja nun einmal so, daß junge Leute, die unter die Macht eines Systems geraten sind, gern auch große Dogmatiker werden, infolge der löblichen Liebe, welche die Jugend meistenteils für die fertigen Zustände, für das Befestigte, das Absolute hegt. Und wenn man nun auf solche Weise Inhaber der ganzen Wahrheit geworden ist, der ganzen, echten Wahrheit, wäre es da nicht unverzeihlich, wenn man sie ganz für sich behalten und seine weniger glücklich gestellten Mitmenschen ihren eigenen schiefen Weg gehen lassen wollte, statt sie zu leiten und zu belehren, statt mit liebevoller Unbarmherzigkeit ihre wilden Schößlinge zu ergreifen, sie mit freundlicher Gewalt an die Mauer zu treiben, und ihnen dann klarzumachen, welche Richtung sie in ihrer Entwicklung einzuschlagen hätten, um eines Tages, wenn auch erst spät, als richtige, künstliche Spaliers dem gütigen Freunde danken zu können für alle die Mühe, die er sich mit ihnen gemacht hat?

Niels pflegte zwar zu sagen, daß er nichts so sehr zu schätzen wisse, wie Kritik, aber dessenungeachtet zog er die Bewunderung vor, und er konnte sich durchaus nicht darein finden, sich von Frithjof kritisieren zu lassen, den er stets als seinen Leibeigenen betrachtet hatte, und der auch stets entzückt gewesen war, die Livree seiner Ansichten und Überzeugungen zu tragen. Und jetzt kam er und wollte den Gleichgestellten spielen in der selbstgewählten Maskeradentracht eines Talars! Das mußte natürlich zurückgewiesen werden. Niels versuchte zuerst, in überlegener Gutmütigkeit Frithjof vor sich selber lächerlich zu machen, und als ihm das mißglückte, nahm er seine Zuflucht zu unverschämten Behauptungen, die zu erörtern er sich aber zu erhaben fühlte; er stellte sie nur in ihrer barocken Abscheulichkeit hin und zog sich dann hinter ein höhnisches Schweigen zurück. So kamen sie auseinander.

Mit Erik ging es besser. Über ihrer Knabenfreundschaft hatte stets etwas Zurückhaltendes, eine gewisse geistige Schamhaftigkeit gelegen, und dadurch hatten sie die allzu genaue gegenseitige Bekanntschaft vermieden, die eine so große Gefahr für die Freundschaft ist; sie waren im Festsaal ihrer Seele miteinander begeistert gewesen, hatten sich gemütlich und vertraulich im Wohnzimmer unterhalten, aber sie waren nicht in den mehr entlegenen Räumen ihrer Seelenwohnung aus und ein gegangen.

Das war auch jetzt nicht anders. Die Zurückhaltung war womöglich noch größer, jedenfalls bei Niels, aber die Freundschaft war darum nicht geringer, und ihr Haupteckstein war jetzt, wie auch früher, Niels Lyhnes Bewunderung für das Frische, Lebensfrohe, das Erik eigen war, daß er sich so heimisch im Leben fühlte, so bereit, zuzugreifen und zu nehmen. Aber er konnte sich nicht verbergen, daß die Freundschaft ziemlich einseitig war, nicht etwa weil Erik des wahren Freundschaftssinnes entbehrt oder weil er kein Zutrauen zu Niels gehabt hätte. Im Gegenteil, es konnte wohl niemand eine höhere Meinung von Niels haben als gerade Erik, er glaubte ihn sich so weit überlegen an Begabung, daß von

Kritik keine Rede sein konnte, aber gleichzeitig mit dieser blinden Anerkennung hielt er auch das, womit Niels sich beschäftigte, wie das, was seine Gedanken in Anspruch nahm, für weit über den Gesichtskreis hinausreichend, den er mit seinen Augen erreichen konnte. Er war fest überzeugt, daß Niels auf dem Wege, den er sich erwählt hatte, vorwärts kommen würde, aber er war ebenso überzeugt, daß sein Fuß nichts auf diesem Wege zu suchen habe, und deswegen betrat er ihn gar nicht.

Das war nun freilich ein wenig hart für Niels, denn obwohl Eriks Ideale nicht die seinen waren und die Richtung, der Erik in seiner Kunst Ausdruck verleihen wollte, das Romantische oder das Sentimental-Romantische, ihm keineswegs sympathisch war, so konnte er doch persönlich eine breitere, vielseitigere Sympathie empfinden und darin getreulich der Entwicklung des Freundes folgen, sich mit ihm freuen, wenn er Erfolge hatte, seine Hoffnung aufs neue beseelen, wenn er stillstand.

So kam es, daß die Freundschaft eine einseitige war, und es war nicht zu verwundern, daß es Niels jetzt, wo sich so viel Neues in ihm Bahn brach und deswegen sein Bedürfnis, sich mitzuteilen und verstanden zu werden, doppelt groß war, klar ward, wie unzulänglich diese Freundschaft war, und daß er, dadurch erbittert, den bis dahin so rücksichtsvoll beurteilten Freund einer schärferen Kritik unterzog. So entstand ein trauriges Gefühl der Vereinsamung in ihm; es war, als wenn alles, was er aus der Heimat mitgebracht, was er von Kindheit auf besessen hatte, von ihm abfiele, ihn fahren ließe, als wenn er vergessen, verlassen wäre. Die Tür, die zu dem Alten führte, war verriegelt, und er stand mit leeren Händen davor und allein; was er entbehrte, was er verlangte, mußte er sich selber erringen, neue Freunde, ein neues Heim, einen neuen Herzensraum und neue Erinnerungen.

Ungefähr ein Jahr lang mochte Frau Boye Niels' einzige, wirkliche Gefährtin gewesen sein, als diesen ein Brief von seiner Mutter, der die Nachricht von der lebensgefährlichen Erkrankung des Vaters enthielt, nach Lönborggaard rief. Als er dort ankam, war der Vater bereits gestorben.

Es fiel Niels schwer aufs Herz, fast wie ein Verbrechen, daß er sich in den letzten Jahren so wenig nach seinem Elternhause gesehnt hatte. Seine Gedanken waren freilich oft dahin geschweift, aber er war nur als Gast dagewesen, mit dem Staube anderer Gegenden in seinem Herzen, er hatte sich nie in namenlosem Heimweh danach gesehnt wie nach dem lichten Heiligtum seines Lebens, in glühendem Verlangen, den heimatlichen Boden zu küssen, unter dem heimatlichen Dache zu ruhen. Jetzt bereute er diese Untreue, und unter der Last des Kummers empfand er seine Reue als eine mystische Mitschuld an dem Geschehenen, als hätte seine Treulosigkeit den Tod des Vaters herbeigeführt. Er wunderte sich immer von neuem, wie er so ruhig hatte von diesem Heim entfernt 124 leben können, das ihn jetzt mit so seltsamer Macht zu sich hinzog. Sein ganzes Wesen ging in der Sehnsucht auf, mit der er sich jetzt daran anschmiegte, unruhig darüber, daß er, so gern er es auch wollte, nicht mit ihm verschmelzen konnte, unglücklich, daß die tausendfältigen Erinnerungen, die aus jedem Winkel, jedem Busch, aus den Ton- und Lichtstimmungen, aus tausend Wohlgerüchen, ja selbst aus dem Schweigen ihn ansahen, daß ihn dies alles mit gleichsam zu entfernten Stimmen rief, die sich nicht in der ganzen Fülle und Schärfe, deren er bedurfte, fassen ließen, die nur leise wie das Säuseln der zur Erde fallenden Blätter, wie das Plätschern der an den Strand rollenden Wellen zu seiner Seele sprachen.

Der ist glücklich in seinem Kummer, der, wenn einer seiner Lieben heimgegangen ist, alle seine Tränen über die Leere, die Verlassenheit und den Verlust weinen kann; aber schwere, herbe Tränen sind es, die sühnen sollen, was entschwundene Tage von Mangel an Liebe zu dem gesehen, der jetzt gestorben ist, und dem gegenüber nichts Geschehenes wieder gutgemacht werden kann. Denn jetzt kehren sie alle wieder, nicht nur harte, sorgfältig vergiftete Antworten, schonungsloser Tadel, gedankenloser Zorn, sondern auch lieblose Gedanken, denen keine Worte verliehen wurden, hastige Träume, die durch den Sinn zogen, einsames Achselzucken, ungesehenes Lächeln voller Hohn und Ungeduld; sie kommen alle wieder wie giftige Pfeile und senken ihren Stachel tief in deine eigene Brust, ihren stumpfen Stachel, denn die Spitze ist ja abgebrochen in dem Herzen, das jetzt nicht mehr schlägt. Ja, es schlägt nicht 125 mehr, du kannst nichts wieder gutmachen, nicht das geringste. Jetzt hegt dein Herz Liebe genug, aber nun ist es zu spät. Tritt an das kalte Grab mit deinem vollen Herzen – kannst du dem Abgeschiedenen näherkommen? Pflanze Blumen und flicht Kränze – bist du ihm damit um einen Finger breit näher gekommen?

Auch auf Lönborggaard wanden sie Kränze, auch zu ihnen kamen die bitteren Erinnerungen an Stunden, in denen die Liebe von rauheren Stimmen übertönt worden war, auch für sie lag in den strengen Linien, die den geschlossenen Mund des Grabes umgaben, so manches, was ihre Reue erwecken konnte.

Es war eine schwere, trübe Zeit, aber sie hatte einen Lichtpunkt: sie brachte Mutter und Sohn einander näher, als sie seit vielen Jahren gewesen waren, denn obwohl sie große Liebe zueinander hegten, hatten sie sich doch stets ängstlich voreinander bewacht, und es war in ihrem Nehmen und Geben eine Zurückhaltung gewesen, die sich schon von der Zeit her schrieb, als Niels zu groß geworden war, um auf den Knien der Mutter zu sitzen. Er fürchtete sich vor dem Heftigen, Überspannten in ihrer Natur, während sie sich durch das Zaghafte, Unschlüssige in ihm fremdartig berührt fühlte. Jetzt aber hatte das Leben ihre Herzen vorbereitet, und bald sollten sie sich ganz und gar finden.

Kaum zwei Monate nach der Beerdigung erkrankte Frau Lyhne heftig, und eine Zeitlang fürchtete man für ihr Leben. Die Angst, die über diesen Wochen lag, drängte jenen früheren Schmerz in den Hintergrund, und als Frau Lyhne anfing, sich zu erholen, war es sowohl für sie wie für Niels, als lägen Jahre zwischen ihnen und dem frischen Grabe.

Frau Lyhne war während ihrer ganzen Krankheit überzeugt gewesen, daß sie sterben müsse, und selbst jetzt, wo der Arzt sie außer aller Gefahr erklärt hatte, konnte sie sich von diesem düsteren Gedanken nicht frei machen.

Es war auch eine sehr lange Wiedergenesung; die Kräfte kehrten nur tropfenweise, gleichsam widerstrebend zurück; da war keine sanfte, heilende Mattigkeit, im Gegenteil, die Leidende empfand eine beunruhigende Schwäche, ein erdrückendes Gefühl der Ohnmacht, ein unaufhörliches, brennendes Verlangen nach Kräften.

Allmählich wurde auch das anders, es ging schneller vorwärts, die Kräfte kehrten wieder, aber der Gedanke, daß sie sich bald von dem Leben trennen müsse, verließ sie trotzdem nicht, sondern lag gleich einem Schatten über ihr und hielt sie in einer unruhigen, schmerzlichen Wehmut befangen.

In dieser Zeit saß sie einmal um die Abendstunde allein im Gartenzimmer und starrte durch die geöffneten Flügeltüren. Das Gold des Sonnenunterganges wurde durch die Bäume verdeckt, nur an einer einzigen Stelle leuchtete ein brandroter Fleck durch die Stämme hindurch. Über den unruhigen Baumwipfeln jagten die Wolken düster an einem rauchroten Himmel dahin und verloren auf ihrer Flucht kleine

Wolkenflocken, winzige schmale Streifen von abgelösten Wolken, die dann der Sonnenschein rötlich erglühen machte.

Frau Lyhne saß da und lauschte dem Sausen des Sturmes und folgte mit leisen Bewegungen des Hauptes den unregelmäßigen Windstößen, wie sie dahinbrausten, lauter wurden und erstarben. Ihre Augen aber waren weit fort, weiter als die Wolken, zu denen sie emporstarrte. Bleich saß sie da in ihrer schwarzen Witwentracht mit einem Ausdruck schmerzlicher Unruhe um die blassen Lippen, und auch in ihren Händen lag eine Unruhe, wie sie das dicke, kleine Buch, das auf ihrem Schoße lag, hin und her wendeten. Es war Rousseaus Heloise. Rund um sie her lagen andere Bücher: Schiller, Staffeldt, Evald und Novalis, auch große Mappen mit Kupferstichen von alten Kirchen, Ruinen und Bergseen.

Jetzt wurde eine Tür geöffnet, suchende Schritte erklangen aus den hinteren Zimmern, und Niels trat ein. Er hatte einen langen Spaziergang am Meeresstrande gemacht; seine Wangen waren von der frischen Luft gefärbt, und der Wind haftete noch in seinen Haaren.

Draußen am Himmel hatten blaugraue Farben die Oberhand gewonnen, und einzelne schwere Regentropfen schlugen gegen die Scheiben.

Niels berichtete, wie hoch die Wellen über den Strand rollten, und von dem Seetang, den sie ans Land getrieben hätten; er erzählte von allem, was er gesehen hatte und wem er auf seiner Wanderung begegnet war, und während er so sprach, sammelte er die Bücher, schloß die Gartentüren und befestigte die Fensterhaken. Dann nahm er auf dem Schemel zu den Füßen seiner Mutter Platz, legte ihre Hand in die seine und lehnte seine Wange gegen ihr Knie. 128

Draußen war jetzt alles schwarz geworden, und der Regen klatschte stoßweise in Strömen gegen die Fenster.

»Weißt du noch«, begann Niels, nachdem sie eine ganze Weile schweigend dagesessen hatten, »weißt du noch, wie oft wir in der Dämmerstunde dasaßen und auf Märchen auszogen, während der Vater in seinem Zimmer mit dem Verwalter Jens sprach und Mamsell Duysen in der Eckstube mit dem Teegeschirr klapperte? Und wenn dann die Lampe kam, erwachten wir beide von dem seltsamen Märchen zu der Gemütlichkeit, die uns umgab, aber ich weiß noch ganz genau, daß ich mir immer einbildete, das Märchen sei darum nicht abgebrochen, sondern setzte sich auf eigene Hand fort und spielte sich dort oben auf den Hügel nach Ringkjöbing zu weiter.«

Er sah nicht das wehmütige Lächeln der Mutter, er fühlte nur, wie ihre Hand sanft über sein Haar hinstrich.

»Weißt du noch«, begann sie nach einer Weile, »wie oft du mir versprachst, sobald du groß geworden wärest, mit einem großen Schiffe auszusegeln und mir alle Herrlichkeiten der Welt heimzubringen?«

»Wie gut ich das noch weiß! Es sollten Hyazinthen sein, denn die hattest du so gern, und genau so eine Palme wie die, die damals einging, und Säulen von Gold und Marmor. Es waren immer so viele Säulen in deinen Erzählungen. Weißt du das wohl noch?«

»Ich habe auf das Schiff gewartet – nein, sei ruhig, mein Junge, du verstehst mich nicht –, nicht meinetwegen, es war ja dein Glücksschiff – ich hatte gehofft, daß dein Leben groß und reich werden würde, daß du auf den glänzenden Wogen fahren würdest – Ruhm – alles – nein, nicht das, nur daß du teilnehmen würdest an dem Kampfe um das Größte, ich weiß nicht wie, aber ich war des alltäglichen Glückes, des alltäglichen Zieles so überdrüssig. Kannst du das begreifen?«

»Du wolltest, daß ich ein Sonntagskind wäre, teure Mutter, einer von denen, die nicht an dem Joche ziehen wie die anderen, die ihren eigenen Himmel haben, in dem sie selig werden, die ihren eigenen Ort der Verdammnis haben. Nicht wahr, es sollten Blumen an Bord sein, reiche Blumen, um sie über die arme Erde auszustreuen. Aber das Schiff ließ auf sich warten, und so wurden sie nur arme Vögel, Niels und seine Mutter, nicht wahr?«

»Habe ich dich verletzt, mein Junge? Es waren ja nur Träume; du mußt dich nicht daran kehren!«

Niels schwieg lange. Er fühlte sich so befangen bei dem Gedanken an das, was er sagen wollte.

»Mutter«, sagte er endlich, »wir sind nicht so arm, wie du glaubst. Eines Tages wird das Schiff doch kommen. Wenn du es nur glauben willst, oder wenn du nur Zutrauen zu mir haben willst. Mutter, ich bin ein Dichter, ein wahrhaftiger Dichter, mit ganzer Seele. Glaube nicht, daß es Kinderträume sind oder Träume der Eitelkeit. Ich werde teilnehmen an dem Kampfe um das Edelste, und ich gelobe dir, ich werde nicht fahnenflüchtig sein, ich werde stets treu sein gegen mich selber, wie gegen das, was ich besitze, nur das Beste soll mir gut sein, und nicht mehr, ich will nicht ruhen noch rasten, Mutter; merke ich, daß das, was ich gebildet habe, nicht rein ist, oder kann ich hören, daß es Risse oder Schrammen hat, zurück damit in den Tiegel – stets das Höchste, was ich zu tun vermag! Verstehst du wohl, daß es für mich ein Bedürfnis ist, zu versprechen? Es ist Dankbarkeit für all meinen Reichtum, was mich zu diesen Gelübden treibt, und du sollst sie annehmen, und es soll eine Sünde sein, die ich dir gegenüber und dem Höchsten gegenüber begehe, wenn ich abtrünnig werde. Habe ich es denn nicht dir zu verdanken, daß meine Seele so ausgeweitet ist, haben nicht deine Träume und deine Sehnsucht meine Fähigkeiten zur Blüte gebracht, und bin ich nicht durch deine Liebe und deinen nie gestillten Durst nach Schönheit zu dem geweiht, was die Aufgabe meines Lebens sein soll?«

Frau Lyhne weinte leise vor sich hin. Sie fühlte, wie sie vor Glück erbleichte.

Sanft legte sie ihre beiden Hände auf das Haupt des Sohnes, und er zog sie leise an seine Lippen und küßte sie.

»Du hast mich so glücklich gemacht, Niels – nun ist mein Leben doch kein langer, nutzloser Seufzer gewesen, nun tat es dich doch gefördert, so wie ich es von Herzen gehofft und geträumt habe. Mein Gott, wie unendlich oft habe ich das nicht geträumt! Und doch mischt sich so viel Wehmut in diese Freude, Niels! Warum muß auch gerade jetzt mein liebster Wunsch erfüllt werden, mein Wunsch, den ich so lange, lange Jahre gehegt! Jetzt, wo ich nicht mehr lange zu leben habe, naht sich die Erfüllung.«

»So mußt du nicht reden, das darfst du nicht, deine Genesung schreitet ja fort, von Tag zu Tag wirst du kräftiger, liebe Mutter, nicht wahr?«

»Ich möchte so ungern sterben«, seufzte sie leise. »Weißt du, woran ich in den langen, schlaflosen Nächten denken mußte, als mir der Tod so schrecklich nahe schien? Was mir damals am schwersten wurde, war der Gedanke, daß es da draußen in der Welt so viel Großes und Schönes gibt, und daß ich nun sterben sollte, ohne es gesehen zu haben. Ich dachte an die tausend und abertausend Seelen, die es mit Wonne erfüllt, zu deren Entfaltung es beigetragen, für mich aber war es gar nicht dagewesen, und wenn nun meine Seele arm und auf matten Schwingen dahinflog, dann nahm sie nicht in reichen Erinnerungen einen goldenen Abglanz von den Herrlichkeiten ihres Heimatlandes mit sich, sie hatte ja nur im Ofenwinkel gesessen und dem Märchen von der wunderbaren Erde gelauscht. O Niels, kein Mensch kann verstehen, welch unsagbares Elend es war, so gefesselt in der Dämmerung des dumpfen Krankenzimmers zu liegen und in der fieberumfangenen Phantasie sich die Schönheit nie gesehener Gegenden vor die Seele zu rufen, schneebedeckte Alpengipfel über blauschwarzen Seen, blanke Flüsse inmitten langgestreckter Berge, auf denen Ruinen zwischen den Wäldern hervorblicken, oder auch hohe Säle und Marmorgötter. Ach Niels, sich so mit ganzer Seele danach zu sehnen, während man fühlt, daß man sich langsam der Schwelle nähert, die zu einer anderen Welt führt, auf der Schwelle zu stehen und sich langsam umzusehen, während man unerbittlich vorwärts gedrängt wird, durch die Tür, dahin, wohin auch nicht ein einziger von unseren Sehnsuchtseufzern strebt! Niels, mein Sohn, nimm mich, wenn auch nur in einem Gedanken, mit, wenn du einmal all der Herrlichkeit teilhaftig wirst, die ich niemals schauen soll!«

Sie weinte bitterlich. Niels versuchte, sie zu trösten, er machte kühne Pläne, wie sie zusammen reisen wollten, sobald sie ganz gesund wäre; er wolle in die Stadt fahren und mit dem Arzte über die Sache sprechen; der Arzt würde gewiß mit ihm darin einer Meinung sein, daß es das beste wäre, was sie tun könnten; der und der sei auch gereist, und er sei von seiner Krankheit genesen, ganz allein durch die Abwechslung; Abwechslung tue so viel! Er fing an, ihren Reiseplan mit großer Genauigkeit festzustellen, er sprach davon, wie gut er sie einpacken wolle, wie kurze Strecken sie im Anfange zurücklegen, welch köstliches Tagebuch sie führen, wie sie alles beachten wollten, selbst das Unbedeutendste, wie lustig es sein würde, die wunderbarsten Dinge an den herrlichsten Orten zu essen, und was für gräßliche Verstöße gegen die Grammatik sie im Anfang machen würden.

In dieser Weise fuhr er fort, am Abend und an den folgenden Tagen, ohne zu ermüden. Sie lächelte wohl auch dazu und ging darauf ein wie auf eine heitere Phantasie, aber es war ihr deutlich anzumerken, daß sie fest überzeugt war, die Reise würde niemals zustande kommen.

Auf den Rat des Arztes traf Niels trotzdem die notwendigen Vorbereitungen, und sie ließ ihn gewähren, ließ ihn den Tag der Abreise festsetzen, überzeugt, wie sie war, daß das eintreffen würde, was alle Pläne zunichte machen müßte. Als aber schließlich nur noch wenige Tage fehlten, und als ihr jüngster Bruder, der das Gut während ihrer Abwesenheit verwalten sollte, wirklich gekommen war, fing sie an, unsicher zu werden, und nun war sie es, die die Beschleunigung der Abreise am eifrigsten betrieb, weil sie sich noch immer nicht völlig von der Furcht befreien konnte, daß ein Hindernis eintreten und sich ihnen im letzten Augenblicke in den Weg stellen könne.

Und so traten sie denn wirklich ihre Reise an. Am ersten Tage war Frau Lyhne noch unruhig und nervös infolge jenes letzten Restes von Furcht; erst nachdem sie diese glücklich überwunden hatte, ward es ihr möglich, zu fühlen und zu verstehen, daß sie wirklich auf dem Wege zu all der Herrlichkeit war, nach der sie sich so schmerzlich gesehnt hatte. Eine fast fieberhafte Freude überkam sie jetzt, und eine übertriebene Erwartung sprach aus allen ihren Äußerungen, die sich einzig und allein um das drehten, was die Tage, einer nach dem andern, bringen sollten. 134

Dann kam es ja auch alles, es kam alles, aber es erfüllte und überwältigte sie weder mit der Macht noch mit der Innigkeit, wie sie es sich vorgestellt hatte. Sie hatte es ganz anders erwartet, aber auch sich selber hatte sie ganz anders erwartet. In den Träumen und den Gedichten war immer alles jenseits des Sees gewesen, der Nebel der Ferne hatte ahnungsvoll das unruhige Durcheinander der Einzelheiten verschleiert, hatte die Formen in großen Zügen zu einem geschlossenen Ganzen vereint, das Schweigen der Ferne hatte seine Feststimmung darüber gebreitet, und es war so leicht gewesen, die Schönheit zu fassen. Jetzt dagegen, wo sie mitten drin war, wo jeder kleine Zug deutlich hervortrat und sich in viele Formen der Wirklichkeit kleidete, wo die Schönheit zerstreut war wie das Licht eines Prismas, jetzt konnte sie sie nicht fassen, sie nicht auf die andere Seite des Sees verpflanzen, und mit tiefem Mißmut mußte sie sich gestehen, daß sie sich arm fühlte inmitten all dieses Reichtums, mit dem sie nichts anzufangen wußte.

Sie sehnte sich, vorwärts zu kommen, immer vorwärts. Vielleicht gab es doch noch eine Stätte, die sie wiedererkannte als zu jener Traumwelt gehörend, deren Zauberschimmer mit jedem Schritte, den sie ihr entgegentat, mehr und mehr an Glanz verlor. Aber ihr Suchen ward nicht 135 belohnt, und da das Jahr schon zu weit vorgeschritten war, eilten sie nach Clarens, wo sie auf den Rat des Arztes den Winter zuzubringen gedachten, und woher noch ein letzter, matter Hoffnungsstrahl der müden, traumbefangenen Seele winkte. Denn war das nicht Rousseaus Clarens, Julies paradiesisches Clarens!

Und dort blieben sie denn, aber es war vergebens, daß der Winter sich mild anließ und sie mit seinem eisigen Hauche verschonte; gegen die Krankheit, die in ihrem Blute lag, konnte er sie nicht schützen. Und der Lenz, der auf seinem Triumphzuge durch das Tal kam mit dem Wunder des Sprossens und der frohen Botschaft des Werdens, er mußte sie welken sehen inmitten des sich verjüngenden Lebens, ohne daß seine Kraft, die ihr aus Licht und Luft, aus Erde und Feuchtigkeit entgegenquoll, in sie überströmte. Der letzte Traum, der ihr in der Heimat gleich einer neuen Morgenröte vorgeschwebt hatte, der Traum von der Herrlichkeit der fernen Welt, ihm hatte der Tag keine Erfüllung geschenkt, seine Farben waren matter geworden, je näher sie ihnen gekommen war; denn sie hatte sich nach Farben gesehnt, die das Leben nicht besitzt, nach einer Schönheit, die die Erde nicht zeitigen kann. Aber die Sehnsucht erlosch nicht, still und stark brannte sie in ihrem Herzen, glühender durch das Entbehren, heiß und verzehrend.

136   Jeder Tag, der kam, brachte neue Blumen, er entlockte sie in buntem Gemisch den Gärten am See, er belastete mit ihnen die Zweige der Bäume, er schmückte die Paulownien mit riesenhaften Veilchen und die Magnolien mit großen, purpurgefleckten Tulpen. An den Wegen entlang zogen sich die Blumen in blauen und weißen Reihen, sie füllten die Felder mit gelben Haufen, und nirgends waren sie so blütendicht wie da oben zwischen den Höhen, in geschützten, heimlichen Tälern und Spalten, wo die Tanne mit ihren roten Zapfen zwischen dem hellen Laube stand, denn dort blühten die weißen Narzissen in blendender Masse und erfüllten die Luft ringsumher mit betäubendem Duft, mit wahren Orgien von Duft.

Aber inmitten aller dieser Schönheit saß sie mit unerwiderter Schönheitssehnsucht im Herzen, und nur hin und wieder in einsamer Abendstunde, wenn die Sonne hinter den sanft abfallenden Höhen Savoyens sank und die Berge jenseits des Sees wie bräunlich undurchsichtiges Glas schimmerten, wenn sich das Licht gleichsam in ihre steilen Felswände eingesogen hatte – nur dann konnte die Natur ihre Sinne fesseln, denn dann war es, als ob gelbbeleuchtete Abendnebel das ferne Juragebirge verhüllten, und der See, der rot wie ein Kupferspiegel dalag mit goldenen, in Sonnenglut getauchten Flammen, schien mit dem Himmelsscheine zu einem einzigen, großen, leuchtenden Meere der Unendlichkeit zu verschwimmen – dann verstummte wohl auf eine Weile das Sehnen, und die Seele hatte das Land gefunden, das sie suchte.

137   Je mehr das Frühjahr vorschritt, desto schwächer wurde Frau Lyhne, und bald verließ sie das Bett nicht mehr; aber jetzt fürchtete sie sich nicht mehr vor dem Tode, sie sehnte sich nach ihm, denn sie hegte die Hoffnung, jenseits des Grabes diese Herrlichkeit von Angesicht zu An-

gesicht zu sehen, Seele in Seele zu sein mit jener Schönheitsfülle, die sie hier auf Erden mit einem ahnungsvollen Sehnen erfüllt hatte, das jetzt durch das während der langen Leidensjahre stets wachsende Entbehren geläutert und verklärt war und darum auch schließlich zum Ziele gelangen mußte; und sie träumte manchen süßen, wehmütigen Traum, wie sie in der Erinnerung zu dem zurückkehren würde, was ihr die Erde gegeben, zurückkehren zu dem Jenseits im Lande der Unsterblichkeit, wo alle irdische Schönheit zu allen Zeiten auf der anderen Seite des Sees liegen würde.

So starb sie, und Niels begrub sie auf dem freundlichen Kirchhofe von Clarens, wo die braune Weinbergerde so viele von den Kindern des Landes birgt, und wo die zerbrochenen Säulen und florumwundenen Urnen dieselben Trauerworte in vielerlei Zungen wiederholen.

Weiß schimmern sie hervor unter den dunkeln Zypressen und den winterblühenden Schneeballen; über viele streuen frühe Rosen ihre Blätter, und die Erde blaut oft von Veilchen, die an ihrem Fuße blühen, aber um jeden Hügel und um jeden Stein schlingen sich die blankblätterigen Ranken der wilden Vinea, der Lieblingsblume Rousseaus, die so himmelblau ist, wie es im Himmel nie gewesen.

138

Neuntes Kapitel

Niels Lyhne eilte in die Heimat zurück, er konnte die Einsamkeit zwischen all den fremden Menschen nicht ertragen; je mehr er sich aber Kopenhagen näherte, desto häufiger fragte er sich selber, was er dort eigentlich sollte, desto mehr bereute er, nicht draußen geblieben zu sein. Denn wen hatte er in Kopenhagen? Frithjof nicht, Erik befand sich auf einer Studienreise in Italien, und Frau Boye? Ja, sein Verhältnis zu Frau Boye war recht eigentümlich. Jetzt, wo er eben vom Grabe seiner Mutter kam, konnte er dies Verhältnis, wenn es ihm auch nicht gerade unheilig erschien, doch nicht recht mit dem Ton, in welchem seine Stimmung jetzt zitterte, in Einklang bringen. Es war ein Mißklang da. Wäre es seine verlobte Braut gewesen, ein junges, errötendes Mädchen, dem er entgegenzog, nachdem seine Seele so lange der Erfüllung seiner Kindespflicht obgelegen, so würde das mit seinen Gefühlen nicht im Widerspruch gestanden haben. Es half nichts, daß er versuchte, überlegen zu sein über sich selbst, indem er seine Auffassung des Verhältnisses zu

Frau Boye spießbürgerlich, beschränkt nannte, das Wort zigeunerhaft kam ihm doch, fast unbewußt, auf die Lippen, als Ausdruck für das Mißbehagen, von dem er sich nicht freimachen konnte, und es war auch gleichsam eine Art Fortsetzung in derselben Richtung, daß der erste Besuch, den er machte, sobald er sich seine alten Zimmer am Walle gesichert hatte, nicht Frau Boye galt, sondern dem Etatsrate.

Als er sie am nächsten Tage aufsuchen wollte, traf er sie nicht. Der Portier sagte, sie habe in der Nähe der Emilienquelle eine Villa gemietet, was Niels sehr wunderte, da er wußte, daß das Landhaus ihres Vaters nicht weit davon entfernt lag. An einem der nächsten Tage wollte er einmal da hinaus.

Aber schon am folgenden Morgen erhielt er ein Billett von Frau Boye, worin sie ihn zu einer Zusammenkunft in ihrer Stadtwohnung bestellte. Um dreiviertel auf eins solle er kommen, müsse er kommen. Sie wolle ihm sagen, weshalb, falls er es nicht schon wisse. Wußte er es bereits? Er dürfe sie nicht falsch beurteilen, er kenne sie ja. Warum sollte er auch die Sache so auffassen, wie es plebejische Naturen tun würden? Das würde er doch nicht? Sie seien ja nicht so wie andere Leute. Wenn er sie nur verstehen wollte! Niels, Niels!

Dieser Brief versetzte ihn in eine ungeheure Spannung, und er erinnerte sich plötzlich voller Unruhe, daß die Etatsrätin ihn neulich so spöttisch, so mitleidig angesehen und dann gelächelt hatte und geschwiegen, ja sie hatte ganz eigentümlich geschwiegen. Was konnte es nur sein? Ja, was in aller Welt konnte es nur sein?

Die Stimmung, die ihn von Frau Boye ferngehalten hatte, war verschwunden. Er verstand sie nicht einmal mehr, er fürchtete sich. Hätten sie sich doch nur wie andere vernünftige Menschen geschrieben! Warum

hatten sie es denn eigentlich nicht getan? Seine Zeit war doch wirklich nicht zu sehr in Anspruch genommen gewesen. Es war auch zu wunderbar, daß er sich stets von dem Orte beeinflussen ließ, an dem er sich gerade befand, und daß er alles vergaß, was ihm fern lag. Er vergaß es nicht gerade, aber er wies es weit von sich, ließ es von dem Zunächstliegenden begraben, wie unter Bergeslasten. Man hätte kaum geglaubt, daß er Phantasie besäße!

Endlich! Frau Boye schloß ihm die Eingangstür auf, bevor er noch geschellt hatte. Sie sagte nichts, reichte ihm nur die Hand zu einem langen Händedruck des Beileides; die Zeitungen hatten ja seinen Verlust gemeldet. Auch Niels sagte nichts, und so gingen sie schweigend durch das erste Zimmer, zwischen zwei Reihen von Stühlen mit rotgestreiften Bezügen hindurch. Die Kronleuchter waren verhängt und die Fenster mit Kreide geweißt. Im Wohnzimmer war alles wie gewöhnlich, nur waren die Sommerläden vor den geöffneten Fenstern herabgelassen und bewegten sich in dem leisen Luftzuge klappernd, mit kleinen einförmigen Schlägen, gegen die Fensterkreuze. Die Reflexlichter des sonnenbeschienenen Kanals sickerten gedämpft durch die gelben Holzstäbe und bildeten oben an der Decke eine unruhige, wirre Zeichnung von Wellenlinien, zitternd wie die zitternden Wogen da draußen; sonst war alles so weich und still, so erwartungsvoll mit angehaltenem Atem.

Frau Boye konnte nicht recht mit sich einig werden, wo sie sitzen 141 wollte, endlich entschloß sie sich für den Schaukelstuhl; sie wischte eifrig den Staub mit dem Taschentuche davon ab, stellte sich dann aber hinter dem Stuhle auf, die Hände auf die Lehne gestützt. Sie hatte ihre Handschuhe noch anbehalten und nur den einen Ärmel ihrer schwarzen Mantille abgezogen, die sie über ihrem buntkarrierten, seidenen Kleide trug; es waren ganz kleine Karrees, ebenso wie die, welche sich auf dem breiten Bande ihres großen, runden Pamelahutes befanden, dessen breiter, heller Rand ihr Gesicht jetzt, wo sie dastand und herabblickte, halb verbarg, während sie den Stuhl ungestüm hin und her schaukelte.

Niels saß auf dem Sessel am Pianino, in ziemlicher Entfernung von ihr, als erwarte er, etwas Unangenehmes zu hören.

»Weißt du es, Niels?«

»Nein; was ist es denn, was ich nicht weiß?«

Der Stuhl stand still. »Ich habe mich verlobt.«

»Sie haben sich verlobt, aber weshalb – wie?«

»Ach, sag' doch nicht Sie zu mir, sei nicht so unklug!« Sie lehnte sich ein wenig trotzig gegen den Schaukelstuhl. »Du kannst dir doch denken, daß es nicht gerade allzu angenehm für mich ist, hier zu stehen und dir alles erklären zu müssen! Ich will es ja tun, aber du solltest mir ein wenig behilflich sein!«

»Unsinn! Bist du verlobt, oder bist du es nicht?«

»Ich sagte es dir ja schon«, erwiderte sie mit leiser Ungeduld und blickte auf. 142

»Ja, dann gestatten Sie mir, Ihnen meine aufrichtigen Glückwünsche darzubringen, gnädige Frau, und haben Sie vielen Dank für die Zeit, die wir miteinander verlebt haben!« Er war aufgestanden und verneigte sich mehrmals spöttisch.

»Und so kannst du von mir gehen, so ruhig? Ich bin verlobt, und so sind wir beide fertig miteinander, und alles das, was zwischen uns gewesen ist, war nur eine alte dumme Geschichte, an die man nicht mehr denken muß? Was geschehen ist, das ist geschehen. Daran läßt sich nun einmal nichts ändern. Aber Niels, soll denn die Erinnerung an all die schönen Tage von nun an stumm sein, willst du nie, nie mehr an mich denken, dich niemals nach mir sehnen? Willst du nicht zuweilen an einem stillen Abende den Traum noch einmal träumen, ihm die Farben geben, in denen er hätte strahlen können? Kannst du wirklich darauf verzichten, dies alles in Gedanken wieder ins Leben zu rufen und es zu der Fülle reifen zu lassen, die es hätte erreichen können? Kannst du das? Kannst du deinen Fuß darauf setzen und es niedertreten, ihm völlig den Garaus machen? Niels!«

»Ich hoffe, daß ich es kann; Sie haben mir ja gezeigt, daß es möglich ist. Aber es ist ja Unsinn, alles miteinander, grenzenloser Unsinn von Anfang bis zu Ende; weswegen haben Sie eigentlich diese Komödie veranstaltet? Ich habe ja auch nicht einen Schatten von Recht, Ihnen Vorwürfe zu machen. Sie haben mich ja niemals geliebt, mir nie gesagt, daß Sie es täten; Sie haben mir erlaubt, Sie zu lieben, ja, das haben Sie, und jetzt nehmen Sie Ihre Erlaubnis wieder zurück; oder darf ich Sie vielleicht auch künftig noch lieben, jetzt, wo Sie einem anderen gehören? Ich verstehe Sie nicht. Haben Sie das vielleicht für möglich gehalten? Wir sind doch keine Kinder mehr! Oder fürchten Sie, daß ich Sie zu schnell vergäße? Seien Sie ruhig, Sie löscht man nicht aus aus dem Leben! Aber nehmen Sie sich in acht! Einer Liebe wie der meinen begegnet eine Frau nicht zweimal in ihrem Leben; nehmen Sie sich in acht, damit es Ihnen nicht Unglück bringt, daß Sie mich von sich gewiesen. Ich wünsche Ihnen nichts Böses, nein, nein, möge Ihnen alle Not und aller Kummer fern bleiben, möge all das Glück, das Reichtum, Bewunderung und gesellige Erfolge zu bieten vermögen, Ihnen im vollsten Maße zu teil werden, im allervollsten, das wünsche ich Ihnen; möge die ganze Welt Ihnen offen stehen, ausgenommen eine einzige kleine Tür, wieviel Sie auch klopfen, wie oft Sie sich auch bemühen mögen, sonst alles, alles so voll und so weit, wie Sie es nur wünschen können!«

Er sagte das langsam, fast traurig, nicht im geringsten bitter, aber mit einem eigenartig zitternden Klang in der Stimme, mit einem Klang, den sie nicht kannte, und der Eindruck auf sie machte. Sie war ein wenig bleich geworden und stand steif auf den Stuhl gestützt da.

»Niels«, sagte sie, »Niels, prophezeie mir nichts Böses, bedenke, daß du nicht hier warst, Niels, und meine Liebe– ich wußte ja selber nicht, wie wirklich sie war, es war mir immer, als beschäftige sie mich im Grunde nur; sie klang durch mein Leben wie ein feines, geistvolles Gedicht, sie umschlang mich niemals mit starken Armen, sie hatte Schwingen – nur Schwingen. Das glaubte ich, ich wußte es ja nicht besser bis zu diesem Augenblick, oder bis damals, wo ich den Schritt getan, wo ich ›ja‹ gesagt. Es kam auch so eigentümlich, es war da so vielerlei, was mit hineinspielte; so viele, auf die man Rücksicht nehmen mußte.

Mit meinem Bruder Hardenskjold fing die Sache an, du weißt ja, derselbe, der damals nach Westindien ging. Er war hier ein wenig wild gewesen, aber da drüben wurde er dann vernünftig; er verband sich mit jemand, verdiente viel Geld und heiratete eine reiche Witwe, eine entzückende kleine Person, versichere ich dir, und dann kam er nach Hause, und dann war zwischen ihm und dem Vater alles wieder gut, denn Hatte war völlig verändert, o, er ist so achtungsbedürftig geworden, so besorgt, daß die Leute etwas sagen könnten, gräßlich beschränkt, sage ich dir! Natürlich meinte er, es wäre das einzige Richtige, daß ich wieder mit meiner Familie auf guten Fuß käme, und er predigte und bat und quälte mich jedesmal, wenn er zu mir kam, und der Vater ist ja auch schon ein alter Mann, und da gab ich denn endlich nach, und nun ist wieder alles wie in den alten Tagen.«

Frau Boye hielt einen Augenblick inne, dann nahm sie ihre Mantille ab und ihren Hut, und dann zog sie auch ihre Handschuhe aus, und während sie hiermit beschäftigt war, wandte sie sich ein wenig von Niels ab und fuhr fort: »Ja, und dann war da ein Freund von Hatte, der sehr angesehen ist, außerordentlich angesehen, und sie meinten alle, ich sollte es nur tun, sie wünschten es so sehr, und weißt du, dann könnte ich meinen alten Platz unter den Leuten wieder einnehmen, ja eigentlich einen noch bessern, weil er in jeder Hinsicht so angesehen ist, und danach hatte ich mich ja so lange gesehnt. Ja, das kannst du nun nicht verstehen, das hast du dir wohl nicht von mir gedacht? Ganz das Gegenteil, nicht wahr? Weil ich mich immer über die Gesellschaft lustig machte, über alle ihre hergebrachten Dummheiten und ihre Patentmoral, über ihren Tugendthermometer und ihren Weiblichkeitskompaß – du weißt wohl noch, wie witzig wir waren! Es ist zum Weinen, Niels, es war nicht wahr, wenigstens nicht immer, denn ich will dir etwas sagen,

Niels, wir Frauen, wir können uns wohl für eine Zeit losreißen, wenn uns etwas in unserem Leben die Augen geöffnet hat für den Freiheitsdrang, der doch in uns wohnt, aber wir halten nicht aus, wir haben nun einmal eine Leidenschaft in unserem Blute für das Korrekte des Korrekten bis hinauf zu der geziertesten Spitze des Schicklichen. Wir können es auf die Dauer nicht aushalten, Krieg zu führen dagegen, was doch nun einmal von all den gewöhnlichen Sterblichen anerkannt worden ist; im Innersten unseres Herzens finden wir doch, daß sie recht haben, weil sie es sind, die das Urteil fällen, und wir beugen uns vor ihnen und leiden im stillen unter ihrem Urteil, so keck wir uns auch vor der Welt anstellen. Wir Frauen sind nun einmal nicht dazu geschaffen, Ausnahmen zu bilden, Niels, wir werden so eigentümlich dadurch, vielleicht ein wenig interessanter, aber sonst – kannst du das verstehen? Nicht wahr, du findest es erbärmlich? Aber du kannst sicher begreifen, welch wunderbaren Eindruck es auf mich machen mußte, so zu den alten Umgebungen zurückzukehren. Da sind so viele Erinnerungen, so vieles, was mir das Andenken an meine Mutter zurückruft, die Anschauungen, die sie hatte; es war mir, als wäre ich wieder in den Hafen gekommen, alles war so gut und richtig, und ich brauchte mich dem allen nur anzuschließen, brauchte mich nur zu binden, um für mein ganzes Leben glücklich zu werden. Und so ließ ich mich denn binden, Niels!«

Niels konnte ein Lächeln nicht unterdrücken, er fühlte sich ihr überlegen, und sie tat ihm leid, wie sie so dastand, so jugendlich unglücklich über ihr Selbstbekenntnis. Es ward ihm weich ums Herz, er konnte auch nicht ein einziges hartes Wort finden.

So trat er denn zu ihr hin. Sie hatte inzwischen den Stuhl herumgedreht, sank darauf nieder und saß nun matt und weltverlassen da, zurückgelehnt, die Arme schlaff herabhängend, mit erhobenem Gesicht und halbgesenktem Blick. Sie starrte durch das dämmerige Zimmer und die beiden Stuhlreihen bis hinaus in das dunkle Vorzimmer.

Niels legte den Arm auf die Stuhllehne und beugte sich, die Hand auf die Seitenlehne gestützt, über sie hinab. »Und mich hattest du ganz vergessen?« flüsterte er.

Es war, als hörte sie es nicht, sie schlug nicht einmal die Augen auf. Endlich schüttelte sie den Kopf leise, und nach einer kleinen Weile abermals.

Es war anfangs ganz still um sie her; dann hörte man auf der Treppe ein Mädchen gehen und trällern und Schlösser putzen, und das Rütteln der Türgriffe unterbrach ihr Schweigen und machte es, als es plötzlich wieder eintrat, nur um so fühlbarer. Dann verstummte das Geräusch wieder; man hörte nur noch das leise, schläfrige, taktmäßige Anschlagen der Sommerläden.

Die Stille nahm ihnen die Stimme, und auch beinahe die Gedanken. Sie saß noch immer unverändert da, den Blick unverwandt auf das dunkle Vorzimmer gerichtet, und er stand noch immer an demselben Fleck, über sie gebeugt, auf das Muster ihres seidenen Schoßes starrend, und unbewußt, wie durch das süße Schweigen verlockt, fing er an, sie im Stuhle hin und her zu wiegen.

Sie schlug langsam ihre Augen auf und warf einen Blick auf sein schwach beschattetes Gesicht, dann senkte sie sie wieder in stillem Wohlbehagen. Es war ein langes Umfangen, es war, als gebe sie sich seiner Umarmung hin, wenn der Stuhl zurückflog, und wenn er vorwärts schnellte, so daß ihre Füße den Boden berührten, so war etwas von ihm in dem leichten Druck des Fußes gegen den Boden. Auch er fühlte das, das Wiegen fing an, ihn zu interessieren, und allmählich wiegte er stärker, es war ihm, als käme sie ihm immer näher und näher, je länger er den Stuhl zurückhielt, und es lag gleichsam eine Erwartung in der Sekunde, in der er wieder zurückschnellte; und wenn der Stuhl vornüberschaukelte, lag eine eigenartige Befriedigung in dem Klappen, mit dem ihre Füße willenlos gegen den Boden schlugen, und es war ein Gefühl des Besitzens, wenn er den Stuhl noch mehr vornüber zwang und ihre Fußsohlen leise gegen den Boden preßte, so daß die Knie sich ein wenig hoben.

»Wollen wir nicht träumen!« sagte Niels mit einem plötzlichen Seufzer und ließ den Stuhl fahren.

»Ja«, sagte sie beinahe flehend und sah ihn unschuldsvoll mit großen, wehmutstrunkenen Augen an.

Sie hatte sich langsam erhoben.

»Nein, nicht träumen«, wiederholte Niels erregt und legte seinen Arm um ihren Leib. Es sind der Träume genug zwischen uns hin und her geflogen, hast du das nie bemerkt? Haben sie dich nie gestreift, wie ein flüchtiger Atem, der Wange oder Haar berührt? Ist es möglich, hat die Nacht niemals von den Seufzern gebebt, die einer nach dem anderen sterbend auf deine Lippen herabschwebten?

Er küßte sie, und es war ihm, als würde sie weniger jung unter seinem Kuß, weniger jung, aber schöner, glühend schön, betörend!

»Du sollst es wissen«, sagte er, »du weißt es, wie sehr ich dich liebe, wie ich gelitten und entbehrt habe. Wenn die Zimmer am Walle reden könnten, Tema!«

149

Er küßte sie wieder und wieder, und sie schlang ihre Arme heftig um seinen Hals und fragte: »Was könnten denn die Zimmer erzählen, Niels?«

»Tema, könnten sie sagen, tausendmal und öfter, sie könnten flehen in dem Namen, sie könnten dann seufzen und schluchzen; Tema, sie könnten aber auch drohen!«

»Könnten sie das?«

Von der Straße herauf tönte durch die geöffneten Fenster eine Unterhaltung, vollständig und unverkürzt, die gleichgültigste Weisheit der Welt in den abgedroschensten Alltagsworten, schleppend ineinander gezogen von zwei stimmungslosen Redewerkzeugen. Die ganze Prosa drang herein zu ihnen, während sie so Brust an Brust dastanden im Schutze des weichen, gedämpften Lichtes.

»Wie ich dich liebe, du Süße, Teure, in meinen Armen, du bist so gut, o, so gut! Und dein Haar! – Ich kann kaum reden, und alle die Erinnerungen, wie ich geweint habe, und wie unglücklich ich war, und wie ich mich sehnte, so unsäglich sehnte, die alle dringen auf mich ein, drängen sich vor, als wollten sie nun glücklich sein mit mir im Glück – kannst du das verstehen? Weißt du noch, Tema, weißt du noch jene mondhellen Nächte im vorigen Jahre? Liebst du den Mondschein? Ach, du weißt nicht, wie grausam er sein kann. So eine mondklare Nacht, wenn die Luft in dem kühligen Lichte erstarrt und die Wolken so langgezogen daliegen, Blumen und Laub halten ihren Duft so fest, als wäre es ein Rauch von Wohlgerüchen, der über ihnen liegt, und alle Laute werden so fern und schwinden so plötzlich, weilen nicht; eine solche Nacht ist unbarmherzig, denn die Sehnsucht wird so stark in ihr, sie saugt das Herz mit starken Lippen aus, und da blinkt keine Hoffnung, schlummert keine Verheißung in all der kalten, starren Klarheit. O, wie ich da geweint habe, Tema! Tema, hast du nie so eine mondhelle Nacht durchweint? Geliebte, es wäre ja unrecht, wenn du weinen wolltest; du sollst nicht weinen. Es soll stets Sonnenschein um dich her sein, und Rosennächte, eine Rosennacht.«

150

Sie war ganz hingesunken in seine Umarmung, und den Blick in den seinen verloren, murmelten ihre Lippen süße Liebesworte, halb erstickt von ihrem Atem, und sie wiederholte die Worte, die vorhin gesprochen worden waren, als flüsterte sie sie ihrem Herzen zu.

Die Stimmen draußen entfernten sich, die Straße hinauf. Dann kehrten sie wieder, taktmäßig unterbrochen von dem kurzen Stoßen eines Stockes, der gegen die Steine schlug, dann entfernten sie sich abermals nach der anderen Seite, dann wurden sie schwächer und erstarben endlich.

Und das Schweigen um sie her schwoll wieder an, herzklopfend, bedrückend, atemraubend. Die Worte waren ihnen versiegt, die Küsse fielen schwer von ihren Lippen, wie zögernde Fragen, aber sie trugen keine Erlösung in sich, kein Genießen der Gegenwart. Sie wagten es nicht, die Augen voneinander abzuwenden, und wagten auch nicht, ihren Blicken Worte zu leihen, sie verschleierten sie gleichsam, verbargen sich gleichsam dahinter voreinander, schweigend über geheimnisvollen Träumen brütend.

151

Plötzlich ging ein Beben durch seine Umarmung, das erweckte sie, und die Hände gegen seine Brust stemmend, riß sie sich los.

»Geh, Niels, geh, du darfst nicht hier sein, du darfst nicht, hörst du!«

Er wollte sie an sich ziehen, sie aber drängte ihn zurück, wild und bleich. Sie zitterte am ganzen Leibe und stand da, die Arme von sich gestreckt, als wage sie es nicht, sich selber zu berühren.

Niels wollte knien und ihre Hand ergreifen.

»Du darfst mich nicht anrühren! Es lag Verzweiflung in ihrem Blick. Warum gehst du nicht, wenn ich dich doch bitte! Mein Gott, kannst du denn nicht gehen? Nein, nein, du sollst nicht reden, verlaß mich jetzt! Kannst du nicht sehen, wie ich vor dir zittere? Sieh, sieh! O, es ist ein Unrecht, wie du gegen mich handelst! Und ich bitte dich doch!«

Es war ihm unmöglich, ein Wort hervorzubringen, da sie nicht hören wollte. Sie war ganz außer sich, Tränen entströmten ihren Augen, ihr Gesicht war fast verzerrt und leuchtete förmlich, so bleich war es. Was sollte er anfangen?

»Willst du denn nicht gehen? Kannst du nicht sehen, wie du mich durch dein Bleiben mißhandelst, du mißhandelst mich, ja, das tust du. Was habe ich dir getan, daß du so schlecht gegen mich bist! Ach geh, hast du denn gar kein Mitleid mit mir?«

152

Mitleid! Er war eiskalt vor Zorn. Das war ja Wahnsinn! Dabei war nichts weiter zu tun, als zu gehen. Und er ging. Die beiden Reihen Stühle berührten ihn unangenehm, aber er ging langsam dazwischen durch und schaute sie starren Blickes an, als wollte er ihnen trotzen.

»*Exit*, Niels Lyhne«, sagte er, als er die Tür des Vorzimmers hinter sich ins Schloß warf.

Er ging bedächtig die Treppe hinunter, den Hut in der Hand. Auf dem Absatz hielt er an und sagte zu sich selber: Wenn ich nur das geringste von alledem verstehen könnte! Warum dieses und warum jenes? Dann ging er weiter. Dort waren die geöffneten Fenster. Er hatte die größte Lust, mit gellem Ruf das abscheuliche Schweigen da oben zu unterbrechen, oder jemand hier zu haben, mit dem er sprechen könnte, stundenlang, um das Schweigen durch Geschwätz zu übertönen, es gleichsam zu ertränken im Geschwätz. Er konnte das Schweigen nicht loswerden aus seinem Blute, er konnte es sehen, es schmecken, er watete förmlich darin. Plötzlich hielt er inne und ward blutrot vor verbitterter Scham: hatte sie sich mit ihm versuchen wollen?

Oben stand Frau Boye noch immer und weinte. Sie hatte sich vor den Spiegel gestellt, stand mit beiden Händen auf die Konsole gestützt und weinte, daß ihr die Tränen von den Wangen herabströmten und in das rosenrote Innere der Muscheln fielen, die da lagen. Sie sah ihr verstörtes Gesicht an, wie es über dem Nebelfleck, den ihr Atem auf dem Glase gebildet hatte, zum Vorschein kam, und sie verfolgte die Tränen, wie sie über die Augenränder drangen und herabrollten. Woher kamen sie wohl so unaufhörlich! So hatte sie noch nie geweint. Ja doch, einmal in Frascati, als die Pferde mit ihr durchgegangen waren.

Allmählich wurden die Tränen spärlicher, nur ein unruhiges Zucken lief ihr noch stoßweise vom Nacken bis zu den Fersen hinunter.

Die Sonne schien jetzt voller ins Zimmer; der zitternde Widerschein der Wellen zog sich schräge hinauf an die Decke, und an den Sommerläden drangen ganze Reihen paralleler Strahlen hindurch, ganze Streifen goldigen Lichtes. Die Wärme nahm zu, und durch die mit dem Geruch des erwärmten Holzes und des sonndurchglühten Staubes erfüllte Luft wogten jetzt noch andere Düfte, denn aus den gestickten Blumen der Sofakissen, aus der seidenen Rundung des Stuhlrückens, aus den Büchern und aufgerollten Teppichen löste die Wärme hundert vergessene Gerüche, die gespensterhaft durch die Luft zogen.

Allmählich verlor sich auch das Zittern, das Frau Boye befallen hatte, und hinterließ nur eigenartigen Schwindel, in welchem phantastische Gefühle, halbe Empfindungen in der Spur ihrer staunenden Gedanken dahinzogen. Sie schloß ihre Augen, blieb aber stehen, das Gesicht dem Spiegel zugewendet.

Sonderbar! wie es so über sie gekommen war, diese Angst zum Auf-
schreien! Hatte sie geschrien? Ihr klang ein Schrei in die Ohren, und
sie fühlte eine Ermattung im Halse wie nach einem langen, angstvollen
Schrei. Wenn er sie an sich gerissen hätte, hätte sie da die Kraft, hätte
sie den Willen gehabt, ihn zurückzustoßen?

Sie öffnete langsam ihre Augen und blickte verstohlen lächelnd zu
ihrem Spiegelbilde auf wie zu einem Mitwisser, mit dem sie sich nicht
allzuweit einlassen dürfte; dann ging sie durchs Zimmer und suchte
Handschuhe, Hut und Mantille zusammen.

Der Schwindel war wie weggeblasen. Die Schwäche, die sie noch immer in den Gliedern fühlte, war ihr angenehm, und um sie besser zu
fühlen, fuhr sie fort, umherzugehen. Heimlich, gleichsam zufällig gab
sie dem Schaukelstuhle einen kleinen vertraulichen Stoß mit dem Ellenbogen.

Sie liebte gar zu sehr eine Szene.

Dann nahm sie mit einem Blicke Abschied von etwas Unsichtbarem,
zog die Läden auf, und wie mit einem Schlage war das Zimmer ein anderes.

Drei Wochen später war Frau Boye verheiratet, und Niels Lyhne war
sich jetzt selbst überlassen.

Noch immer konnte Niels seinen Zorn darüber nicht verwinden, daß
sie sich der Gesellschaft, die sie so oft verspottet hatte, so unwürdig in
die Arme geworfen hatte. Die Gesellschaft hatte sicher nur die Tür geöffnet und gewinkt, da war sie auch schon eingetreten. Aber war das
ein Grund, daß er mit Steinen nach ihr warf? Hatte er nicht selber die
magnetische Anziehungskraft der braven Spießbürgerlichkeit gefühlt?
Aber dies letzte Beisammensein, wenn sich das so verhielt, wie er vermutete, wenn das ein leichtfertiger Abschied von dem alten Leben hatte
sein sollen, der letzte wilde Streich, ehe sie sich zurückzog in das »Kor-
rekteste des Korrekten!« War das möglich? Eine so grenzenlose Selbst-
verachtung, die ihn mit hineinzog in den Hohn, ihn wie alles andere,
was sie miteinander gemein gehabt hatten an Erinnerung und Hoffnung,
an Begeisterung und heiligen Ideen! Er errötete, er raste.

War er aber gerecht? Denn, auf der anderen Seite, was hatte sie weiter
getan, als ihm offen und ehrlich gesagt: das und das zieht mich nach
der anderen Seite, zieht mich mit aller Gewalt, aber ich erkenne dein
Recht an, und zwar mehr, als du verlangst, und hier bin ich; kannst du
mich nehmen, so nimm mich; wenn nicht, so muß ich dahin, wo die

Macht am größten ist. Und wenn es sich nun einmal so verhielt, war sie da nicht in ihrem Rechte? Er hatte sie nicht genommen, es konnte ja bei der ganzen Entscheidung auf eine Kleinigkeit ankommen, auf den Schatten eines Gedankens, den Ton in einer Stimmung.

Wenn er nur gewußt hätte, was sie doch eine Sekunde lang gewußt haben mußte, was sie jetzt aber vielleicht nicht mehr wußte. Er wollte so ungern glauben, wovon er sie doch so schwer freisprechen konnte. Nicht allein um ihrer selbst willen – das war im Grunde das wenigste –, aber es war ihm, als sei seine Fahne dadurch befleckt. Logisch betrachtet, freilich nicht, und doch!

Wie sie ihn nun auch verlassen haben mochte, das eine stand fest: er war jetzt allein, und er empfand es als eine Entbehrung, aber gleich darauf auch als eine Erleichterung. Es gab so viel, was seiner wartete. Das Jahr auf Lönborggaard und im Auslande war, wie sehr es ihn auch in Anspruch genommen hatte, eine unfreiwillige Ruhe gewesen, und der Umstand, daß er sich in diesem Jahre auf so mancherlei Weise klarer über seine Vorzüge und Mängel geworden war, konnte ja nur seinen Durst vermehren, in ungestörter Arbeit seine Kräfte zu gebrauchen. Nicht um zu schaffen, das eilte nicht, aber um zu sammeln. Es gab so viel, was er sich aneignen mußte, so unübersehbar viel, daß er anfing, die Kürze des Lebens mit mißtrauischen Blicken zu messen. Er hatte auch früher die Zeit nicht vergeudet, aber man macht sich nicht so leicht unabhängig von dem väterlichen Bücherschranke, und es liegt so nahe, auf derselben Bahn weiterzuschreiten, die andere zum Ziele geführt hat, und deshalb hatte er sich nicht selber ein »Vinland« in der weiten Welt der Bücher aufgesucht, sondern war gefahren, wie die Väter vor ihm gefahren waren, hatte autoritätsgläubig seine Augen für vieles verschlossen, was ihm gewinkt, um besser in die große Nacht der Edda und der Sagen hineinsehen zu können, hatte seine Ohren für vieles verschlossen, was rief, um besser den mystischen Naturlauten des Volksliedes lauschen zu können. Jetzt hatte er endlich begriffen, daß es keine Naturnotwendigkeit war, altmodisch oder romantisch zu sein, und daß es weit einfacher war, seine Zweifel selber auszusprechen, als sie Gorm Lokedyrker in den Mund zu legen, weit natürlicher, einen Laut für die Mystik des eigenen Wesens zu finden, als gegen die mittelalterlichen Klostermauern anzurufen und die eigenen Worte echoschwach zurückzuerhalten.

Für das Neue in der Zeit hatte er ja stets ein offenes Auge gehabt, aber er hatte eigentlich mehr zugehört, wie das Neue dunkel im Alten ausgesprochen war, als daß er auf das gelauscht hätte, was das Neue selber ihm klar und deutlich zurief; und darin lag nichts Merkwürdiges, denn es ist noch niemals ein neues Evangelium hier auf Erden gepredigt worden, ohne daß die Welt nicht sofort mit einer Unmenge von alten Prophezeiungen bei der Hand gewesen wäre.

Aber dazu gehörte etwas anderes, und Niels fiel mit Begeisterung über seine neue Arbeit her; er war von der Eroberungslust ergriffen, von dem Durst nach der Macht des Wissens, den wohl jeder Diener des Geistes, wie demütig er sein Amt auch verrichten mag, einmal empfunden hat, sei es auch nur für eine einzige armselige Stunde. Wer von uns, den ein gütiges Schicksal so gestellt hatte, daß er für die Entwicklung seines Geistes sorgen konnte, wer von uns allen hat nicht mit begeistertem Blicke hinausgestarrt auf das unendliche Meer des Wissens, und wer hat sich nicht hingezogen gefühlt zu seinen klaren, kühlen 158 Wassern, und hat nicht angefangen, in dem leichtgläubigen Übermute der Jugend es mit der hohlen Hand zu schöpfen wie das Kind in der Legende? Weißt du noch, die Sonne konnte über sommerhellem Lande lachen, du sahst weder Blumen noch Wolken noch Quellen; die Feste des Lebens konnten vorüberziehen, sie erweckten keinen Traum in deinem jungen Blute; selbst die Heimat lag dir fern; weißt du das noch? Und weißt du auch noch, wie er sich dann in deinen Gedanken aufbaute aus den gelbwerdenden Blättern, geschlossen und gesammelt, in sich selber ruhend wie ein Kunstwerk, und es war dein Werk in jeder Einzelheit, und dein Geist lebte in dem Ganzen? Wenn die Säulen schlank aufstiegen, mit selbstbewußter Tragkraft in ihrer starken Rundung, so war es ein Teil deines eigenen Ichs, dies kecke Aufsteigen, in dir lag dies stolze Tragen; und wenn die Wölbung zu schweben schien, weil es seine ganze Schwere, Stein auf Stein, gesammelt hatte und sein Gewicht in mächtigen Tropfen auf den Nacken der Säulen senkte, so ward er dein, dieser Traum vom gewichtlosen Schweben, weil die Sicherheit, mit der sich die Wölbung herabsenkte, ja nichts anderes war als du selber, der den Fuß auf sein eigenes Ich setzte.

Ja, so war es, so wächst unser Wesen mit unserem Wissen, klärt sich dadurch, sammelt sich darin. Es ist ebenso schön, zu lernen, wie zu leben. Fürchte nicht, dich selber in Geistern zu verlieren, die größer sind als du selber. Sitze nicht da und grüble ängstlich über der Eigentümlichkeit deiner Seele, verschließe dich nicht vor dem, was Macht hat, aus Furcht, daß es dich mit sich hinabreißen und deine liebe, innerste Eigenheit in seinem mächtigen Strudel mit sich fortreißen könnte. Sei überzeugt, die Eigentümlichkeit, die in dem Ausscheiden und dem Umbilden einer fröhlichen Entwicklung verloren geht, war nur eine Unvollkommenheit, ein im Dunkeln getriebener Sprößling, dessen ganze Eigentümlichkeit darin bestand, daß er krank war an lichtscheuer Blässe. Und von dem Gesunden in dir sollst du leben, aus dem Gesunden heraus entwickelt sich das Große.

Es war ganz unerwartet für Niels Lyhne Weihnachten geworden.

In diesem ganzen verstrichenen Halbjahr war er nirgends zu Besuch gewesen, nur hin und wieder einmal bei dem Etatsrat, und von diesem hatte er auch eine Einladung erhalten, den Weihnachtsabend in seiner Familie zu verbringen. Aber vor einem Jahre hatte er Weihnachten in Clarens gefeiert, und deshalb wünschte er allein zu sein. Einige Stunden, nachdem es dunkel geworden war, ging er aus.

Es war sehr windig. Eine dünne, noch nicht ganz niedergetretene Schneedecke lag in den Straßen und schien sie zu verbreitern, und der Schnee auf den Dächern und Fenstersimsen verlieh den Häusern einen Schmuck, aber zugleich ein vereinsamtes Aussehen. Die Laternen, die im Winde flackerten, jagten ihr Licht geisterhaft an den Mauern entlang, so daß hier und da ein Schild aus seinen Träumen aufschreckte und in großartiger Gedankenleere vor sich hinstarrte. Auch die Ladenfenster, die nur halb erleuchtet waren und deren Schaustellung in der Geschäftigkeit des Tages zerstört worden war, sahen anders aus als sonst: es war etwas eigenartig Insichgekehrtes über sie gekommen.

Niels bog in die Nebenstraßen ein, und hier schien Weihnachten schon in vollem Gange zu sein, denn aus den Kellern und den niederen Erdgeschossen klangen ihm überall Töne entgegen, zuweilen von einer Violine, am häufigsten aber von Handharmonikas herrührend, die sich unverdrossen durch bekannte Tanzmelodien hindurchquälten, und durch die treuherzige Weise, auf die sie vorgetragen wurden, mehr die frohe Arbeit des Tanzes als das eigentlich festliche darin ausdrückten. Aber es lag über dem Ganzen eine gewisse Illusion von schleppenden Tritten und qualmiger Luft; so schien es ihm, dem draußen Stehenden, den seine Einsamkeit gegen jegliche Geselligkeit feindselig stimmte. Er hatte mehr Sympathie für den Arbeitsmann, der vor dem matt erleuchteten Fenster des kleinen Kramladens stand und mit seinem Kinde über eins der billigen Wunder da drinnen verhandelte, und der so besorgt schien, eine unwiderrufliche Wahl zu treffen, bevor sie sich in die Höhle der Versuchung wagten. Und dann diese alten, einfachen Damen, die in Mengen des Weges gingen, eine nach der anderen, fast alle hundert Schritt; alle mit den wunderbarsten Mänteln aus längst entschwundenen Zeiten, und alle mit leisen, menschenscheuen Bewegungen ihrer alten Hälse, ganz wie mißtrauische Vögel, und mit etwas Unsicherem, Weltentwöhntem in ihrem Gange, als hätten sie Tag für Tag da oben in den Mansardenstübchen der Hinterhäuser gesessen und wären nur an diesem einen Abend ins Freie gelassen worden. Er wurde traurig, als er daran dachte, und es stieg ein krankhaftes Gefühl in seinem Herzen auf, als er sich träumend in das langsam verrinnende Dasein so einer einsamen alten Jungfer versetzte, und er hörte vor seinen Ohren das langsame Ticktack einer Wanduhr peinlich taktfest die inhaltslosen Sekunden in die Schale des Tages tröpfeln.

Er mußte suchen, den Weihnachtsabend zu überstehen, und so ging er denn denselben Weg zurück, den er gekommen war, mit einem halbbewußten Grauen, daß in den anderen Straßen neue Einsamkeiten dämmerten, andere Verhältnisse auftauchten als die, die ihm hier entgegengetreten waren und die ihn so bitter gestimmt hatten.

Draußen in den großen Straßen atmete er freier auf, er ging schneller, mit einem gewissen Trotz in seinem Gang, und befreite sich davon, was ihn eben noch so unangenehm berührt hatte, durch den Gedanken, daß er ja seine Einsamkeit freiwillig gewählt habe.

So trat er in eines der größeren Restaurants ein.

Während er dasaß und auf die Speisen wartete, beobachtete er hinter einer alten Zeitungsbeilage die Leute, die da eintraten. Es waren fast ausschließlich junge Menschen; einige von ihnen kamen allein, in herausfordernder Haltung, als wollten sie die Anwesenden verhindern, sie für Leidensgenossen anzusehen, andere konnten es gar nicht verbergen, daß es ihnen peinlich war, an einem solchen Abend nicht eingeladen zu sein, aber alle hatten sie eine ausgeprägte Vorliebe für einsame Ecken und abseits stehende Tische. Viele kamen paarweise, und den meisten von diesen Paaren konnte man es ansehen, daß sie Brüder waren; Niels hatte niemals so viele Brüder auf einmal gesehen; oft waren sie sehr verschieden in Kleidung und Wesen, und noch deutlicher zeugten ihre Hände davon, wie verschiedenartig oft ihre Lebensstellungen waren. Es war nur sehr selten, sowohl wenn sie kamen, wie auch später, wenn sie saßen und miteinander sprachen, ein wirklich vertrauliches Verhältnis zwischen ihnen zu entdecken: bald war der eine der überlegene und der andere der bewundernde, bald war der eine entgegenkommend und der andere zurückweisend; hier herrschte eine wachsame Vorsichtigkeit auf beiden Seiten, dort, was noch schlimmer war, eine stillschweigende Geringschätzung der gegenseitigen Ziele, Hoffnungen und Mittel. Für die allermeisten bedurfte es offenbar eines solchen Heiligenabends und, damit verbunden, einer gewissen Verlassenheit, um sie an ihre gemeinsame Herkunft zu erinnern, sie miteinander zu vereinigen.

Während Niels dasaß und hierüber nachdachte, wie auch über die Geduld, mit der alle diese Menschen warteten und weder klingelten noch laut nach den Kellnern riefen, als wollten sie nach stillschweigender Übereinkunft das Restaurationsgepräge, so gut es ging, fernhalten, während er an alles dachte, sah er einen seiner Bekannten eintreten, und dieser plötzliche Anblick eines bekannten Gesichtes nach allen den fremden kam ihm so überraschend, daß er sich nicht enthalten konnte, aufzustehen und den Eintretenden mit einem freudigen, aber zugleich verwunderten Guten Abend! zu begrüßen.

»Warten Sie auf jemand?« fragte der andere, und sah sich nach einem Haken für seinen Überrock um.

»Nein, solo!«

»Das trifft sich ja ausgezeichnet!«

Der Neuangekommene war ein Doktor Hjerrild, ein junger Mann, den Niels zuweilen bei dem Etatsrat getroffen hatte und von dem er wußte, zwar nicht aus seinem eigenen Munde, sondern durch neckende Äußerungen der Etatsrätin, daß er in religiöser Hinsicht sehr frei sei. Aus seinem eigenen Munde dagegen wußte er, daß Hjerrild in politischer Beziehung ganz das Gegenteil war.

Dieser Art Menschen begegnete man sonst eigentlich nicht bei Etatsrats, die sowohl kirchlich als auch liberal waren, und der Doktor gehörte auch im Grunde vermöge seiner Anschauungen wie durch seine verstorbene Mutter zu einem jener damals nicht seltenen Kreise, wo man die neue Freiheit teils mit zweifelnden, teils mit feindlichen Blicken betrachtete, und wo man in religiöser Hinsicht mehr als rationalistisch und weniger als atheistisch war, wenn man nicht, was auch vorkommen konnte, indifferent oder mystisch war. Man fand in diesen übrigens sehr verschieden abgestuften Kreisen die Ansicht, daß Holstein dem Herzen wenigstens ebenso nahe stehe wie Jütland, man hatte kein Verwandt-

163

164

schaftsgefühl mit Schweden und war nicht unbedingt für das Dänentum in seinen neudänischen Formen. Schließlich kannte man Molière gründlicher als Öhlenschläger und war, was den Kunstgeschmack betraf, vielleicht ein wenig süßlich.

Unter Einwirkung von solchen oder doch nahe verwandten Anschauungen und Sympathien hatte sich Hjerrild entwickelt.

Er saß da und sah Niels mit einem unsicheren Blick an, wie dieser ihm seine Beobachtungen, die anderen Gäste betreffend, mitteilte und besonderen Nachdruck darauf legte, daß dieselben sich beinahe schämten, nicht ein Heim oder eine heimische Stätte zu haben, die sie an diesem Abende hätte zu sich ziehen können.

»Ja, das kann ich nur zu gut verstehen«, sagte Hjerrild laut, beinahe abweisend. »Man kommt am Weihnachtsabend nicht aus freien Stücken hierher, und das demütigende Gefühl, so ausgeschlossen zu sein, mag es nun freiwillig oder durch andere geschehen, kann nicht ausbleiben. Wollen Sie mir sagen, weswegen Sie hier sind? Wenn Sie nicht wollen, so sagen Sie nur nein!«

Niels antwortete, daß er den letzten Weihnachtsabend mit seiner verstorbenen Mutter verlebt habe.

»Ich bitte Sie um Verzeihung«, sagte Hjerrild, »es war sehr liebenswürdig von Ihnen, mir zu antworten, aber Sie müssen es mir nicht übelnehmen, ich bin sehr mißtrauisch. Ich will Ihnen sagen, daß man sich Leute denken könnte, welche hierherkommen, nur um dem Weihnachtsfeste einen jugendlichen Fußtritt zu geben, und ich selber, müssen Sie wissen, befinde mich hier aus lauter Respekt vor der Weihnachtsfeier der anderen. Es ist dies der erste Weihnachtsabend, den ich nicht in einer liebenswürdigen Familie verlebt habe, die ich aus meiner Vaterstadt kenne, aber es ist mir so vorgekommen, als ob ich ihnen im Wege wäre, wenn sie ihre Weihnachtslieder singen. Nicht gerade, daß sie sich geniert hätten, dazu waren sie viel zu brav, aber es berührte sie unangenehm, daß jemand zwischen ihnen saß, für den diese Lieder nur in die Luft gesungen wurden – wenigstens glaube ich das.«

Niels und Hjerrild nahmen ihre Mahlzeit fast schweigend ein, zündeten dann ihre Zigarren an und beschlossen, in ein anderes Lokal zu gehen, um dort ihren Toddy zu trinken. Keiner von ihnen hatte Lust, heute abend die vergoldeten Spiegelrahmen und roten Sofas anzusehen, die sie Tag für Tag das ganze Jahr hindurch vor Augen hatten, deswegen begaben sie sich in ein kleines Café, in dem sie sonst nie verkehrten.

Sie sahen aber bald, daß hier keine bleibende Stätte war. Der Wirt, die Kellner und ein paar Freunde saßen im Hintergrunde der Stube und spielten Dreikart mit zwei Trümpfen; die Frau und die Töchter des Wirts sahen zu und sorgten für die Bedienung dieses Tisches, nicht aber für sie. Einer der Kellner brachte ihnen endlich das Verlangte. Sie beeilten sich mit ihrem Getränke, denn sie fühlten, daß sie störten, man sprach weniger laut, und der Wirt, der vorhin in Hemdsärmeln dagesessen, hatte sich nicht überwinden können, sitzen zu bleiben, sondern war in seinen Rock gefahren.

»Wir sind heute doch ziemlich obdachlos«, meinte Niels, als sie sich abermals auf der Straße befanden.

»Ja, das ist ganz in der Ordnung«, erwiderte Hjerrild etwas pathetisch.

Sie begannen ein Gespräch über das Christentum, das Thema lag ja gleichsam in der Luft.

Niels sprach heftig, aber in ziemlich allgemeinen Redensarten gegen das Christentum.

Hjerrild hatte es satt, die Erörterungen, die für ihn etwas Altes waren, von neuem aufzunehmen, deswegen sagte er plötzlich ohne allzu viel Zusammenhang mit dem Vorausgegangenen: Nehmen Sie sich in acht, Herr Lyhne; das Christentum besitzt Macht. Es ist dumm, es mit der regierenden Wahrheit zu verderben, indem man für die Thronfolger-wahrheit agitiert.

»Dumm oder nicht dumm, solche Rücksichten müssen hier schweigen.«

»Sagen Sie das nicht so leichtsinnig; es war nicht meine Absicht, Ihnen die Trivialität zu sagen, daß es in materieller Hinsicht dumm sei, in ideeller Hinsicht ist es dumm, und mehr als das. Nehmen Sie sich in acht; wenn es nicht unumgänglich notwendig für Ihre Persönlichkeit ist, so schließen Sie sich nicht allzu fest gerade an diese Richtung der Gegenwart an. Als Dichter haben Sie ja so viele andere Interessen.«

»Ich verstehe Sie nicht; ich kann doch nicht mit mir verfahren wie mit einem Leierkasten, ein weniger populäres Stück herausnehmen und ein anderes dafür einsetzen, das alle Welt auf den Gassen singt und pfeift!«

»Das könnten Sie nicht? Es gibt doch Menschen, die das können. Aber könnten Sie nicht etwa sagen: dies Stück wird nicht gespielt? Man kann im allgemeinen in dieser Richtung weit mehr, als man glaubt. So eng hängt ein Mensch nicht zusammen. Wenn Sie Ihren rechten Arm stets gewaltsam benutzen, so strömt ihm das Blut im Übermaße zu, dadurch nimmt er auf Kosten der anderen Glieder an Wachstum zu, während die Beine, die Sie nur soviel gebrauchen, als durchaus notwendig ist, ganz von selber dünn und kraftlos werden. Die Nutzanwendung des Bildes können Sie selber machen. Achten Sie nur darauf, wie die meisten und auch wohl die besten ideellen Kräfte hier bei uns sich ausschließlich der politischen Freiheit zugewendet haben. Beachten Sie das, und lassen Sie sichs zur Lehre dienen. Glauben Sie mir, es ist ein erlösendes Glück für einen Menschen, für eine Idee zu kämpfen, die eine Zukunft hat, während es auf der anderen Seite sehr entsittlichend ist, zu der unterliegenden Minderheit zu gehören, der das Leben durch die Richtung, in der es sich entwickelt, Punkt für Punkt und Schritt für Schritt unrecht gibt. Es kann nicht anders sein, denn es ist so bitterlich 168 entmutigend, das, von dessen Wahrheit und Berechtigung man im tiefsten Innern der Seele überzeugt ist, diese Wahrheit von jedem elenden Troßknechte des siegreichen Heeres verhöhnt, sie ins Angesicht geschlagen zu sehen, es mit anhören zu müssen, wie sie mit Schandnamen geschmäht wird, und doch nichts dagegen tun zu können, als sie nur noch treuer zu lieben, mit noch tieferer Ehrfurcht im Herzen vor ihr zu knien, ihre schöne Erscheinung stets ebenso strahlend schön, ebenso voller Hoheit und unsterblichen Lichtes zu sehen, wie viel Staub auch gegen ihre weiße Stirn aufgewirbelt werden, ein wie dichter und giftiger Nebel auch ihre Gloire verhüllen mag. Es ist bitterlich entmutigend, und es kann nicht ausbleiben, daß die Seele Schaden darunter leidet, denn es liegt so nahe, sein Herz müde zu hassen, die kalten Schatten des Verachtens um sich zu sammeln und die Welt schmerzensmüde ihren Gang gehen zu lassen. Natürlich, wenn man das in sich trägt, daß man, statt das Leichtere zu wählen und sich selbst aus allem Verbande mit dem Ganzen zu lösen, sich aufrecht halten und mit gespannten Kräften, mit wachsamen Sympathien den vielstacheligen Geißelschlag der Niederlage hinnehmen kann, so wie er gerade fällt, Schlag auf Schlag, und doch seine blutende Hoffnung vor dem Wanken behüten, indem man auf die dumpfen Laute lauscht, die den Umschlag der Zeit verkünden, und nach dem schwachen, fernen Schimmer späht, der eines Tages vielleicht erscheinen wird! Wenn man das in sich trägt! Aber versuchen Sie das 169 nicht, Lyhne! Bedenken Sie, was das Leben eines solchen Mannes sein müßte, wenn er wirklich alles täte, was in seinen Kräften steht. Nicht reden zu können, ohne daß Hohn und Spott in der Spur seiner Rede aufwuchert! Alle seine Worte verdreht zu sehen, besudelt, zu schlauen Schlingen mißbraucht, vor seine Füße geworfen, und dann, ehe man sie noch kaum aus dem Kehricht aufgesammelt und wieder entwirrt hat, plötzlich alle Welt taub zu finden! Und dann an einem anderen Punkte von vorn anzufangen, genau mit demselben Erfolge, und wieder und wieder! Und dann, was vielleicht das Schmerzlichste von allem ist, sich verkannt, verachtet zu sehen von edeln Männern und Frauen, zu denen man trotz der verschiedenen Überzeugung mit Bewunderung und Ehrfurcht aufsieht! Und doch muß es so sein, es kann nicht anders sein. Eine Opposition soll nicht erwarten, daß sie deswegen angegriffen wird, was sie wirklich ist und will, sondern einzig und allein deswegen, was die Macht glauben will, daß sie sei und denke; und außerdem, die Macht, die dem Schwachen gegenüber gebraucht wird, und der Mißbrauch der Macht, wie soll sich das trennen lassen? Denn das wird doch wohl niemand verlangen, daß sich die Macht selber schwach machen soll, um gegen die Opposition mit gleichen Waffen kämpfen zu können. Aber darum bleibt der Kampf der Opposition doch ebenso schmerzlich, ebenso aufreibend. Und glauben Sie denn wirklich, Lyhne, daß ein Mann den Kampf wirklich kämpfen kann, sobald alle diese Geierschnäbel auf ihn loshacken, wenn ihm die zähe, blinde Begeisterung fehlt, die man Fanatismus nennt? Und wie in aller Welt soll er etwas Negativem gegenüber fanatisch werden? Fanatisch begeistert für die Idee, daß es keinen Gott gibt! Und ohne Fanatismus kein Sieg! Hören Sie wohl?«

Sie standen vor einem Erdgeschoß, wo man einen der Vorhänge aufgezogen hatte, und durch die geöffnete Luftscheibe klang es von klaren Frauen- und Kinderstimmen hinaus zu ihnen:

> Ein Kind, geboren in Bethlehem,
> Des freuet sich Jerusalem.
> Halleluja, Halleluja!

Schweigend gingen sie weiter. Die Melodie, namentlich die Töne des Flügels, folgte ihnen die stille Straße hinab.

»Hörten Sie wohl«, begann Hjerrild, »die Begeisterung, die durch dies alte hebräische Siegeshurra hindurchklang? und diese beiden jüdischen Städtenamen! Jerusalem, das war nicht nur symbolisch, die ganze Stadt, Kopenhagen, Dänemark; das sind wir, das christliche Volk der Völker!«

»Es gibt keinen Gott, und der Mensch ist sein Prophet«, sagte Niels bitter, aber auch tiefbetrübt.

»Ja, nicht wahr?« spottete Hjerrild. Nach einer Weile sagte er: »Der Atheismus ist doch grenzenlos nüchtern, und sein Endziel ist doch schließlich nichts anderes, als eine Menschheit ohne jede Illusion. Der Glaube an den leitenden, richtenden Gott, das ist die letzte, große Illusion der Menschheit, und wenn sie diese verloren hat, was dann? Dann ist sie klüger geworden, aber reicher, glücklicher? Das glaube ich nicht.« 171

»Aber«, rief Niels aus, »begreifen Sie denn nicht, daß an dem Tage, wo die Menschheit frei jubeln kann: Es gibt keinen Gott! daß an dem Tage wie auf einen Zauberschlag ein neuer Himmel und eine neue Erde entsteht? Erst dann wird der Himmel jener freie, unendliche Raum, statt eines drohenden Späherauges, erst dann wird die Erde unser, erst dann gehören wir der Erde an, wenn jene dunkle Welt der Seligkeit und der Verdammnis da draußen wie eine Seifenblase zersprungen ist. Die Erde wird unser wahres Vaterland, das Heim unseres Herzens, wo wir uns nicht wie Fremdlinge nur eine kurze Spanne Zeit aufhalten, sondern für die ganze Dauer unserer Zeit. Und welchen Vollgehalt wird das nicht unserm Leben verleihen, wenn dieses Leben alles umschließen wird, wenn außerhalb desselben nichts mehr liegt! Der unendliche Liebesstrom, der jetzt zu dem Gott aufsteigt, an den man glaubt, wird sich, wenn der Himmel leer ist, der Erde zuneigen, wird mit liebenden Armen alle die schönen, menschlichen Eigenschaften und Gaben umfassen, mit denen wir die Gottheit ausgestattet und geschmückt haben, um sie unserer Liebe wert zu machen. Güte, Gerechtigkeit, Weisheit, wer kann sie alle nennen? Begreifen Sie nicht, welchen Adel das über die Menschheit ausbreiten muß, wenn sie ihr Leben frei leben und ihren 172 Tod frei sterben kann, ohne Furcht vor der Hölle oder Hoffnung auf den Himmel, nur sich allein fürchtend, nur auf sich selber hoffend? Wie wird nicht das Gewissen geschärft werden, welche Festigkeit wird es nicht geben, wenn tatenlose Reue und Demut nichts mehr zu sühnen vermögen, wenn es keine andere Vergebung mehr gibt, als daß man durch Gutes das Böse wieder gutmacht, das man verbrochen hat!«

»Sie scheinen einen wunderbaren Glauben an die Menschheit zu haben. Der Atheismus würde danach ja weit größere Forderungen an die Menschen stellen, als das Christentum tut!«

»Ja natürlich!«

»Natürlich? Woher wollen Sie denn alle die starken Persönlichkeiten nehmen, deren sie bedürfen, um ihre atheistische Menschheit zusammensetzen zu können?«

»Der Atheismus soll sie nach und nach selber erziehen; weder dieses Geschlecht noch das nächste, noch die dann folgenden werden den Atheismus ertragen können, das weiß ich wohl; aber in jedem Geschlechte wird es einzelne geben, die sich ehrlich durchkämpfen werden zu einem Leben und zu einem Tode, und diese werden im Laufe der Zeiten eine Reihe geistiger Ahnen bilden, auf die die kommenden Geschlechter mit Stolz zurückblicken und durch deren Betrachtung sie erstarken werden. Im Anfange werden die Bedingungen am härtesten sein, werden die meisten im Kampfe erliegen, und die, die siegen, den Sieg nur mit zerfetzten Fahnen erringen, weil ihr Innerstes noch von Überlieferungen erfüllt sein wird und weil es in einem Menschen noch so viel anderes gibt als Gehirn, so viel, was erst überzeugt werden muß: das Blut und die Nerven, die Hoffnungen, das Sehnen, ja sogar die Träume! Aber darum wird es doch einmal kommen, und aus den wenigen werden viele werden!«

»Glauben Sie das? Ich suche nach einem Namen für Ihre Anschauung – könnte man ihn nicht den pietistischen Atheismus nennen?«

»Jeder wahre Atheismus« – begann Niels, aber Hjerrild unterbrach ihn schnell: »Natürlich«, sagte er, »natürlich! Laßt uns doch nur ein einziges Tor, ein einziges Nadelöhr für alle die Kamele der Erde!«

Zehntes Kapitel

Erst im Sommer kehrte Erik Restrup nach einem zweijährigen Aufenthalte in Italien wieder heim. Er war als Bildhauer fortgereist, aber als Maler kam er zurück, und er hatte schon Glück gehabt mit seinen Bildern, er hatte mehrere verkauft und neue Bestellungen erhalten.

Daß ihm das Glück so, gleichsam auf den ersten Wink, zugeflogen war, verdankte er der sicheren Selbstbegrenzung, mit der er sein Talent um sich zusammengezogen hatte. Es war keines der großen, vielversprechenden Talente, deren Hände überall hinanreichen, deren Erdenweg einem Bacchuszuge gleicht, die alle Gefilde jubelnd durchziehen und goldigen Samen nach allen Seiten hin ausstreuen. Er gehörte eben zu den Talenten, in denen ein Traum begraben liegt, der Frieden und

Heiligkeit über einen kleinen Fleck ihrer Seele verbreitet, da wo sie am meisten sie selbst und doch am wenigsten sie selbst sind. Und durch das, was sie in der Kunst schaffen, die sie besitzen, klingt stets derselbe sehnsuchtsvolle Endreim hindurch, und jedes ihrer Werke trägt dasselbe ängstlich begrenzte Gepräge von Verwandtschaft, als stamme das Bild aus demselben kleinen Heimatlande, aus demselben kleinen Schlupfwinkel mitten zwischen den Bergen. So verhielt es sich mit Erik; wo er auch in den Schönheitsozean niedertauchen mochte, stets brachte er dieselbe Perle ans Licht.

Seine Bilder waren klein, im Vordergrunde eine einzelne Gestalt, tonblau durch ihren eigenen Schatten; dahinter erikabewachsene Erde, die Heide oder die Campagna, am Horizont der rotgoldige Schein der sinkenden Sonne. Eine dieser Gestalten war ein junges Mädchen, das sich nach Art der Italienerinnen selber weissagt. Sie hat sich auf die Knie niedergelassen, an einer Stelle, wo die Erde bräunlich unter dem kurzen Grase hervorschimmert. Ein Herz, ein Kreuz und einen Anker aus getriebenem Silber hat sie von ihrer Halskette gelöst und auf die Erde gestreut; jetzt liegt sie auf den Knien, ihre Augen sind gläubig geschlossen, die eine Hand deckt die Augen, die andere hält sie suchend ausgestreckt nach dem unsagbaren Liebesglück, nach dem bitteren Schmerz, den das Kreuz mildert, und nach der Hoffnung hoffendem Alltagsleben. Sie hat es noch nicht gewagt, die Erde zu berühren; die Hand ist zaghaft in dem kalten, geheimnisvollen Schatten; die Wangen glühen, und der Mund verzieht sich halb zum Weinen, halb zu Gebet. Es liegt etwas Feierliches in der Luft, das Abendrot da draußen droht so schaurig und so heiß, legt sich so wehmutvoll über die Heide. Wüßtest du es nur: unsagbares Liebesglück – bitterer Schmerz, den das Kreuz mildert – oder der Hoffnung hoffendes Alltagsleben? Dann war da ein anderes Bild, eins, auf dem sie sehnend mitten auf der braunen Heide steht, die Wange gegen die gefalteten Hände gelehnt, so süß in ihrer naiven Sehnsucht, so unglücklich über das häßliche Leben, das so teilnahmslos, ohne sie zu beachten, an ihr vorübergeht. Warum kommt denn Eros nicht, warum zögert er, glaubt er, daß sie zu jung sei? Er sollte nur fühlen, wie ihr Herz pocht, er sollte nur kommen mit seiner Hand, o, da drinnen liegt eine Welt verborgen, eine Welt der Welten, wenn sie nur erwachen wollte! Und warum sie nicht wecken? Sie liegt da drinnen wie eine Knospe, all ihre Lieblichkeit, all ihre Schönheit fest umschließend, ganz für sich allein, beklommen, ohne zu wissen weshalb.

Sie weiß ja, daß das ist, von dem sie nicht weiß, was es ist. Hat es nicht liebevoll die schützenden Blätter darumgelegt, ist es nicht durch sie hineingedrungen, so daß es licht wurde bis in das innerste, tiefroteste Dunkel hinein, wo der Duft, sich selber ahnend, duftlos zusammengepreßt liegt in einer zitternden Träne? Will es denn niemals kommen? Soll es denn niemals ausatmen, was es ahnend besitzt, reich sein mit seinem Reichtum? Soll es sich denn nie, niemals entfalten, sich wach erröten, während die goldenen Sonnenstrahlen unter alle seine Blätter dringen? Sie verliert wirklich alle Geduld mit Eros, schon zittern ihre Lippen von dem aufsteigenden Weinen, hoffnungslos, herausfordernd schweift ihr Blick ins Weite, und das Köpfchen sinkt immer verzagter herab, wendet langsam das feine Profil hinein in das Bild, wo ein leiser Luftzug den rötlichen Staub vor sich hertreibt, hin über die dunkelgrünen Ginsterbüsche, den weingoldenen Himmel entlang.

So malte Erik Restrup, und das, was er sagen wollte, fand stets seinen Ausdruck in Bildern wie diese. Wohl konnte er andere Bilder träumen, konnte sich hinaussehen aus dem engen Kreise, innerhalb dessen er sie heraufbeschwor; kam er aber außerhalb desselben, versuchte er sich auf anderen Gebieten, so überkam ihn bald ein entmutigendes, ernüchterndes Gefühl, daß er von anderen leihen wolle, und daß das, was er hier schuf, nicht sein eigen war. Kehrte er dann von einem so mißglückten Ausfluge zurück, bei dem er doch jedesmal mehr lernte, als er selber ahnte, so wurde er nur noch mehr Erik Restrup, als er bis dahin gewesen war, gab er sich nur noch mutiger, mit fast schmerzlicher Heftigkeit seiner Eigentümlichkeit hin und hielt sich, wo er ging und stand, in pietätvoller Festesstimmung, die sich in seinen geringsten Handlungen ausprägte, sich in der ganzen Art und Weise zeigte, mit der er in solchen Zeiten mit sich selber verkehrte. Es war, als wenn die schönen Gestalten, die in ihm dämmerten, jüngere Schwestern von Parmegianinos schlankgliedrigen Frauen mit den länglichen Hälsen und den schmalen Prinzessinnenhänden, mit ihm zu Tische säßen und seinen Becher kredenzten mit Bewegungen voller Adel und Liebreiz, ihn in dem Banne ihrer lichten Träume hielten mit Luinis mystischen, nach innen gewandtem Lächeln, so unergründlich fein in seiner geheimnisvollen Anmut.

Aber hatte er dann elf Tage lang seiner Gottheit treulich gedient, so konnte es wohl vorkommen, daß andere Mächte in ihm die Oberhand gewannen, und es konnte ihn ein rasendes Verlangen ergreifen nach den groben Lüsten der groben Genüsse. Dann gab er sich ihnen hin, fieberhaft ergriffen von dem menschlichen Bedürfnis der Selbstvernichtung, die, während das Blut brennt, wie es brennen kann, sich nach Erniedrigung, nach Kot und Schmutz sehnt, genau mit demselben Maße von Kraft, das jenes andere, ebenso menschliche Bedürfnis besitzt, das Bedürfnis, sich selbst zu erhalten, sich größer und reiner zu erhalten, als man in Wirklichkeit ist.

In solchen Augenblicken gab es kaum etwas, das ihm roh und gewaltsam genug erschienen wäre, und es währte lange, bis er sein Gleichgewicht wiedererrang, nachdem dieser Zustand vorübergegangen war, denn im Grunde war ihm dieser Zustand nicht natürlich, dazu war er viel zu gesund, und er kam eigentlich nur als ein Ausschlagen in der seiner Hingebung zu den höheren Mächten der Kunst entgegengesetzten 178 Richtung, gleichsam als Racheakt, als fühle seine Natur sich gekränkt durch die Wahl jenes ideellen Lebenszieles, zu dessen Verfolgung ihn die Umstände geführt hatten.

Der Kampf dieser beiden Richtungen hatte jedoch nicht derartig die Oberhand in Erik Restrup gewonnen, daß er sich nach außen hin gezeigt hätte oder daß es ihm ein Bedürfnis gewesen wäre, seine Umgebung dadurch mit sich in Einklang zu bringen. Nein, er war noch immer derselbe unzusammengesetzte, lebensfrohe Bursche wie früher, ein wenig unbeholfen infolge seiner Scheu vor Gefühlsergüssen, ein wenig freibeuterhaft durch seine Fähigkeit, zu nehmen und zu erfassen. Das Gefühl war aber trotzdem in seinem Innern, es machte sich vernehmlich in stillen Stunden, gleich den Glocken, die in der versunkenen Stadt auf dem Meeresgrunde erklingen; und er und Niels hatten einander nie so gut verstanden wie jetzt, das fühlten sie, und sie schlossen schweigend einen neuen Freundschaftsbund. Als die Ferienzeit kam und Niels einmal Ernst machte mit seinem Vorsatze, die Tante Rosalie zu besuchen, die mit dem Konsul Claudy in Fjordby verheiratet war, begleitete ihn Erik.

Die Hauptlandstraße, welche nach Fjordby führt, ist in der Nähe der Stadt von zwei mächtigen Dornhecken begrenzt, die Konsul Claudys Küchengarten sowie seinen großen Strandgarten einhegen. Der Weg teilt sich dort und endet einerseits in des Konsuls Hofplatz, der so groß wie ein Marktplatz ist, andererseits macht er eine Drehung und läuft 179 zwischen Claudys Scheune und dem Holzlager als Straße durch die Stadt. Von den Reisenden machen viele die Drehung und fahren weiter, während andere anhalten, in der Meinung, sie seien am Ziele, sobald sie den geteerten Torweg des Konsuls erreicht haben, der stets weit geöffnet ist, und auf dessen zurückgeschlagenen Flügeltüren stets zum Trocknen ausgespannte Felle hängen.

Die Gebäude des Hofes waren alle alt, mit Ausnahme des hohen Speichers, dessen langweiliges totes Schieferdach Fjordbys neueste Errungenschaft auf dem Gebiete der Baukunst war. Das lange, niedrige Vorderhaus sah aus, als würde es von drei großen Bodenetagen zur Erde gedrückt, und stieß in einem dunkeln Winkel mit der Brauerei und den Ställen, in einem helleren Winkel mit dem Speicher zusammen. In dem dunkeln Winkel lag die Hintertür, die in den Laden führte, der mit der Bauernstube, dem Kontor und der Leutestube eine kleine dumpfe Welt für sich bildete, in der ein gemischter Geruch von gemeinem Tabak, von erdigen Fußböden, von Gewürzen, getrockneten Fischen und nassem Wollzeug die Luft so dick machte, daß sie förmlich zu schmecken war. War man dann aber durch das Kontor mit seinem durch dringenden Siegellackgeruch an den Korridor gelangt, der die Scheidewand zwischen dem Geschäft und der Familie bildete, so wurde man durch den hier herrschenden Duft von neuem Damenputz auf die süße Blumenluft der Zimmer vorbereitet. Es war dies nicht der Duft eines Buketts, er rührte nicht von wirklichen Blumen her, es war die mystische, erinnerungerweckende Atmosphäre, die über jedem Heim schwebt, und von der niemand mit Bestimmtheit sagen kann, woher sie stammt. Jedes Heim hat seinen eigenen Duft, es kann an tausend Dinge erinnern, an den Geruch alter Handschuhe, an neue Spielkarten oder geöffnete Klaviere, aber es ist stets ein anderer; er kann mit Räucherwerk, mit Parfüms und Zigarrenrauch übertäubt, aber er kann niemals ganz ertötet werden, er kommt immer wieder und ist stets da, unverändert, wie er von Anfang an gewesen ist. Hier war er von Blumenduft, nicht von Rosen, Levkoien oder sonst wirklich vorhandenen Blumen herstammend, sondern etwa, wie man sich den Duft jener phantastischen, saphirmatten Lilienranken denkt, deren Blüten sich um die Vasen aus altem Porzellan schlingen. Und wie stimmte dieser Duft zu den großen, niedrigen Stuben, mit ihren ererbten Möbeln und der altväterischen Zierlichkeit! Die Fußböden waren so weiß, wie es nur die Fußböden der Großmütter noch sind, die Wände waren einfarbig, mit einer leichten, hellen Girlande, die sich unter dem Sims hinzog, in der Mitte der Decke war eine Stuckrosette, und die Türen waren kanneliert und hatten blanke Messinggriffe in Delphingestalt. Vor den Fenstern mit den kleinen Scheiben hingen luftige Gardinen, weiß wie Schnee, faltenreich und kokett mit farbigen

Bandschleifen aufgenommen, wie der Behang eines Brautbettes für Damon und Phyllis, und auf den Fensterbrettern blühten in grüngesprenkelten Töpfen altmodische Blumen, blaue Agapanthus, blaue Pyramidenglocken, feinblättrige Myrten, feuerrote Verbenen und schmetterlingsbunte Geranien. Aber es waren doch hauptsächlich die Möbel, die dem Ganzen sein Gepräge verliehen; diese soliden Tische mit den großen Platten von dunklem Mahagoni, diese Stühle, deren Rücken sich wie ein Span um uns krümmt, diese Schubladenmöbel in allen möglichen Formen, Riesenkommoden mit in hellgelbem Holz eingelegten mythologischen Szenen – Daphne, Arachne und Narzissus –, oder auch Sekretäre auf dünnen, geschnörkelten Beinen, an denen jede einzelne Schublade mit Mosaiken aus dentrischem Marmor verziert war, einsame, viereckige Häuser mit einem Baume daneben vorstellend – das alles aus einer Zeit lange vor Napoleon. Da waren ferner Spiegel mit gemalten Blumen auf dem Glase in Weiß und Bronze: Schilf und Lotusblüten, die auf dem blanken See schwammen; und dann das Sofa, nicht wie jene zierlichen, kleinen Dinger, auf denen nur zwei sitzen können, nein, solid und massiv erhob es sich vom Fußboden, gleich einer geräumigen Terrasse, an beiden Seiten in einem brusthohen Konsolschrank endend, auf dem sich wieder je ein kleinerer Schrank in Mannshöhe erhob und eine alte Urne außer dem Bereich gewöhnlicher Sterblichen brachte. Es war kein Wunder, daß sich so viele alte Sachen im Hause des Konsuls befanden, denn sein Vater und vor ihm sein Großvater hatten innerhalb dieser Wände gelebt und genossen, wenn ihnen die Arbeit im Kontor und auf dem Holzlager Ruhe ließ.

Der Großvater, Berendt Berendtsen Claudy, dessen Namen das Geschäft noch führte, hatte das Haus gebaut und sich hauptsächlich für das Laden- und Produktengeschäft interessiert, der Vater hatte das Holzgeschäft in die Höhe gebracht, Felder und Grundstücke gekauft, den Laden gebaut und die beiden Gärten angelegt. Der letzte lebende Claudy hatte sich auf den Kornhandel geworfen, hatte den Speicher und die Wirksamkeit eines englischen und hannöverschen Konsuls, sowie eines Lloydagenten mit seiner Tätigkeit als Kaufmann verbunden. Das Korn und die Nordsee nahmen seine Zeit derart in Anspruch, daß er nur eine dilettantische Aufsicht über die übrigen Zweige seines Geschäftes führen konnte, weshalb er diese zwischen einem bankerotten Vetter und einem alten, schwer umgänglichen Verwalter geteilt hatte. Der letztere aber setzte dem Konsul jeden Augenblick den Stuhl vor die Tür, indem er behauptete, es sei ganz einerlei, wie es mit dem Geschäft ginge, der Acker müsse aber bestellt werden, und wenn er pflügen wolle, so müßten die anderen sehen, woher sie Pferde zum Holzfahren bekämen, sein Gespann brauche er selber. Weil aber der Mann sehr tüchtig war, ließ sich daran nichts ändern.

Konsul Claudy war ein angehender Fünfziger, ein stattlicher Mann mit regelmäßigen, kräftigen, an das Plumpe streifenden Zügen, die sich ebenso leicht zu dem Ausdruck von Energie und Verschlagenheit zusammenzogen, wie sie den Ausdruck gierigen Genusses annehmen konnten. Er war auch wirklich ebenso in seinem Element, wenn er einen Handel mit den schlauen Bauern abschloß oder mit einer Schar eigensinniger Bürger akkordierte, als wenn er bei einer letzten Flasche Portwein zwischen grauhaarigen Sündern saß und einer mehr als schlüpfrigen Geschichte lauschte oder auch selbst eine solche in der drastischen Weise erzählte, für die er berühmt war.

Das war aber nicht der ganze Mann. Die Erziehung, die er genossen hatte, brachte es mit sich, daß er sich auf Gebieten, die außerhalb des rein Praktischen lagen, nicht zu Hause fühlte, aber deshalb verachtete er keineswegs das, was er nicht verstand, auch suchte er es nicht zu verbergen, daß er es nicht verstand, indem er etwa mitredete und verlangte, daß man sein Geschwätz beachten solle, weil er ein älterer, praktisch erfahrener, hoch besteuerter Bürger war. Im Gegenteil. Er konnte mit einer rührenden Andacht dasitzen und dem Gespräche junger Damen und Herren lauschen und hin und wieder nach vielen Entschuldigungen eine bescheidene Frage äußern, die fast ausnahmslos aufs umständlichste beantwortet wurde, worauf er dann mit der ganzen Verbindlichkeit dankte, die Ältere so schön in ihren Dank der Jugend gegenüber legen können.

Es konnte überhaupt in einzelnen glücklichen Augenblicken etwas überraschend Zartes über Konsul Claudy liegen, ein sehnender Ausdruck in seinen klaren, braunen Augen, ein wehmutvolles Lächeln um seine üppigen Lippen, ein suchender, erinnerungsvoller Tonfall in seiner Stimme, als sehne er sich nach einer in seinen Augen besseren Welt, als die war, der er sich nach Ansicht seiner Freunde mit Leib und Seele ergeben hatte.

Zwischen dieser besseren Welt und ihm unterhielt seine Frau die Verbindung. Sie war eine jener sanften, blassen, jungfräulichen Naturen, die nicht den Mut oder auch nicht den Trieb besitzen, ihre Liebe so auszulieben, daß in der tiefsten Tiefe ihrer Seele nichts mehr von dem eigenen Ich zurückbleibt. Auch nicht einen einzigen flüchtigen Augenblick können sie so ergriffen werden, daß sie sich blindlings unter die Wagenräder ihres Abgottes werfen. Das können sie nicht, sonst aber können sie alles für den Geliebten tun, sie können die schwersten Pflichten erfüllen, sind zu den schmerzlichsten Opfern bereit, und es gibt keine Demütigung, die sie nicht willig auf sich nehmen würden. So sind die besten unter ihnen.

So große Forderungen wurden nun an Frau Claudy gerade nicht gestellt, aber ganz ohne Kummer war ihre Ehe auch nicht verlaufen. Es war nämlich offenes Geheimnis in Fjordby, daß der Konsul nicht der treueste Ehemann war, oder es doch wenigstens bis vor einigen Jahren nicht gewesen war. Natürlich war das ein großer Kummer für sie, und es war ihr nicht leicht geworden, ihr Herz dazu zu zwingen, daß es festhielt und nicht wankte in diesem Wirbel von Eifersucht, Verachtung und Zorn, Scham und tödlichem Schreck, der den Boden unter ihren Füßen hatte erbeben machen. Aber sie widerstand. Es kam nicht nur kein Wort des Vorwurfs über ihre Lippen, sie verhinderte sogar jegliches Geständnis von seiten ihres Mannes. Wußte sie doch, daß, wenn es zu Worten käme, diese sie mit sich fortreißen würden, fort von ihm. Schweigend mußte es getragen werden, und schweigend suchte sie sich zur Mitschuldigen an dem Vergehen des Mannes zu machen, indem sie oft wegen ihrer Selbstverschanzung, die zu überwinden ihre Liebe nicht stark genug gewesen war, in die bittersten Vorwürfe gegen sich selber ausbrach. Ja, es gelang ihr, diese Sünde so aufzubauschen, daß sie ein unbestimmtes Bedürfnis nach Vergebung zu empfinden schien, und im Laufe der Zeit kam sie so weit mit sich selber, daß man sich in der Stadt erzählen konnte, für die außerehelichen Kinder des Konsuls Claudy werde ganz anders gesorgt als bloß mit Geld, es müsse eine verborgene Frauenhand da sein, die sie schütze, die ihnen alles Üble fernhalte.

So geschah es, daß sich der Sünder zum Guten bekehrte, und daß ein Sünder und eine Heilige sich gegenseitig besserten.

Claudys hatten zwei Kinder, einen Sohn, der in Hamburg auf dem Kontor war, und eine neunzehnjährige Tochter, die Fennimore hieß, nach der Heldin in St. Roche, einem von den Romanen der Paalzow, die in Frau Claudys Jugend sehr beliebt gewesen waren.

Fennimore stand mit dem Konsul an der Brücke, um auf den Dampfer zu warten, der Niels und Erik nach Fjordby brachte, und Niels war sehr angenehm überrascht durch die Entdeckung, daß seine Cousine so hübsch war, denn bis dahin kannte er sie nur von einem alten Daguerrotyp, auf dem sie in einer Dunstatmosphäre eine Gruppe mit ihrem jüngeren Bruder und den Eltern bildete, alle mit einer hektischen Röte auf den Wangen und mit starker Vergoldung auf ihrem goldenen Schmucke. Und nun war sie so allerliebst, wie sie dastand in ihrem hellen Morgenanzug mit den schmalen Zeugschuhen und den schwarzen Kreuzbändern, die bis über den Spann des weißen Strumpfes hinaufreichten, wie sie dastand, mit dem einen Fuße oben auf der Kante des Bollwerkes, und sich lächelnd herüberbeugte, um ihm die Krücke ihres Sonnenschirmes zum Guten Tag und Willkommen zu reichen, ehe der Dampfer noch ordentlich angelegt hatte. Wie rot waren ihre Lippen, wie weiß ihre Zähne, und die Schläfen hoben sich so zart ab unter dem breiten Eugenienhute, durch die lang herabhängenden, schwarzen, mit steinkohlenblanken Perlen verzierten Spitzen der Krempe. Endlich wurde die Landungsbrücke ausgelegt, und der Konsul zog mit Erik ab, dem er sich schon vorgestellt hatte, als noch sechs Ellen Wasser sie voneinander trennten. Gleich darauf hatte er sich in ein neckisches Gespräch über die Qualen der Seekrankheit mit der vertrockneten Witwe des Hutmachers, die ebenfalls mit dem Dampfer gekommen war, eingelassen, und jetzt war er bemüht, die Bewunderung seines Gastes auf die großen Lindenbäume vor der Tür des Amtsverwalters hinzulenken und auf den neuen Schoner, der auf Thomas Rasmussens Werft gebaut wurde.

Niels folgte mit Fennimore. Sie machte ihn darauf aufmerksam, daß im Strandgarten zu Ehren der Gäste eine Flagge aufgezogen sei, und dann fingen sie an, über die Familie des Etatsrats in Kopenhagen zu sprechen. Sie waren gleich darüber einig, daß die Etatsrätin ein wenig – ein bißchen – sie wollten nicht recht heraus mit dem Worte, aber Fennimore setzte so ein eigenartiges Lächeln auf und machte eine katzenartige Bewegung mit der Hand, und das war offenbar bezeichnend genug für die beiden, denn sie lächelten und sahen gleich darauf wieder ernsthaft aus. Schweigend gingen sie weiter, alle beide stark mit dem Gedanken beschäftigt, wie sie sich wohl in den Augen des anderen ausnähmen.

Fennimore hatte sich Niels stattlicher gedacht, ausgeprägter im Wesen, bestimmter gezeichnet, gleichsam wie ein unterstrichenes Wort. Niels dagegen hatte viel mehr gefunden, als er erwartet hatte: er fand sie anziehend, beinahe berückend, trotz ihrer Kleidung, die viel von dem Übermodernen der Provinzdamen an sich hatte; und als sie in der Wohnung des Konsuls eintraten und sie ihren Hut abnahm und, indem sie beschäftigt niederblickte, ihr Haar mit so wunderbar graziösen, weichen, trägen Bewegungen der Hand und des Handgelenkes ordnete, fühlte er sich so dankbar für diese Bewegungen, als wären es Liebkosungen, und weder an diesem Tage noch an dem nächsten konnte er sich freimachen von dieser ihm selbst ein wenig rätselhaften Dankbarkeit, 188 die zuweilen so eigenartig überhand nahm, daß er meinte, es müsse das größte Glück sein, ihr mit Worten dafür danken zu können, daß sie so schön und so lieblich war.

Bald fühlten sich sowohl Niels wie Erik völlig heimisch in dem gastfreien Hause des Konsuls, und schon nach wenigen Tagen hatten sie sich vollständig in das *dolce far niente* eingelebt, aus dem so recht eigentlich das Ferienleben besteht und das man nur mit großer Anstrengung gegen die Eingriffe guter Menschen zu schützen vermag; sie mußten alles, was sie an diplomatischen Kräften besaßen, aufbieten, um den vielen langweiligen Abendgesellschaften, großen Segelpartien, Sommerbällen und Dilettantenvorstellungen zu entgehen, die ununterbrochen ihren Frieden bedrohten. Sie wünschten oft, daß das Haus des Konsuls auf einer einsamen Insel läge, und Robinson kann keinen größeren Schrecken empfunden haben, als er die Fußspuren der Wilden im Sande fand, als sie, wenn sie fremde Paletots im Vorsaal entdeckten oder wenn unbekannte Arbeitsbeutel sich auf dem runden Tische im Wohnzimmer blicken ließen. Sie wollten weit lieber allein bleiben, denn sie waren ja, noch ehe die erste Woche halb verstrichen war, beide in Fennimore verliebt. Nicht mit jenem reifen Verliebtsein, das sein Schicksal wissen will und muß, das sich danach sehnt, zu besitzen, zu umfassen, sicher zu sein; das war es noch nicht, es war noch das Dämmern der ersten Liebe, das wie ein wunderbarer Lenz in der Luft liegt und mit einer 189 Sehnsucht schwillt, die Wehmut ist, mit einer Unruhe, die leises, pochendes Glück bedeutet. Der Sinn ist so weich, so leicht bewegt, so bereit, sich hinzugeben. Ein Schimmer über der See, ein Säuseln im Laube, ja nur eine Blume, die sich entfaltet, das alles hat so eigene Macht erhalten. Unbestimmtes, namenloses Hoffen taucht plötzlich auf und verbreitet seinen Sonnenglanz über alles in der Welt, und dann plötzlich liegt wieder alles ohne Sonne da, eine leise Zaghaftigkeit fährt gleich einer Wolke über den Glanz hin und färbt die Funken der Hoffnung mit dem

Grau ihres Kielwassers. Das Herz so mutlos, zerschmelzend mutlos und ergeben in sein Schicksal, voll Mitleid mit sich selbst, voll Zaghaftigkeit, die sich in stillen Klagen spiegelt und in einem Seufzer erstirbt, der halb erheuchelt ist; und dann rauscht es wieder zwischen den Rosen, das Traumland taucht aus dem Nebel auf, mit goldigem Schimmer über den weichen Buchenkronen, mit duftreicher Sommerdämmerung unter dem Laube, das sich über den Pfaden wölbt, von denen niemand weiß, wo sie enden.

Eines Abends nach der Teezeit waren sie alle im Wohnzimmer versammelt. Von einem Aufenthalt im Garten oder im Freien konnte nicht die Rede sein, denn es regnete in Strömen vom Himmel herunter. Sie waren ans Zimmer gefesselt, waren aber keineswegs unzufrieden damit; das Gefühl, so zwischen den vier Wänden eingeschlossen zu sein, verbreitete die Gemütlichkeit eines Winterabends über das Zimmer, und dann war der Regen so erwünscht, alles schmachtete nach Wasser, und wenn es so recht gründlich herabströmte und die schweren Tropfen an die Scheiben prasselten, so zauberte dieser Laut schöne Bilder vor die Seele, üppig grünende Wiesen und erquickte Laubmassen, und bald sagte der eine, bald der andere leise vor sich hin: Wie es doch regnet! und dabei sah man zu den Fenstern hinüber mit einem Gefühl des Behagens und einem schwachen Funken des Genießens in halbbewußtem Einverständnis mit den Naturmächten da draußen.

Erik hatte seine Mandoline geholt, die er aus Italien mitgebracht hatte, und hatte von Napoli gesungen und von leuchtenden Sternen, und jetzt saß eine junge Dame, die zum Tee da war, am Klavier und begleitete sich selber: *Min lille vrå bland bergen,* und fügte zu jeder Endung ein *A* hinzu, damit es recht schwedisch klänge.

Niels, der nicht sonderlich musikalisch war, ließ sich von der Musik weich melancholisch stimmen und fiel in Gedanken, bis Fennimore zu singen begann. Das weckte ihn.

Jedoch nicht auf angenehme Weise; ihr Gesang erfüllte ihn mit Unruhe. Sobald sie sich dem Klange ihrer Stimme hingab, war sie nicht mehr das kleine Provinzmädchen; wie ließ sie sich von diesen Tönen hinreißen, wie atmete sie frei und rückhaltlos auf in ihnen, ja er hatte eine Empfindung, als würfe sie alles Zartgefühl, alle Hüllen ab.

Ihm ward so heiß ums Herz, seine Schläfen pochten, er schlug die Augen nieder. Sah es denn keiner von den andern, was er sah? Nein, sie sahen es nicht. Sie war ja ganz außer sich, fort von Fjordby, weit fort von Fjordbyer Poesie und Fjordbyer Gefühlen. Sie war in eine andere, kühnere Welt versetzt, wo die Leidenschaft auf hohen Bergen üppig wucherte und ihre roten Blüten dem Sturme preisgab.

War es vielleicht, daß er so wenig Verständnis für Musik besaß, weil er desto mehr in ihren Gesang hineinlegte? Er konnte es nicht recht glauben, aber er hoffte es, denn er liebte sie weit mehr, so wie sie sonst war. Wenn sie mit ihrer Näharbeit dasaß und mit ihrer sanften, ruhigen Stimme sprach, mit ihren klaren, treuen Augen aufblickte, so fühlte sich sein ganzes Wesen mit der unwiderstehlichen Macht eines starken, stillen Heimwehs zu ihr hingezogen. Er sehnte sich danach, sich vor ihr zu demütigen, das Knie vor ihr zu beugen und sie eine Heilige zu nennen. Immer empfand er eine so wunderbare Sehnsucht nach ihr, nicht nur nach ihr, so wie sie jetzt war, sondern nach ihrer Kindheit und nach all den Tagen, in denen er sie nicht gekannt hatte; und wenn er mit ihr allein war, brachte er stets die Rede auf die Vergangenheit und ließ sich von ihr erzählen, von ihren kleinen Leiden, ihren kleinen Verirrungen, kleinen Eigentümlichkeiten, an denen ja jede Kindheit reich ist. Und er lebte in diesen Erinnerungen, neigte sich ihnen zu mit unruhigem, eifersüchtigem Schmachten, einem unbestimmten Verlangen, zu ergreifen, zu teilen, eins zu werden mit diesen feinen, mattfarbigen Schatten eines Lebens, das zu reiferen, reicheren Farben erglüht war. Aber nun auf einmal dieser Gesang, der so stark war, der ihm so unerwartet kam, wie uns der Anblick eines unbegrenzten Horizonts bei der Biegung des Weges überraschen kann und uns die lauschige Waldeinsamkeit, die bis dahin unsere ganze Welt gewesen ist, nur als eine die Landschaft begrenzende Ecke erscheinen läßt; die kurzen, gekräuselten Linien des Waldes werden klein und unbedeutend im Vergleich zu den großartigen Zügen der Höhen und der fernen Meere. 192

Ach, es war ja aber nur eine Fata Morgana gewesen, diese Landschaft, nur eine Phantasterei, in die er sich unter dem Gesange hineingelebt hatte, denn jetzt sprach sie ja wieder, wie sie immer gesprochen hatte, war wieder so schön, wieder ganz die alte Fennimore! Er hatte es ja auch auf hunderterlei Weise erfahren, welch stilles Wasser sie war, ohne Sturm, ohne Wogen, den blauen Himmel mit den Sternen widerspiegelnd.

So liebte er Fennimore, so sah er sie, und so war sie auch nach und nach in ihrem Benehmen gegen ihn. Nicht daß sie sich absichtlich verstellt hätte, es lag in gewisser Weise sogar viel Wahres darin, und es

war so natürlich, daß sie, wenn jedes seiner Worte, jeder seiner Ausdrücke, jeder Traum und Gedanke sich mit seinen Wünschen, Bitten
und Huldigungen gerade an diese Seite in ihr wandte, daß sie dann
unwillkürlich ihr eigenes Ich in das Gewand kleidete, das er ihr gleichsam
193   aufzwang. Wie konnte sie auch darüber wachen, daß jeder Beliebige einen völlig richtigen Eindruck von ihr, so wie sie wirklich war, erhielt,
jetzt, wo doch alle ihre Sinne und Gedanken nur von dem einen erfüllt
waren, von Erik, dem einzigen, ihrem erkorenen Herrn, ihm, den sie
mit einer Leidenschaft liebte, die nicht ihrer eigentlichen Natur ent-
sprach, mit einer abgöttischen Verehrung, die sie selbst erschreckte. Sie
hatte geglaubt, daß die Liebe eine süße Würde sei, nicht so eine verzehrende Unruhe voller Furcht, Demütigung und Zweifel. Unzählige Male,
wenn sie zu sehen meint, daß sich das Geständnis von Eriks Lippen
losringen wollte, konnte sie ein Gefühl überkommen, als sei es ihre
Pflicht, ihre Hand auf seinen Mund zu legen, ihn am Sprechen zu hin-
dern, sich selber ihm gegenüber anzuklagen, ihm zu sagen, wie unwürdig
sie seiner Liebe sei, wie irdisch klein, wie kindisch sie sei, so gar nicht
edel, nein, so elend und gering, so alltäglich häßlich. Sie fühlte sich so
falsch unter seinem bewundernden Blick, so berechnend, wenn sie ihm
nicht aus dem Wege ging, so verbrecherisch, wenn sie es nicht übers
Herz bringen konnte, Gott in ihrem Abendgebet zu bitten, daß Erik
seinen Sinn von ihr wende, auf daß eitel Licht über seinem Schicksal
ruhen möge und Hoheit und Herrlichkeit; denn sie hätte ihn ja hinab-
gezogen durch ihre erdgeborene Liebe.

Es geschah fast mit Widerstreben, daß Erik sie liebte. Sein Ideal war
immer vornehm gewesen, groß und stolz, mit leiser Schwermut auf den
bleichen Zügen und tempelkühler Luft in den strengen Falten des Ge-
194   wandes. Aber Fennimores Liebreiz hatte es ihm angetan. Er konnte ihrer
Schönheit nicht widerstehen. Es lag so eine frische, unbewußte Sinnlichkeit über ihrer ganzen Erscheinung, wenn sie ging, erzählte ihr Gang
flüsternd von ihrem Körper, es lag eine Blöße über ihren Bewegungen,
eine träumerische Beredsamkeit über ihrer Ruhe, wogegen sie nichts
machen konnte, wie es auch nicht in ihrer Macht gestanden hätte, es
zu verbergen oder zum Schweigen zu bringen, wenn sie die leiseste
Ahnung davon gehabt hätte. Niemand sah das besser als Erik, und er
wußte nur zu gut, einen wie großen Anteil ihre leibliche Schönheit an
seiner Neigung hatte; darum kämpfte er dagegen an, denn es lebte ein
hohes schwärmerisches Bild von der Liebe in seiner Seele, ein Bild, das

nicht Poesie und Überlieferung allein geschaffen hatten, sondern das seinen Ursprung einer tieferen Naturanlage verdankte, als die war, welche für gewöhnlich in seinem Wesen zum Ausdruck kam. Woher dies Bild auch stammen mochte, es mußte das Feld räumen.

Noch hatte er Fennimore seine Liebe nicht gestanden; da geschah es aber, daß der Schoner Berendt Claudy ankam und sich draußen auf der Reede vor Anker legte. Er sollte weiter hinauf an der Küste gelöscht werden, darum kam er nicht in den Hafen, und da der Konsul sehr stolz auf dies Schiff war und es seinen Gästen gern zeigen wollte, so ruderte man einmal gegen Abend hinaus, um an Bord den Tee einzunehmen.

Das Wetter war herrlich, vollkommen windstill, und alle waren in der heitersten Laune. Die Zeit verstrich aufs angenehmste. Man trank englischen Porter, knabberte an englischen Biskuits, die so groß waren wie Monde, und aß geröstete Makrelen, die auf der Fahrt durch die Nordsee gefangen waren. Man pumpte mit der Schiffspumpe, bis sie schäumte, spielte mit dem Kompaß, zog mit den großen Blecheimern Wasser aus den Behältern herauf und lauschte dem Steuermann, der auf einer achteckigen Handharmonika spielte.

Es war schon ganz dunkel, als man sich zur Heimkehr anschickte. Man ruderte in zwei Abteilungen zurück, Erik, Fennimore und einige von den älteren Herrschaften in der Schiffsjolle, die übrigen im Boote des Konsuls. Das erste Boot sollte vorausrudern, erst einen kleinen Abstecher machen und sich dann langsam nach dem Lande wenden, während das andere geradeswegs heimruderte. Der Grund zu dieser Verabredung war der, daß man hören wollte, wie der Gesang an einem so stillen Abende über das Wasser schallte. Darum saßen Erik und Fennimore auf der hintersten Bank im ersten Boote; die Mandoline hatten sie mitgenommen. Aber der Gesang wurde eine ganze Weile vergessen, denn als man die Ruder auslegte, gewahrte man ein ungewöhnlich starkes Meerleuchten, und das nahm sie alle völlig in Anspruch. Leise glitt das Boot dahin, und die glanzlose, glatte Fläche erstrahlte in gleitenden Linien und Kreisen in mildem, weißem Lichte, das eine helle Furche hinter dem Boote bildete und nur da, wo sie am stärksten war, einen feinen, matten Schimmer, gleich dem Rauche eines Lichtes, über die Umgebungen verbreitete. Weiß sprühte es unter den Ruderschlägen auf und glitt von dannen in zitternden Ringen, die schwächer und schwächer wurden, und in lichten Tropfen floß es von den Rudern herab gleich einem Phosphorregen, der in der Luft erlosch, das Wasser aber Tropfen auf Tropfen entzündete. Es war ganz still auf dem Wasser, nur der Takt der Ruderschläge teilte das Schweigen in regelmäßigen Zwischenräumen ab. Weich lag die Dämmerung über der stillen Tiefe, und das Boot verschwamm mit seinen Insassen zu einer dunkeln Einheit, von der sich im schwachen Scheine des Meerleuchtens nur die fleißigen Ruder abhoben, hin und wieder ein Tau, das über den Rand des Bootes hing, und die gebräunten Gesichter der Matrosen. Niemand sprach. Fennimore kühlte ihre Hand im Wasser, und sie und Erik saßen zurückgewendet da und starrten auf das Phosphornetz, das lautlos hinter dem Boote herfloß und ihre Gedanken in seinem lichten Gewebe fing.

Eine Aufforderung vom Lande her, doch endlich mit dem Gesange zu beginnen, erweckte sie, und so sangen sie ein paar italienische Romanzen zu den Tönen der Mandoline. Dann schwiegen sie abermals.

Endlich legten sie an der Landungsbrücke an, die sich vom Strandgarten ins Meer erstreckte. Das Boot des Konsuls lag leer an der Brücke, die Gesellschaft hatte sich bereits ins Haus begeben. Die Tante und die anderen gingen auch hinauf, während Erik und Fennimore stehen blieben und dem Boote nachblickten, das zum Schiffe zurückruderte. Die Gartenpforte oben fiel ins Schloß, der Schall der Ruder wurde schwächer und schwächer, und die Bewegung des Wassers an der Brücke erstarb. Dann fuhr ein leiser Windhauch durch das dunkle Laub hinter ihnen, gleich einem Seufzer, der sich versteckt hatte und der nun ganz leise die Blätter zerteilte und von dannen flog und die beiden ganz allein zurückließ.

Genau in demselben Augenblicke wandten sie sich einander zu, fort von dem Wasser. Er ergriff ihre Hand, zog sie langsam, wie fragend an sich und küßte sie dann. »Fennimore!« flüsterte er, und sie gingen durch den dunklen Garten.

»Du hast es schon lange gewußt«, sagte er dann. Sie sagte: »Ja.« Dann schritten sie weiter, und dann fiel die Gartentür abermals ins Schloß.

Erik konnte nicht schlafen, als er endlich auf seinem Zimmer anlangte, nachdem er noch Kaffee mit der Gesellschaft getrunken und sich von den Fremden an der Gartentür verabschiedet hatte.

Es war so beklommen dadrinnen. Er öffnete die Fenster, dann warf er sich aufs Sofa und horchte. Er wollte wieder hinaus.

Wie es im Hause schallte! Er hörte deutlich das Schlürfen der Morgenschuhe des Konsuls, und jetzt öffnete Frau Claudy die Küchentür, um nachzusehen, ob das Feuer auch erloschen sei. Was hatte Niels nur zu so später Stunde noch in seinem Koffer zu suchen? Horch! was war das? – Eine Maus hinter der Vertäfelung! – Jetzt ging jemand auf Socken über die Diele. – Jetzt gingen da zwei! – Endlich! Er öffnete die Tür zu dem unbewohnten Fremdenzimmer, das hinter dem seinen lag, und horchte. Dann öffnete er vorsichtig das Fenster und schwang sich über das Fensterbrett hinaus in den Hof. Durch die Rollkammer konnte er in den Strandgarten gelangen. Wenn ihn jemand sähe, wollte er sagen, er habe unten an der Brücke die Mandoline vergessen und wolle sie holen, da der Tau ihr schaden könne. Deswegen hatte er sie auf dem Rücken.

Der Garten war jetzt heller, es wehte ein wenig, und ein schwacher Mondschein spannte einen zitternden Silberstreifen von der Landungsbrücke bis zu dem Schoner aus.

Erik ging hinaus auf die Steinmauer, die den Garten schützte und die sich von dort in scharfen Winkeln um einen großen, gedämmten Platz herum und bis ans äußerste Ende der Hafenmauer erstreckte. Den ganzen Weg balancierte er auf den unbequemen, großen, schrägen Steinen entlang.

Ganz erschöpft gelangte er an die Spitze der Mole und setzte sich dort auf eine Bank.

Hoch über seinem Haupte schaukelte die rote Signallaterne des Hafens leise mit einem seufzenden Laut, und die Flaggenleine schlug sanft gegen die Stange.

Der Mond war ein wenig klarer geworden, doch nicht viel, er warf ein vorsichtiges, grauweißes Licht über die stillen Fahrzeuge im Hafen und über den Wirrwarr von viereckigen Dächern und weißen, hohläugigen Giebeln der Stadt; und dahinter, alles andere überragend, erhob sich hell und ruhig der Kirchturm.

Erik lehnte sich träumend zurück, und ein Meer von unendlicher Wonne und namenlosem Jubel schwellte sein Herz und ließ ihn sich so reich, so voller Macht und Lebenswärme fühlen. Es war ihm, als könne Fennimore jeden Liebesgedanken hören, der aus seinem Glück hervorsproßte, Ranke auf Ranke und Blüte auf Blüte, und er stand auf, fuhr schnell über die Mandoline hin und sang triumphierend der schlummernden Stadt zu:

Wach liegt da droben mein Mädchen,
Sie lauscht wohl auf mein Lied!

Wieder und wieder sang er die Strophen des alten Volksliedes, wie um seinem übervollen Herzen Luft zu machen.

Allmählich wurde er ruhiger. Die Erinnerung an jene Stunden in früheren Tagen, wo er sich am schwächsten gefühlt hatte, am elendsten, am verlassensten, machte sich mit stillem, spannendem Schmerz geltend, der eine gewisse Ähnlichkeit mit dem Gefühl hatte, das wir empfinden, wenn uns die ersten Tränen in die Augen kommen; und er setzte sich auf die Bank, und während seine Hand leise über die Saiten der Mandoline hinstrich, starrte er über des blaugrauen Fjords weite Fläche hinaus, auf der sich die blitzende Mondbrücke ausspannte, vorbei an dem dunklen Schiff bis hinüber zu den feinen melancholischen Linien der Morsöhöhen, die mit himmelblauem Land in einen Nebel von Weiß gezeichnet sind. Und die Erinnerungen mehrten sich, sie wurden süßer und süßer, sie schwangen sich auf in lichtere Gefilde, gleichsam strahlend in einer Morgenröte auf Rosen.

Wach liegt da droben mein Mädchen,
Sie lauscht wohl auf mein Lied.

Er sang es leise vor sich hin.

Elftes Kapitel

Drei Jahre sind verstrichen, Erik und Fennimore sind zwei Jahre verheiratet und wohnen in einem kleinen Landhause am Mariagerfjord. Niels hat Fennimore seit jenem Sommer in Fjordby nicht gesehen. Er wohnt in Kopenhagen und hat viel Verkehr, doch steht er zu niemand in freundschaftlichen Beziehungen, ausgenommen zu Doktor Hjerrild, der sich alt nennt, weil sich bereits weiße Silberfäden in seinem dunkeln Haar zeigen.

Die unerwartete Verlobung Eriks war ein harter Schlag für Niels gewesen, er ist infolgedessen ein wenig stumpf geworden, auch ein wenig bitterer und nicht mehr so vertrauensvoll, er hat auch Hjerrilds Mißmut gegenüber nicht mehr so viel Begeisterung. Er setzt seine Studien unverdrossen fort, doch sind sie planloser geworden, und der Gedanke, fertig zu werden, um vortreten und zugreifen zu können, fristet nur noch ein schwaches, flackerndes Leben. Er lebt viel mit anderen, aber er lebt eigentlich nicht mit ihnen, sie interessieren ihn wohl, aber es ist ihm völlig gleichgültig, ob sie irgendwelches Interesse für ihn haben oder nicht, und das eine fühlt er: die Kraft in ihm, die ihn dazu hätte anspornen können, sein Teil in der Welt zu leisten, im Verein mit anderen oder im Kampf mit anderen, diese Kraft wird schwächer und schwächer. Er kann ja warten, sagt er sich, und sollte er selbst so lange warten, bis es zu spät geworden ist. Wer glaubt, der hat keine Eile, das ist sein Trost. Denn er besitzt Glauben genug, das fühlt er, wenn er nur auf den Grund seines Herzens geht, Glauben genug, um Berge zu versetzen; er kann sich nur nicht überwinden, die Schulter dagegen zu stemmen. Hin und wieder erfaßt ihn wohl ein Drang, zu schaffen, eine Sehnsucht, wenigstens einen Teil seines Ichs durch die Arbeit befreit zu sehen, und ganze Tage lang kann sich sein Wesen gehoben fühlen durch frohe titanische Anstrengungen, den Ton zusammenzuformen, aus dem er seinen Adam bilden will; aber es gelingt ihm nie, ihn nach seinem Bilde zu schaffen; er hat nicht Ausdauer genug, um die Selbstkonzentrierung, die hierzu erforderlich ist, aufrechtzuerhalten. Er trägt sich wochenlang mit dem Gedanken, die Arbeit aufzugeben, und schließlich gibt er sie wirklich auf und fragt sich gereizt, weshalb er sie denn auch fortsetzen solle, was er denn im Grunde dabei gewinnen könne? Er hat das Glück der Empfängnis genossen, die Beschwerden des Großziehens stehen ihm noch bevor, dies Hegen und Nähren, dies bis zur Vollendung in sich Herumtragen. Und wozu? Für wen? Er ist kein Pelikan, sagt er sich selber. Aber er mag nun sagen, was er will, er ist doch unbefriedigt und fühlt, daß er sich nicht den Forderungen gegenüber, die er an sich selber stellen muß, verantworten kann, und es hilft ihm nichts, daß er mit diesen Forderungen ins Gericht geht und sich bemüht, die Berechtigung der Ansprüche an ihn in Zweifel zu ziehen. Er sieht sich vor eine Wahl gestellt, und er muß wählen; denn es ist ja nun einmal so, wenn die erste Jugend vorüber ist, früher oder später, je nachdem der Naturboden in einem Menschen ein Früher oder ein Später ist, daß dann ein Tag hereinbricht, wo der Verzicht wie ein Versucher an uns herantritt und uns dazu verleiten will, dem Unmöglichen Lebewohl zu sagen und uns zu begnügen. Und solche Resignation hat so viel für sich; denn wie oft sind nicht die idealen Forderungen der Jugend zurückgewiesen, ihre

Begeisterung beschämt und ihre Hoffnung vernichtet worden! Die Ideale, die lichten, lieblichen, haben zwar noch nichts von ihrem Glanze eingebüßt, aber sie weilen nicht mehr auf der Erde mitten unter uns wie in den ersten Tagen unserer Jugend; auf der breit angelegten Treppe der Weltklugheit sind sie Stufe um Stufe zurückgeführt worden in den Himmel, aus welchem unser einfältiger Glaube sie heruntergeholt hatte, und dort sitzen sie, strahlend aber fern, lächelnd aber müde in göttlicher Untätigkeit, während der Weihrauch einer tatenlosen Anbetung in festlichen Windungen zu ihrem Throne aufwirbelt.

203   Niels Lyhne war müde; diese eifrigen Anläufe zu einem Sprunge, der niemals ausgeführt wurde, hatten ihr ermattet. Alles war ihm hohl und wertlos geworden, verdreht und verwirrt und auch so kleinlich; es schien ihm so natürlich, seine Ohren und seinen Mund zu verstopfen und sich in Studien zu versenken, die nichts mit dem Staube der Erde zu schaffen hatten, die abgesondert für sich selber waren, gleich einer stillen Meerestiefe mit friedlichen Tangwäldern und merkwürdigem Getier.

Er war müde, und um die vernichteten Liebeshoffnungen schlangen sich die Wurzeln dieser Müdigkeit; von dort aus hatte sie sich schnell und sicher seinem ganzen Wesen mitgeteilt, hatte sie alle Fähigkeiten, alle seine Gedanken ergriffen. Jetzt war er kalt und leidenschaftslos genug, aber in jener ersten Zeit, als ihn der Schlag getroffen hatte, war seine Liebe von Tag zu Tag mit der unhemmbaren Macht eines schleichenden Fiebers gewachsen, und es hatte Stunden gegeben, in denen seine Seele, von wahnsinniger Leidenschaft getrieben, in unsäglichem Sehnen und schäumendem Verlangen zu einer Woge angeschwollen war, höher und höher steigend, so daß jede Fiber seines Hirns, jede Saite seines Herzens bis zur äußersten Grenze angespannt war. Und dann war die Müdigkeit über ihn gekommen, abstumpfend und heilend, sie hatte seine Nerven taub gemacht gegen den Schmerz, sein Blut zu kalt für Begeisterung und seinen Puls zu schwach zum Handeln. Und mehr als das, sie hatte ihn vor einem Rückfalle geschützt, indem sie ihn

204 mit der ganzen Vorsicht und dem Egoismus eines Rekonvaleszenten ausstattete. Und wenn er jetzt an die Tage in Fjordby zurückdenkt, so geschieht es mit demselben Gefühle der Sicherheit, das der Mensch, der eben eine schwere Krankheit überstanden hat, bei dem Gedanken empfindet, daß jetzt, nachdem er seine Leiden ausgelitten, nachdem sich das Fieber in seinem Körper selbst zu Asche verzehrt hat, daß er jetzt auf lange, lange Zeit frei sein wird.

Da geschah es denn, als Erik und Fennimore, wie schon gesagt, ungefähr zwei Jahre verheiratet waren, daß er eines Sommertags einen halb kläglichen, halb prahlenden Brief von Erik erhielt, worin dieser sich selbst anklagte, seine Zeit vergeudet zu haben; woran es eigentlich liege, wisse er nicht, aber er habe gar keine Ideen mehr. Sein Umgang bestehe aus frischen, munteren Leuten, die weder prüde noch schwerfällig, aber was die Kunst betreffe, die gräßlichsten Dromedare seien. Da sei auch nicht ein Mensch, mit dem er sich einmal gründlich aussprechen könne, und es habe ihn ein lähmender Zustand von Trägheit und Unaufgelegtheit überfallen, von dem er sich nicht mehr befreien könne, denn nie sehe er eine Idee oder eine Stimmung so wie früher, er sei wirklich oft besorgt, daß seine Fähigkeiten versiegt seien, daß er niemals wieder etwas leisten würde. Aber das könne doch unmöglich so weiter gehen, es müsse doch wieder kommen, er sei zu reich gewesen, als daß es so enden könne; und dann wolle er ihnen zeigen, was Kunst sei, jenen anderen, die ununterbrochen weiter malten, als sei das etwas, was sie auswendig gelernt hätten. Vorläufig habe er jedoch das Gefühl, als liege ein Bann über ihm, und es würde ein großer Freundschaftsdienst von Niels sein, wenn er nach Mariagerfjord kommen wollte, er sollte es so gut haben, wie es die Verhältnisse gestatteten, und er könne ja den Sommer ebensogut dort verbringen wie anderswo. Fennimore lasse grüßen und freue sich sehr auf seinen Besuch.

Dieser Brief sah Erik gar nicht ähnlich, es mußte wirklich etwas Ernsthaftes vorliegen, daß er so klagen konnte. Das sah Niels sofort ein, und er wußte auch nur zu gut, wie schwach im Grunde die Quelle von Eriks Produktion war, ein spärlicher Bach, den ungünstige Verhältnisse leicht austrocknen konnten. Er wollte sofort abreisen, was auch zwischen ihnen liegen mochte, Erik sollte einen treuen Freund in ihm finden, und hatten auch die Jahre das Band gelockert, waren auch die Illusionen im Laufe der Zeit verblaßt, jene Freundschaft aus der Kinderzeit wollte er doch zu wahren wissen. Er hatte Erik früher gestützt, er wollte ihm auch jetzt eine Stütze sein. Ein leidenschaftliches Freundschaftsgefühl überkam ihn. Er wollte der Zukunft entsagen, dem Ruhme, den ehrgeizigen Träumen, um Eriks willen. Alles, was er an glimmender Begeisterung, an gärender Schaffenskraft besaß, wollte er Erik einflößen, er wollte völlig in Erik aufgehen; sein eigenes Ich, seine Ideen, das war alles bereit, nichts wollte er für sich zurückbehalten, und er träumte sich den groß, der so unsanft in sein Leben eingegriffen hatte; er selber kam sich ausgelöscht vor, übersehen, arm, ohne geistiges Eigentum, und er träumte weiter, wie das, was Erik erhalten hatte, allmählich nichts Geliehenes mehr war, sondern wirklich sein eigen, und zwar durch den Stempel, den er ihm aufdrückte, indem er es zu Taten und Werken prägte, Erik hoch und geehrt, und er selber nur einer der vielen, vielen Durchschnittsmenschen; schließlich zur Armut gezwungen, nicht freiwillig, ein wirklicher Bettler, kein Prinz in Lumpen, und es war so süß, sich so bitter, elend und gering zu träumen.

Aber Träume sind Träume, und er lachte über sich selber und dachte daran, daß Leute, die ihre eigenen Angelegenheiten versäumen, stets imstande sind, ein unerschöpfliches Interesse für die Arbeit anderer zu verwenden, und er dachte auch daran, daß Erik, wenn sie einander gegenüberstünden, natürlich seinen Brief verleugnen, das Ganze als einen Scherz hinstellen und es ungeheuer komisch finden würde, wenn er wirklich zu ihm käme und sich bereit erklärte, ihm wieder zu seinem Talent zu verhelfen. Aber trotzdem reiste er; im Innersten seiner Seele glaubte er doch, daß er Nutzen stiften könne, und wie er sich auch bemühte, es wegzuerklären und in Zweifel zu ziehen, er konnte sich doch nicht von dem Gefühle freimachen, daß es wirklich die alte Knabenfreundschaft sei, die in ihrer ganzen Wärme und Natürlichkeit wieder erwacht war, den Jahren und ihrem Einflusse zum Trotz.

Das Landhaus am Mariagerfjord gehörte einem älteren Ehepaare, das durch Gesundheitsrücksichten gezwungen war, seinen Wohnsitz auf unbestimmte Zeit im Süden zu nehmen. Es war ursprünglich nicht ihre Absicht gewesen, das Haus zu vermieten, denn damals, als sie reisten, glaubten sie, daß sie nur ein halbes Jahr lang bleiben würden, und sie hatten deswegen alles stehen lassen. Als nun Erik das Haus vollständig möbliert mietete, war dies in so buchstäblichem Sinne der Fall, daß er es samt Nippfiguren, Familienporträts und allem bekam, sogar eine Bodenkammer mit altem Rumpelzeug war da, und in den Schiebladen der Schreibtische fand sich eine Menge alter Briefe vor.

Erik hatte das Landhaus entdeckt, als er nach seiner Verlobung Fjordby verlassen hatte, und da sich hier alles beisammen fand, was sie brauchten, und mehr als das, und da er die Absicht hatte, sich nach Verlauf einiger Jahre in Rom niederzulassen, so hatte er es von dem Konsul zu erreichen gewußt, daß dieser keine Aussteuer für Fennimore anschaffte. Das junge Paar war in Marianenlund eingezogen, wie man in ein Hotel einzieht, nur mit dem Unterschiede, daß sie einige Koffer mehr bei sich hatten, als gewöhnliche Reisende zu haben pflegen.

Die Fassade lag nach der See hinaus, keine zehn Ellen vom Wasser entfernt. Das Gebäude hatte ein ganz gewöhnliches Aussehen, oben einen Balkon und unten eine Veranda, dahinter lag ein erst vor kurzem angelegter Garten, dessen Bäume nicht viel dicker waren als Spazierstöcke, dafür hatte man aber von dort aus einen herrlichen Blick auf einen prächtigen Buchenwald mit weiten Heideflächen und tiefliegenden Klüften zwischen grünbewachsenen Höhen.

So war Fennimores neues Heim, und eine Weile war es so licht, wie das Glück es nur machen konnte, denn sie waren ja jung und verliebt, frisch und gesund, ohne jegliche Sorgen in geistiger wie in leiblicher Beziehung.

Aber jedes Glücksschloß, das sich erhebt, hat in dem Grunde, auf dem es ruht, Sand, und der Sand sammelt sich und rinnt unter den Mauern fort, langsam vielleicht, unmerklich, aber er rinnt und rinnt, Korn auf Korn. Und die Liebe? Auch sie ist kein Fels, wie gern wir es auch glauben möchten.

Sie liebte ihn von ganzer Seele, mit der Heftigkeit der Angst, mit zitternder Glut; er war ihr mehr als ein Gott, weit mehr; ein Abgott, den sie anbetete ohne Rückhalt und über alle Maßen.

Seine Liebe war stark wie die ihre, aber sie ermangelte der feinen, männlichen Zärtlichkeit, welche die Geliebte vor sich selbst behütet und über ihrer Würde wacht. Wohl mahnte es ihn wie eine dunkle Pflicht, wohl rief es ihn mit leiser Stimme, aber er wollte nicht hören, denn sie war so bezaubernd in ihrer blinden Liebe, und ihre Schönheit, die der unbewachten Üppigkeit und dem demütigen Liebreiz einer Sklavin glich, reizte und entflammte ihn zu einer Leidenschaft ohne Grenzen und ohne Gnade.

Steht nicht irgendwo in dem alten Mythus von Amor geschrieben, daß er seine Hand auf Psychens Augen legt, ehe sie im süßen Liebestaumel durch die glühende Nacht dahinfliegen?

Arme Fennimore! Wenn das Feuer ihres eigenen Herzens sie hätte verzehren können, so würde der, der sie hätte schirmen sollen, in die Flammen geblasen haben, denn er glich jenem trunkenen Herrscher, der mit der Brandfackel in der Hand bei dem Anblicke seiner brennenden Königsstadt jubelte, denn der Schein der flackernden Gluten steigerte seinen Rausch, bis ihn die Asche ernüchterte.

Arme Fennimore! Sie wußte nicht, daß die brausende Hymne des Glückes so oft gesungen werden kann, daß schließlich weder Worte noch Melodie zurückbleiben, sondern nur ein Schwulst von Trivialität; sie wußte nicht, daß der Rausch, der heute himmelhoch steigt, seine Kraft den Flügeln des kommenden Tages entlehnt; und als endlich die Nüchternheit bleischwer zu dämmern begann, da begann sie mit Zittern einzusehen, daß sie sich in ihrer Liebe zu einer süßen Verachtung vor sich selber wie voreinander erniedrigt hatten, zu einer süßen Verachtung, deren Süßigkeit sich aber von Tag zu Tag verringerte, bis sie schließlich einen bittern Beigeschmack erhielt. Da entfernten sie sich voneinander, soweit es nur möglich war, er, um von einem treulos verlassenen Ideal voll höhnender Hoheit und kühlen Liebreizes zu träumen, sie, um in verzweiflungsvollem Sehnen nach der blassen, stillen, jetzt so unendlich fernen Küste ihrer Mädchentage hinüberzustarren. Von Tag zu Tag ward es unerträglicher für sie, die Scham brannte wild in ihren Adern, und ein erstickender Abscheu vor sich selber machte alles für sie hoffnungslos, machte sie tief unglücklich.

Es befand sich im Hause eine kleine, entlegene Kammer, in der nichts stand als die Koffer, die sie von zu Hause mitgebracht hatte. Dort saß sie oft, Stunde auf Stunde, bis die Sonne draußen über der weiten Welt herabsank und die Kammer mit rötlichem Licht erfüllte; dort marterte sie sich selber mit Gedanken, die spitziger waren als Dornen, schlug sich selber mit Worten, die schärfer waren als Geißeln, bis sie, von Schmerz und Qual verwirrt, einen betäubenden Trost darin suchte, sich wie einen wertlosen Gegenstand auf den Boden zu werfen, sich selber zu widerlich, um der Sitz einer Seele zu sein. Die Buhlerin ihres eigenen Mannes! Der Gedanke verließ sie nie, mit diesem Gedanken warf sie ihr eigenes Selbst verächtlich in den Staub, unter ihre Füße, mit diesem Gedanken schloß sie jede Hoffnung an eine Wiederherstellung ihrer Ehre aus, mit ihm steinigte sie jede Erinnerung an ein früheres Glück.

Allmählich überkam sie eine starre Gleichgültigkeit, sie hörte auf, zu verzweifeln, wie sie aufgehört hatte, zu hoffen, ihr Himmel war zusammengestürzt, und sie fühlte kein Bedürfnis, ihn wieder zusammenzuträumen, sie machte keine Ansprüche mehr auf Seligkeit, sie war nicht mehr zu gut für die Erde, wie auch die Erde nicht mehr zu gut für sie war, sie waren einander wert. Sie warf keinen Haß auf Erik, zog sich auch nicht voller Abscheu von ihm zurück, im Gegenteil, sie nahm seine Küsse ruhig hin, denn sie empfand viel zu viel Verachtung vor sich selber, um sich ihnen entziehen zu können, sie war ja nun einmal sein Weib, das Weib eines Mannes!

Auch für Erik war das Erwachen bitter, obgleich er es sich mit dem prosaisch klaren Blick eines Mannes gesagt hatte, das es notwendigerweise einmal so kommen würde. Als es aber kam, als die Liebe nicht mehr ein Ersatz für alle Mängel war, als der goldenschimmernde Schleier, in welchem sie zu ihm herab auf die Erde gestiegen war, davongeweht war, da empfand er es als ein Erschlaffen aller Lebensgeister, ein Sinken aller seiner Fähigkeiten, das ihn besorgt machte und ihn mit Reue erfüllte, so daß er sich mit fieberhaftem Eifer wieder seiner Kunst zuwandte, um sich zu vergewissern, daß er nicht noch etwas anderes eingebüßt habe als das Liebesglück. Aber er erhielt nicht die Antwort, auf die er gehofft hatte, er ließ sich auf ein paar unglückliche Ideen ein, mit denen er nicht vorwärts kam und die aufzugeben er sich auch wieder nicht entschließen konnte. Obwohl er nichts Rechtes daraus zu machen wußte, beschäftigten sie ihn doch fortwährend und hinderten andere Ideen daran, aufzukommen und ihn an sich zu ziehen, er wurde mutlos und verstimmt und verfiel in einen grübelnden Müßiggang, weil die Arbeit ihm so ermüdend widerspenstig war, und weil er dachte, daß er nur zu warten brauche, dann würde wohl der Geist wieder über ihn kommen. Aber die Zeit verging, sein Talent blieb nach wie vor unfruchtbar, und hier an der stillen Meeresbucht fand sich kein Umgang, der befruchtend auf ihn hätte einwirken können; auch waren hier keine Kunstgenossen, deren Siege ihn zur Nacheiferung und zum schöpferischen Widerspruch hätten anspornen können. Diese Untätigkeit wurde ihm unerträglich, er sehnte sich glühend danach, sich selber zu fühlen, gleichviel wie oder wodurch, und da sich ihm nichts anderes darbot, fing er an, sich einem Kreise jüngerer und älterer Landleute anzuschließen, die sich unter Anführung eines sechzigjährigen Jagdjunkers die Öde und Einförmigkeit des Landlebens durch solche Ausschweifungen zu versüßen suchten, auf die ihre nicht allzu reiche Phantasie verfiel. Der Kern ihrer Zerstreuungen bestand im Trinken und Kartenspielen, und es war ziemlich gleich, ob die Schale, welche diese Vergnügungen umgab, eine Jagdpartie oder eine Marktreise genannt wurde. Auch machte es keinen weiteren Unterschied, daß man die Szene hin und wieder nach einer der zunächstgelegenen Provinzialstädte verlegte und dort im Laufe eines Nachmittags wirkliche oder eingebildete Geschäfte mit den Kaufleuten erledigte. Der Schluß dieser Geschäfte fand stets am

Abend im Wirtshause statt, dessen Inhaber mit bewunderungswürdigem Takt alle Leute von der richtigen Farbe ihrem Klub zuführte. Waren reisende Schauspieler im Städtchen so ließ man die Kaufleute links liegen, denn die Schauspieler waren weit umgänglicher, der Flasche gegenüber nicht so zurückhaltend, und sie hatten im allgemeinen nichts dagegen, sich der leider selten mit durchschlagendem Erfolg ausgeführten Wunderkur des sich Nüchterntrinkens zu unterziehen, nämlich in Genever, nachdem man sich in Champagner betrunken hatte.

Der Hauptstamm des Kreises bestand aus Gutsbesitzern und Landleuten jeglichen Alters, aber es gehörte auch noch ein Branntweinbrenner dazu, ein massiver junger Laffe, sowie ein weißhalsiger Hauslehrer, der in den letzten zwanzig Jahren kein Hauslehrer mehr gewesen war, sondern sich besuchsweise auf den verschiedenen Gütern herumgetrieben hatte, mit einer Reisetasche aus Seehundsfell und einer grauen Kracke, von der man allgemein im Scherz behauptete, daß er sie einem Pferdeschlächter gestohlen habe. Er war ein stiller Säufer, ein großer Virtuose auf der Flöte, und es ging die dunkle Sage, daß er Arabisch verstehe. Zu der Gesellschaft, die der Jagdjunker seinen Stab nannte, gehörte ferner ein Prokurator, der immer neue Geschichten erzählte, sowie ein Doktor, der nur eine einzige Geschichte wußte, und zwar von Anno Sechs, von der Belagerung Lübecks.

Dieser Kreis erstreckte sich sehr weit, und es kam fast niemals vor, daß sie alle versammelt waren; vernachlässigte aber einer die Gesellschaft allzu lange, und wußte man, daß er zu Hause war, so ließ der Jagdjunker einen Aufruf an seine Getreuen ergehen, und man machte sich *in pleno* auf, um die Ochsen des Abtrünnigen zu besehen. Das bedeutete, daß man sich zwei bis drei Tage auf dem Hofe des Unglücklichen einquartierte und dort, soweit es möglich war, alles auf den Kopf stellte durch Spiel und Gelage und andere ländliche Scherze, zu denen die Jahreszeit gerade einlud. Während eines solchen Strafbesuches geschah es einmal, daß die Gesellschaft so gründlich einschneite, daß dem Wirt schließlich der Kaffee, der Rum und der Zucker ausging, und man sich zuletzt mit einem Kaffeepunsch begnügen mußte, der aus Zichorie gekocht, mit Sirup gesüßt und mit Branntwein vermischt war.

Es war im ganzen eine schlimme, zügellose Bande, in die Erik hineingeraten war: aber Menschen mit einer so unverwüstlichen Lebenskraft konnten sich in zivilisierteren Vergnügungen kaum genügend Luft schaffen, auch trug der unerschöpfliche Humor, den sie besaßen, sowie ihre breite urwüchsige Gemütlichkeit nicht wenig zur Milderung der Roheit bei. Wäre Eriks Talent dem eines Brower oder Ostade verwandt gewesen, so würde diese auserlesene Sammlung von Zechgenossen eine wahre Goldgrube für ihn geworden sein; so aber, wie die Sachen lagen, hatte auch er keine weitere Ausbeute als die anderen, sie vergnügten sich alle vortrefflich, ja nur zu gut, denn bald ward dies wilde Leben ihm ganz unentbehrlich und nahm nach und nach seine ganze Zeit in Anspruch. Wenn er sich auch hin und wieder seiner Untätigkeit wegen Vorwürfe machte und sich ernstlich sagte, daß dieser Zustand ein Ende haben müsse, so trieben ihn doch die Leere und die Ohnmacht, die er jedesmal empfand, wenn er zu arbeiten versuchte, wieder und wieder zu dem alten Leben zurück.

Den Brief, den er an Niels geschrieben, eines Tages, als seine ewige Unfruchtbarkeit, die nie ein Ende nehmen wollte, den Eindruck auf ihn gemacht hatte, als sei sie ein zehrendes Fieber, das sein Talent ergriffen habe, diesen Brief bereute er, sobald er abgeschickt war, und er hoffte, Niels würde seine Klagen in das eine Ohr hinein- und aus dem andern wieder herausgehen lassen.

Niels jedoch kam, der wandernde Ritter der Freundschaft in höchsteigener Person, und ihm wurde denn auch jene halb abweisende, halb mitleidige Bewillkommnung zuteil, die wandernde Ritter stets von denen erhalten, um derentwillen sie die Rosinante aus dem warmen Stall gezogen haben.

Da Niels jedoch vorsichtig war und wartete, taute Erik bald auf, und die alte Vertraulichkeit zwischen ihnen erwachte zu neuem Leben. Und Erik empfand ein Bedürfnis, sich auszusprechen, zu klagen und zu bekennen, es war fast ein physisches Bedürfnis, das er empfand.

Eines Abends – es war längst über die Schlafengehenszeit hinaus, und Fennimore hatte sich bereits zur Ruhe begeben – saßen die beiden bei ihrem Glase Grog in dem dunklen Wohnzimmer. Nur das Glimmen ihrer Zigarren zeigte, wo sie waren, und hin und wieder, wenn Niels sich ganz in seinen Stuhl zurücklehnte, hob sich sein aufwärtsstarrendes Profil ganz schwarz gegen das dunkle Fenster ab. Sie hatten ziemlich viel getrunken, besonders Erik, während sie von alten Tagen auf Lönborggaard sprachen, von jenen Zeiten, da sie noch Knaben waren. Jetzt war durch Fennimores Weggehen eine Pause entstanden, die scheinbar keiner von ihnen gern unterbrechen wollte, denn die Gedanken in ihnen rollten so angenehm weich, während sie träumerisch dem Blute lauschten, das, warm von dem aufsteigenden Rausch, vor ihren Ohren sang.

»Wie einfältig ist man doch mit zwanzig Jahren!« ertönte schließlich Eriks Stimme. »Gott mag wissen, was man eigentlich erwartete und wie man es sich nur in den Kopf hatte setzen können, daß so etwas möglich sei! Wir nannten die Dinge ja freilich bei ihren rechten Namen, aber das, was wir darunter verstanden, lag doch völlig außerhalb eines Vergleichs mit dem zahmen Gottessegen, der uns zuteil geworden ist. Es ist im Grunde nicht viel am Leben, meinst du nicht auch?«

»Ach, ich weiß nicht recht, ich lasse es so gehen, wie es gehen will. Im allgemeinen lebt man ja nicht so weiter. Den größten Teil der Zeit existiert man nur. Wenn man das Leben wie einen ganzen, großen, appetitlichen Kuchen bekommen könnte, und wenn man dann einhauen könnte! Aber so bissenweise! – das ist nicht ergötzlich –«

»Sag mir einmal, Niels – man kommt eigentlich nur mit dir dazu, über so wunderbare Dinge zu reden –, aber ich weiß nicht, es geht so gut mit dir. Sag einmal – hast du auch noch etwas in deinem Glase? Gut! – hast du wohl jemals über den Tod nachgedacht?«

»Ich? – Ach ja – und du?«

»Ich meine nicht bei Beerdigungen, oder wenn man krank ist, nein, im Gegenteil, gerade wenn man sich am allerwohlsten fühlt, dann kann es oft so über mich kommen, gleichsam wie eine – ja, wie eine Verzweiflung. Ich sitze da und grüble und kann nicht das geringste zustande bringen, ja es ist mir völlig unmöglich, und dann fühle ich, wie die Zeit mir entgleitet, Stunden, Wochen, Monate! Ohne Inhalt fliehen sie an mir vorüber, und ich kann sie nicht mit meiner Arbeit an den Fleck nageln. Ich weiß nicht, ob du verstehst, was ich meine, es ist ja nur so ein Gefühl von mir, aber ich möchte die Zeit aufhalten können durch etwas, was ich ausgerichtet hätte. Siehst du, wenn ich ein Bild male, so bleibt die Zeit, während deren ich es male, stets mein Eigentum, oder ich habe wenigstens etwas davon, sie ist nicht vorüber, weil sie entschwunden ist. Ich kann ganz krank werden, wenn ich daran denke, wie die Tage dahin gehen, unaufhaltsam. Und ich habe nichts, oder ich kann nicht dazu gelangen. Es ist eine Angst, ich kann so rasend werden, daß ich im Zimmer auf und ab gehen und ganz Unsinniges vor mich hinsingen muß, nur um nicht vor lauter Wut zu weinen, und dann bin ich nahe daran, den Verstand zu verlieren, wenn ich innehalte und daran denke, daß die Zeit inzwischen weitergeschritten ist, und daß sie weiterschreitet, während ich denke, weiter und immer weiter. Es gibt nichts so Elendes, als Künstler zu sein; hier stehe ich, kräftig und gesund; ich kann sehen, mein Blut ist warm und reich, mein Herz schlägt, ich

bin bei vollem Verstande, und ich will arbeiten. Aber trotz alledem kann ich nicht, ich kämpfe und greife nach etwas Unsichtbarem, das sich nicht greifen läßt, zu dem mir keine Anstrengungen verhelfen können, und wenn ich arbeiten wollte, bis mir das Blut unter den Nägeln hervorspritzte. Was soll man tun, um eine Eingebung zu erlangen, eine Idee? Ich kann mich zusammennehmen, soviel ich will, ich kann mich bemühen, zu tun, als sei nichts geschehen, kann ausgehen und mich umsehen, ohne zu suchen, aber nein! Niemals, niemals auch nur das geringste, nur das Gefühl, daß jetzt die Zeit da draußen in der Ewigkeit mitten im Leben steht und die Stunden an sich zieht, so daß sie vorüberfliegen ohne Aufenthalt, zwölf weiße und zwölf schwarze ohne Aufenthalt. Was soll ich nur tun, es muß doch etwas geben, was man tun kann, wenn es so mit einem steht, ich kann doch nicht der erste sein, dem es so ergeht? Weißt du nicht vielleicht ein Mittel dagegen?«

»Du mußt reisen!«

»Nein, nur das nicht! Wie kommst du auf den Gedanken? Du glaubst doch nicht, daß es aus sei mit mir?«

»Daß es mit dir aus sei? Nein! Aber ich meinte, die neuen Eindrücke –«

»Die neuen Eindrücke! Das ist es ja gerade! Hast du niemals von Leuten gehört, die vollauf Talent besaßen, solange sie in ihrer ersten Jugend standen, solange sie frisch waren, voller Hoffnungen und Pläne, aber dann, als sich das verlor, war auch ihr Talent weg und kehrte nie wieder zurück.«

Er schwieg lange.

»Die reisten, Niels, um neue Eindrücke zu sammeln. Das war wenigstens ihre fixe Idee. Aber der Süden, der Orient, es war alles vergebens, es glitt spurlos an ihnen vorüber wie an einem Spiegel. Ich habe Gräber in Rom gesehen. Wenigstens die von zweien, aber es gibt viele – unendlich viele. Der eine verlor seinen Verstand.«

»Ich habe das bis jetzt niemals von Malern gehört.«

»Freilich! Was glaubst du wohl, was es sein kann? Ein heimlicher Nerv, der zerstört ist? Oder trägt man etwa selbst die Schuld daran? Etwas, dem man treulos geworden ist, ein Unrecht, das man begangen hat? Eine Seele ist ein gar gebrechliches Ding, und niemand weiß, wie

218

219

lange so eine Seele in dem Körper wohnt. Man sollte gut gegen sich selber sein. Nun, – und seine Stimme wurde leise und weich – ich habe auch zuweilen diese Sehnsucht – zu reisen, weil ich mich so leer fühle; ich sehne mich oft in einer Weise, von der du dir keine Vorstellung machen kannst, aber es ist mir, als dürfte ich den Versuch nicht wagen; denn, setze einmal den Fall, daß es nichts hülfe, und daß ich einer von denen wäre, von denen ich dir vorhin erzählte – was dann? Denke dir, wenn ich der nackten Gewißheit gegenüberstünde, daß es mit mir aus wäre, daß ich nicht das geringste besäße, daß ich nichts, gar nichts könnte, denke dir – nichts zu können: ein Lump zu sein, ein Krüppel, ein elender Kapaun. Was sollte nur aus mir werden? Sage mir das doch! Und siehst du, so ganz unmöglich wäre es doch nicht; die erste Jugend ist vorüber, von Illusionen und allem, was dahin gehört, ist – bei Gott – nicht viel übriggeblieben. Es ist merkwürdig, wie viel man davon verbrauchen kann, und ich habe doch niemals zu den Leuten gehört, die sich freuen, ihre Illusionen loszuwerden, mit mir war es nicht so wie mit euch andern, die ihr bei Frau Boye verkehrtet; ihr waret gar zu geschäftig, euch die Schmuckfedern auszurupfen, und je kahler ihr wurdet, desto übermütiger wart ihr. Aber im Grunde bleibt es sich ja völlig gleich, einmal muß man doch seine Federn hergeben.«

Sie schwiegen. Die Luft war bitter von dem Tabakrauch, widerlich vom Kognak, und sie seufzten tief auf wegen des Qualms, der da drinnen herrschte, und dann, weil das Herz ihnen beiden so schwer war.

Da saß nun Niels, der sechzig Meilen gereist war, um zu helfen, da saß er und mußte sich vor dem kälteren Teile seiner Natur schämen. Denn was konnte er nur tun, wenn es schließlich darauf ankam? Sollte er anfangen, malerisch mit Erik zu sprechen, sollte er viele Worte machen, mit Purpur und Ultramarin, triefend von Licht, und in Schatten getaucht? Damals, als er reiste, war ihm ein ähnlicher Traum vorgeschwebt. Wie war es doch lächerlich! Helfen! Man kann ihm ja bei seinen Schöpfungen nicht mehr helfen, als man ihm, wenn er gelähmt wäre, dazu verhelfen könnte, den kleinen Finger von selber aufzuheben. Und wenn man noch so voll von Herz und Mitgefühl und Opferfreudigkeit und allem wäre, was edel und hochherzig ist. Vor seiner eigenen Türe kehren, das sollte man, das wäre gesund und nützlich! Leichter war es ja natürlich, ein Gefühlsmensch zu sein, ins Blaue hinein, bis hoch hinauf in den höchsten Himmel. Wenn es nur nicht so grenzenlos unpraktisch, so betrübend zwecklos gewesen wäre! Für sich selber sorgen, und zwar gründlich für sich sorgen, davon wurde man zwar nicht selig, aber man brauchte auch vor niemand die Augen niederzuschlagen, weder vor Gott noch vor den Menschen.

Niels hatte vollauf Gelegenheit, mißmutige Betrachtungen über die Ohnmacht des guten Herzens anzustellen, denn der ganze Nutzen, den er stiftete, bestand darin, daß er ungefähr einen Monat lang Erik mehr an das Haus fesselte. Er hatte indessen keine Lust, gerade in der wärmsten Zeit wieder nach Kopenhagen zurückzukehren, aber er wollte auch nicht so bis ins Unendliche der Gast seiner Freunde sein; deshalb mietete er sich bei einer Familie auf der andern Seite der Meeresbucht ein, nahe genug, um in einer Viertelstunde nach Marianenlund hinüberrudern zu können. Warum sollte er nicht ebensogut hier sein wie anderwärts? Er hatte sich hier an die Gegend gewöhnt, und er gehörte zu den Menschen, auf die ihre Umgebung leicht Einfluß gewinnt; und dann hatte er seinen Freund hier und seine Cousine Fennimore; das waren 222 Gründe genug, zumal es in der weiten Welt nicht eine Menschenseele gab, die auf ihn wartete.

Damals, als Niels nach Marianenlund reiste, hatte er lange darüber nachgedacht, wie er sich zu Fennimore stellen solle, namentlich, wie er es ihr zu erkennen geben könne, wie vollständig er vergessen habe, ja daß er sich nicht einmal mehr erinnere, daß überhaupt etwas zu vergessen gewesen sei; vor allen Dingen keine Kälte, eine herzliche Gleichgültigkeit, ein oberflächliches Entgegenkommen, eine höfliche Sympathie, so sollte es sein.

Aber es war schließlich alles überflüssig gewesen.

Die Fennimore, die er vorgefunden, war eine ganz andere als die, die er vormals verlassen hatte. Sie war noch sehr hübsch, ihre Gestalt war üppig und schön wie früher, und sie hatte noch immer dieselben trägen, langsamen Bewegungen, die er damals an ihr bewundert hatte; aber in dem Ausdrucke um ihren Mund zuckte eine traurige Gedankenlosigkeit, wie bei jemand, der zu viel gedacht hat, und in ihren sanften Augen lag eine elende, kümmerliche, zermarterte Grausamkeit. Er konnte es ganz und gar nicht verstehen, das aber war ihm klar, sie hatte etwas anderes zu tun gehabt als an ihn zu denken, und sie war völlig gefühllos den Erinnerungen gegenüber, die er jetzt erwecken konnte. Sie sah ganz aus wie eine, die ihren Entschluß gefaßt und das Schlimmste daraus gemacht hatte, was sie hatte machen können.

Nach und nach fing er an, zu buchstabieren und das Gefundene aneinander zu reihen, und eines Tages, als sie zusammen am Strande gingen, begann ihm der Zusammenhang klar zu werden.

Erik war bemüht, in seinem Atelier Ordnung zu schaffen, während sie am Wasser entlang gingen, kam das Mädchen mit einer ganzen Schürze voll Plunder herab und warf es auf den Strand. Es waren alte Pinsel, Bruchstücke von Abgüssen, zerbrochene Modellierhölzer, alte Ölflaschen und leere Farbenkapseln, ein ganzer Haufe. Niels wühlte mit dem Fuße darin herum, und Fennimore schaute zu, mit der unbestimmten Entdeckungslust, die man angesichts alten Gerümpels gewöhnlich empfindet. Plötzlich zog Niels den Fuß zurück, als hätte er sich verbrannt, besann sich aber sofort und stöckerte hastig in dem Haufen herum.

»Ach laß mich das einmal sehen«, sagte Fennimore und legte die Hand auf seinen Arm, wie um ihm Einhalt zu tun.

Er bückte sich und hob einen Gipsabguß auf, eine Hand, die ein Ei hielt.

»Das muß ein Irrtum sein«, sagte er.

»Nein, sie ist ja zerbrochen«, erwiderte sie ruhig und nahm ihm den Abguß aus der Hand. »Sieh, der Zeigefinger fehlt.« Da sie aber in demselben Augenblicke gewahrte, daß das Gipsei mitten durchgeschnitten war, und daß ein Dotter mit gelber Farbe hineingemalt war, errötete

sie leise und beugte sich vorn über und zerschlug die Hand ganz langsam und bedächtig an einem Steine in kleine Stücke.

»Weißt du noch, damals, als die Hand gegossen wurde?« fragte Niels, um doch etwas zu sagen.

»Ich erinnere mich dessen noch sehr wohl, ich wurde mit grüner Seife eingerieben, damit der Gips nicht an meiner Hand hängen bliebe. Meinst du das?«

»Nein, ich dachte an den Abend, wo Erik den Abguß deiner Hand am Teetisch die Runde machen ließ. Als er dann zu deiner alten Tante kam, weißt du noch, wie der guten Frau die Tränen in die Augen traten und sie dich voll tiefsten Mitleides an sich zog und auf die Stirn küßte, als sei dir ein Leids geschehen?«

»Ja, die Menschen sind oft gefühlvoll!«

»Wir lachten damals genug über sie, aber es lag doch eine gewisse Feinheit darin, obgleich es eigentlich so unsinnig war.«

»Ja, von dieser sinnlosen Feinheit gibt es leider nur allzuviel!«

»Du willst wohl Streit mit mir anfangen?«

»Nein, das wollte ich nicht, ich möchte dir nur gern etwas sagen. Du nimmst mir ein wenig Offenherzigkeit doch nicht übel? Nun, dann sage mir, glaubst du nicht auch, daß, wenn ein Mann in Gegenwart seiner Frau etwas erzählen will, etwas recht Derbes, oder auch etwas, was deiner Meinung nach ihr gegenüber ein wenig rücksichtslos ist, hältst du es dann nicht selbst für höchst überflüssig, daß du dagegen protestierst, indem du dich übertrieben zartfühlend und ritterlich zeigst? Man sollte doch annehmen dürfen, ein Mann kenne seine Frau am besten und wisse, daß es ihr nichts tun oder sie gar verletzen kann; sonst würde es er ja unterlassen. Nicht wahr?« 225

»Nein, das ist durchaus nicht wahr; allein hier, mit deiner Billigung, kann ich gern ja sagen.«

»Ja, tu du das nur, du kannst fest überzeugt sein, daß die Frauen keine so ätherischen Wesen sind, wie mancher gute Junggeselle träumt; sie sind wirklich nicht zarter als die Männer; glaube mir, der Ton, aus dem sie beide gebildet sind, ist schmutzig gewesen.«

»Liebste Fennimore, du weißt gottlob nicht, was du da sagst, aber du tust den Frauen sehr unrecht und dir selbst am meisten; ich glaube an die Reinheit des weiblichen Geschlechts.«

»An die Reinheit des weiblichen Geschlechts? Was verstehst du unter der Reinheit des weiblichen Geschlechts?«

»Darunter verstehe ich – ja –«

»Ich will dir sagen, was du darunter verstehst – nichts, gar nichts, denn das ist auch so eine von diesen sinnlosen Feinheiten. Eine Frau kann nicht rein sein, sie soll es gar nicht einmal sein; wie wäre das auch nur möglich! Was für eine Unnatur wäre das! Ist sie vielleicht von der Hand Gottes dazu bestimmt, es zu sein? Antworte mir! Nein, und tausendmal nein! Was für ein Wahnsinn das ist! Weshalb sollt ihr uns mit der einen Hand zu den Sternen erheben, wenn ihr uns doch mit der andern wieder herabziehen müßt? Könnt ihr uns nicht auf der Erde wandeln lassen, an eurer Seite, ein Mensch neben dem andern, und nicht das geringste mehr? Es ist uns ja ganz unmöglich, uns sicher in der Prosa zu bewegen, wenn ihr uns blind macht mit euren Irrlichtern von Poesie. Laßt uns doch in Frieden, laßt uns um Gottes willen in Frieden!« 226

Sie setzte sich hin und weinte bitterlich.

Niels begriff vieles; Fennimore wäre unglücklich gewesen, wenn sie geahnt hätte, wie viel! Das war ja zum Teil wieder die alte Geschichte von dem Festgericht der Liebe, das nicht zum täglichen Brot werden wollte, sondern ein Festgericht blieb, nur von Tag zu Tag fader werdend, ekelerregender, weniger und weniger nahrhaft. Und der eine kann keine Wunder tun, und der andere kann es auch nicht, und da sitzen sie nun in ihren festlichen Gewändern und bemühen sich, einander zuzulächeln und festliche Worte zu gebrauchen, aber in ihrem Innern herrscht eine Pein, ein Hunger und ein Durst, und ihre Blicke fürchten sich, einander zu begegnen, denn der Gram keimt in ihren Herzen. Ist es nicht zuerst so, und kommt dann nicht noch die zweite, ebenso traurige Geschichte dazu, die Geschichte von der Verzweiflung einer Frau, daß sie sich nicht selber wieder zurücknehmen kann, wenn sie entdeckt, daß der Halbgott, dessen Braut sie so jubelnd gewesen war, nur ein ganz gewöhnlicher Sterblicher ist? Zuerst die Verzweiflung, die nutzlose Verzweiflung, und

dann die nutzenbringende Abgestumpftheit, war es nicht so? Er glaubte, daß es so wäre, und er verstand es alles: die Härte, die sie zeigen konnte, die herbe Demut und ihre Verwilderung, die für sie der bitterste Tropfen in dem ganzen Kelche war. Allmählich begriff er auch, wie sehr ihr seine Rücksicht, seine ehrerbietige Huldigung zur Last fallen, sie in ärgerliche Unruhe versetzen mußte. Liegt es doch nur zu nahe, daß eine Frau, die aus dem Purpurbett ihrer Träume auf das Steinpflaster hinabgestürzt worden ist, jeden haßt, der ihr weiche Decken über die Steine breiten will; denn in ihrer ersten Bitterkeit will sie gerade die Härte in ihrem ganzen Umfange fühlen; es genügt ihr nicht, den Weg zu Fuß zurückzulegen, sie will ihn auf den Knien entlang kriechen, und zwar gerade da, wo er am härtesten ist, wo die Steine am spitzesten sind. Sie weist jede Hand, jede Hilfe zurück, sie will ihr Haupt nicht erheben, ihr Gesicht soll tief im Staube liegen, soll den Staub mit der Zunge schmecken.

Niels bedauerte sie von ganzem Herzen, aber er ließ sie in Frieden, wie sie es ja gewünscht hatte.

Es war so schwer, sie leiden zu sehen, nicht helfen zu können, weit fort zu sitzen und sie in dummen Träumen glücklich zu träumen oder in kühler ärztlicher Klugheit zu warten und zu berechnen und zu sich selber so traurig und so klug zu sagen, daß eine Linderung nicht eher eintreten könne, als bis ihre alte Hoffnung auf den feinen, funkelnden Reichtum des Lebens sich völlig verblutet und ein trägerer Lebensstrom

alle Adern ihres Wesens durchdrungen habe, bis sie selber stumpf genug
geworden sei, um zu vergessen, schwerfällig genug, um sich genügen
zu lassen, und schließlich sogar grobstoffig genug, um an der trüben
Seligkeit Gefallen zu finden, die viele Himmel tiefer ist als die, welche
sie gehofft und die zu erreichen sie sich so schmerzlich heiß nach Flügeln
gesehnt hatte.

Ihn erfaßte ein wahrer Abscheu vor der ganzen Welt, wenn er darüber
nachdachte, wie sie, vor der er einst so demütig und anbetend in seinem
Herzen gekniet hatte, nun so tief erniedrigt war, daß sie in Knechtschaft
leben, frierend am Zaun des Feldes stehen mußte, während er hoch zu
Roß an ihr vorüberritt und das reiche Gold des Lebens in seiner Tasche
rasselte.

Eines Sonntagsnachmittags, gegen Ende August, ruderte Niels über
den Fjord. Er fand Fennimore allein zu Hause. Sie lag, als er kam, auf
einem Sofa im Eckzimmer und klagte bei jedem Atemzug mit jenem
kurzen, regelmäßigen Stöhnen, das einem, wenn man krank ist, die
Schmerzen zu erleichtern scheint. Sie habe so furchtbare Kopfschmerzen,
klagte sie, und es sei niemand zu Hause, der ihr helfen könne; das
Mädchen habe Erlaubnis bekommen, nach Hadsund zu den Ihren zu
gehen, und bald nachdem sie gegangen, sei jemand gekommen, um Erik
abzuholen; sie könne gar nicht begreifen, wohin sie nur in dem Regen-
wetter gefahren sein könnten. Jetzt habe sie schon mehrere Stunden
hier gelegen und versucht zu schlafen, aber daran sei vor lauter
Schmerzen nicht zu denken gewesen. Sie habe es noch niemals so gehabt,
und es sei so plötzlich gekommen, des Mittags habe ihr noch nicht das
geringste gefehlt, in den Schläfen habe es angefangen und habe sich
dann weiter und weiter verbreitet, bis es gerade hinter den Augen ange-
langt sei; wenn es nur nichts Gefährliches werde, sie sei so gar nicht
daran gewöhnt, krank zu sein, und sei sehr bange und unglücklich
darüber.

Niels tröstete sie, so gut er konnte. Er sagte ihr, sie solle nur ruhig
liegen bleiben, ihre Augen schließen und ganz stille sein; er suchte einen
dicken Schal, den er um ihre Füße wickelte, holte Essig aus dem Büfett
und machte einen nassen Umschlag, den er ihr auf die Stirn legte. Dann
setzte er sich still ans Fenster und sah hinaus in den strömenden Regen.

Von Zeit zu Zeit schlich er auf den Zehen zu ihr hin und wechselte
den Umschlag, ohne zu sprechen, indem er ihr nur zunickte, wenn sie

dankbar zu ihm aufsah. Zuweilen wollte sie sprechen, er aber wehrte alle Worte mit einem Kopfschütteln ab.

Schließlich fiel sie in Schlaf.

Eine Stunde verging, und noch eine, und sie schlief noch immer. Eine Viertelstunde ging langsam in die andere über, während das trübe Tageslicht mehr und mehr abnahm, und die Schatten des Zimmers länger wurden und aus den Möbeln und Wänden herauswuchsen. Und der Regen da draußen fiel noch immer gleichmäßig und ununterbrochen, 230 alles, was es an Lauten gab, mit seinem rieselnden Sausen übertäubend.

Der Essigdampf und der Vanillegeruch von den Heliotropen auf den Fensterbrettern vereinigte sich zu einem säuerlichen Weinduft und erfüllte die Luft, die warm von ihrem Atem einen immer dichteren Tau über die grauen Fensterscheiben zog, je mehr die Kühle des Abends zunahm.

Niels war jetzt weit fort in Erinnerungen und Träumen, während doch die ganze Zeit ein Teil seines Bewußtseins bei der Schlafenden Wache hielt und ihrem Schlummer folgte. Ganz allmählich, als die Dunkelheit zunahm, wurde die Phantasie müde, die stets aufflackernden, stets wieder ersterbenden Träume zu schüren, gleich wie der Erdboden es müde wird, stets dieselbe Frucht zu erzeugen; die Träume wurden matter, unfruchtbarer, ohne üppig wuchernde Einzelheiten, sie wurden starrer und büßten ihre lang ausgeschossenen, seltsam geformten Ranken ein. Und der Sinn ließ es alles fahren, das Ferne, und kehrte wieder heim.

Wie still es da war! Waren sie nicht beide da, er und sie wie auf einer Insel des Schweigens, die sich über dem einförmigen Schallmeer des Regens erhob? Und ihre Seelen waren still, so still und sicher, während die Zukunft in einer Wiege des Friedens zu schlafen schien.

Möchte sie doch nie erwachen, möchte doch alles so bleiben, wie es jetzt war, nicht das geringste Glück außer dem, das im Frieden lag, aber auch kein Kummer, keine peinigende Unruhe! Daß es sich jetzt schließen 231 könnte, dieses gegenwärtige Dasein, so wie eine Knospe sich um sich selber schließt, und daß nimmer ein Frühling kommen möge!

Fennimore rief; sie hatte schon eine Weile wach gelegen, so glücklich, sich frei von Schmerz zu fühlen, daß sie nicht daran gedacht hatte, zu reden. Jetzt wollte sie aufstehen und Licht anzünden, aber Niels fuhr fort, den Arzt zu spielen, und zwang sie, liegen zu bleiben. Es würde gewiß nicht gut für sie sein, wenn sie jetzt aufstünde; er habe Schwefel-hölzer in der Tasche, und eine Lampe werde er schon finden.

Als er die Lampe angezündet hatte, stellte er sie auf den Blumentritt in die Ecke, so daß die runde, weißschimmernde Kuppel halb von dem feinen, schlummernden Laube einer Akazie verdeckt ward, und daß es nur gerade so hell wurde, daß sie einander sehen konnten.

Er setzte sich vor sie hin, und sie sprachen von dem Regen, und wie gut es sei, daß Erik seinen Regenmantel mitgenommen habe, und wie naß die arme Trine wohl werden würde. Dann kam das Gespräch ins Stocken.

Fennimores Gedanken waren noch ein wenig schläfrig, und die Mat-tigkeit, die über ihr lag, machte es so angenehm, so ruhig dazuliegen und halb zu denken, ohne zu sprechen, und Niels war auch nicht zum Reden aufgelegt, er stand noch unter dem Einflusse des langen, schweigsamen Nachmittags.

»Hast du dies Haus gern?« fragte Fennimore endlich.

Ach ja, er hatte es wohl gern.

232

»Wirklich? Erinnerst du dich der Möbel von zu Hause?«

»In Fjordby? Ganz genau!«

»Wie ich sie liebe, und wie ich mich oft nach ihnen sehne! Die Möbel, die wir hier haben, gehören uns ja nicht, sie sind nur gemietet und gehen uns nichts an; an ihnen hängen keinerlei Erinnerungen für uns, und wir sollen auch nicht länger mit ihnen zusammenleben, als wir hier sind. Du wirst es gewiß merkwürdig finden, aber ich versichere dir, ich fühle mich oft so einsam zwischen all diesen fremden Möbeln, die hier so gleichgültig und stumm dastehen und mich gehen lassen, wie ich will, ohne sich im mindesten um mich zu kümmern. Und da sie mir nicht folgen werden, sondern hier bleiben, bis andere Leute kommen, um sie zu mieten, so kann ich mich auch nicht an sie anschließen oder mich für sie interessieren, wie ich es könnte, wenn ich wüßte, daß mein Heim stets das ihre sein würde, und daß, was auch Gutes und Böses kommen mag, es mir stets mitten unter ihnen kommen wird. Du findest das kindlich, vielleicht ist es das auch, aber ich kann nun einmal nichts dafür.«

»Ich weiß nicht, was es ist, ich kenne es von mir selber, damals, als ich allein im Auslande war. Meine Uhr wollte nicht gehen, und als ich sie dann von dem Uhrmacher zurückerhielt und sie wieder ging, da war es – so wie du vorhin sagtest. Ich liebte sie förmlich, es lag etwas Eigenartiges in dem Gefühl, etwas so gründlich Gutes!«

»Ja, nicht wahr! Ach, an deiner Stelle hätte ich die Uhr geküßt!«

»Hättest du das getan?«

»Sage mir doch«, begann sie plötzlich, »du hast mir niemals etwas von Erik erzählt, wie er als Knabe war! Wie war er damals eigentlich?«

»Alles, was gut und schön war, Fennimore, prächtig, brav, in jeder Hinsicht. Das Ideal eines Knaben für einen Knaben, nicht gerade das Ideal für eine Mutter oder einen Lehrer, sondern für einen anderen Knaben, was so ungleich viel mehr wert ist.«

»Wie kamt ihr miteinander aus? Habt ihr euch sehr lieb gehabt?«

»Ja, ich war vollständig in ihn verliebt, und er hatte nichts dagegen; so war es ungefähr. Wir waren sehr verschieden, mußt du wissen. Ich trug mich immer mit dem Gedanken herum, berühmt und ein Dichter zu werden, aber, weißt du, was er sagte, daß er am liebsten sein möchte, als ich ihn eines Tages danach fragte? Ein Indianer, ein richtiger, roter Indianer! Ich konnte das nicht begreifen, ich erinnere mich dessen noch so deutlich, ich konnte nicht begreifen, wie jemand wünschen könnte, Wilder zu sein.«

»Aber war es dann nicht merkwürdig, daß er Künstler werden wollte?« fragte Fennimore, und es lag etwas Kaltes, Feindliches in dem Tone, in welchem sie das sagte.

Niels merkte das und stutzte. »Ach nein«, sagte er dann, »es ist eigentlich selten, daß Menschen mit ihrer ganzen Natur Künstler sind. Und gerade so frische, lebensfrohe Menschen wie Erik, die haben oft eine so unendliche Sehnsucht nach allem, was zart und fein ist: nach dem feinen, jungfräulichen Walten, dem lieblich Erhabenen – ich weiß nicht recht, wie ich es nennen soll. Nach außen hin können sie robust und vollblütig genug sein, ja sie können oft roh sein, und doch ahnt niemand, welche wunderlichen, romantischen, gefühlvollen Geheimnisse sie mit sich herumtragen, denn sie sind so verschämt in seelischer Beziehung, meine ich, diese großen, schwerfälligen Menschen, daß keine zarte, bleiche, kleine Jungfrau eine zarter besaitete Seele haben kann als sie. Verstehst du es wohl, Fennimore, daß so ein Geheimnis, das nicht mit gewöhnlichen Worten in die gewöhnliche, alltägliche Luft hinausgesprochen werden kann, daß das einen Menschen zum Künstler machen kann? Und sie können es nicht aussprechen, hörst du, sie können es nicht; man muß es glauben, daß es da ist und still da drinnen lebt, gleich einer

Zwiebel, die in der Erde liegt, denn zeitweise sendet es ja seinen duftigen, farbenprächtigen Blumenschatz ans Tageslicht. Verstehst du wohl, verlange nichts von dieser Blütenkraft für dich selber, glaube daran, freue dich, sie pflegen zu können, freue dich des Bewußtseins, daß sie vorhanden ist. Sei mir nicht böse, Fennimore, aber ich fürchte, daß du und Erik nicht gut gegeneinander seid. Kann das nicht anders werden? Denke nicht daran, wer recht hat; grüble nicht über die Größe des Unrechts nach, du sollst nicht mit ihm ins Gericht gehen, denn wie könnten wohl die Besten von uns bestehen, nein, denke an ihn, so wie er in der Stunde war, als du ihn am innigsten liebtest; glaube mir, er ist dessen würdig. Du sollst nicht abmessen und wägen, ich weiß es, es gibt in der Liebe Augenblicke voll glühender, festlicher Ekstase, in denen wir, wenn man es von uns verlangte, unser Leben für den Geliebten hingeben würden. Nicht wahr? Denke jetzt daran, Fennimore, vergiß es nicht, sowohl um deiner selbst wie auch um seinetwillen.«

Er schwieg.

Auch sie sprach nicht, sie lag still da mit einem schwermütigen Lächeln um die Lippen, bleich wie eine Blume.

Dann erhob sie sich halb und reichte Niels ihre Hand. »Willst du mein Freund sein?« fragte sie.

»Das bin ich, Fennimore«, und er ergriff ihre Hand.

»Willst du es bleiben, Niels?«

»Immer«, erwiderte er und führte ihre Hand ehrfurchtsvoll an seine Lippen.

Dann erhob er sich. Fennimore wollte es scheinen, als habe sie ihn noch nie so schlank gesehen.

Bald darauf kam Trine und meldete, daß sie wieder da sei, und dann kam das Teewasser, und endlich ein Ruderboot durch den trüben Regen.

Im hellen Morgen kam Erik nach Hause, und als Fennimore in dem kalten, ehrlichen Tageslicht sah, wie er sich auskleidete, um zu Bette zu gehen, schwer und unsicher vom Trunk, mit gläsernen Augen, und erdfahl nach der durchwachten Nacht, da erschienen ihr die schönen Worte, die Niels geredet hatte, phantastisch, und die lichten Gelöbnisse, die sie in ihrem stillen Sinne getan hatte, schwanden erbleichend vor dem werdenden Tage, gauklerische Träume und Gedankentand, eine prahlerische Lügenschar.

Was konnte es nützen, dagegen anzukämpfen mit dem hoffnungslosen Druck, der auf ihnen beiden lag? Es war so nutzlos, sich leicht zu lügen,

ihr Leben konnte doch nie wieder auf Federn gehen. Der Frost war dagewesen, die Ranken und Ränkchen mit den Büscheln von Rosen und
duftigen Blüten, die um sie geschlungen gewesen waren, die sie miteinander verknüpft hatten, sie hatten jedes kleinste Blatt abgeschüttelt, jede
Blume verloren, es waren nur noch die nackten, zähen Ruten, die sie
unauflöslich aneinander banden. Was konnte es nützen, daß sie mit der
Wärme der Erinnerungen die Gefühle entschwundener Tage zu einem
neuen, künstlichen Leben erweckte und ihren Abgott wieder auf seinen
Sockel stellte, seinen Augen den Glanz der Bewunderung, seinen Lippen
das Anbetungswort und seinen Wangen die Röte des Glückes wiedergab,
was konnte das nützen, wenn er sich nicht darauf einlassen wollte, der
Priester des Abgottes zu sein, sie bei dem frommen Betruge zu unter-
stützen? Er! er erkannte ihre Liebe ja gar nicht wieder, es war ja keines
ihrer Worte in seinen Ohren zurückgeblieben, kein Tag ihrer Tage in

237 seiner Seele aufbewahrt.

Nein, tot und regungslos war die schwellende Liebe ihrer Herzen; der
Duft, das Licht und die zitternden Töne, es war alles verweht, und da
konnten sie aus alter Gewohnheit sitzen, er, den Arm um ihren Leib
geschlungen, sie, das Haupt an seine Schulter gelehnt, in tiefes Schweigen
versunken, einander vergessend; sie, um des Herrlichen zu gedenken,
der er doch niemals gewesen war, er, um sie im Traume zu dem Ideal
umzuschaffen, das er jetzt immer in den Wolken strahlen sah, hoch
über ihrem Haupte. So war ihr Zusammenleben, und die Tage kamen
und gingen wieder und brachten keine Veränderung, und Tag für Tag
starrten sie hinaus auf die Wüste des Lebens und sagten sich selber, daß
es eine Wüste sei, daß dort keine Blumen blühten, daß auch keine
Aussicht auf Blumen, Quellen oder grüne Palmen sei.

Je mehr der Herbst vorschritt, desto häufiger wurden Eriks Ausschweifungen. Was sollte es auch nützen, sagte er zu Niels, daß er zu Hause
säße und auf Ideen wartete, die doch niemals kamen, bis ihm die Gedanken in seinem Kopfe zu Steinen wurden. Übrigens fand Erik nicht
viel Trost in Niels' Gesellschaft, er fühlte sich zu Leuten, die aus gröbe-
rem Schrot waren, hingezogen, zu Leuten, die von Fleisch und Blut
strotzten, die nicht ein Spielball zarter Nerven waren. So waren Niels
und Fennimore oft allein zusammen, denn Niels ruderte jeden Tag nach
Marianenlund hinüber.

Der Freundschaftsbund, den sie miteinander geschlossen hatten, und

238 die Worte, die an jenem Sonntagabend zwischen ihnen gefallen waren,

hatten sie in ihrem Verhältnis zueinander ungezwungener und sicherer gemacht, und sie schlossen sich, einsam wie sie beide waren, immer enger und wärmer aneinander an. Dieser herzliche Verkehr erhielt bald eine so große Macht über sie und nahm ihre Sinne so gefangen, daß ihre Gedanken, ob sie nun beieinander oder getrennt waren, stets nach diesem Freundschaftsverhältnis hinstrebten, gleich wie Vögel, die an demselben Neste bauen, alles sehen, das, was sie sammeln, wie das, was sie verwerfen, stets mit dem einen, gemütlichen Ziele vor Augen, das Nest recht warm und weich für einander und für sich selber zu machen.

Wenn Niels herüberkam, so machten sie fast immer, ob es regnete oder stürmte, lange Spaziergänge in dem Walde, der an ihren Garten stieß. Sie hatten sich in diesen Wald förmlich verliebt, und je mehr das Sommerleben darin erstarb, desto teurer wurde er ihnen. Da waren ja auch tausenderlei Dinge zu sehen. Erst wie das Laub gelb, braun und rot wurde, dann wie es abfiel, an einem stürmischen Tage in gelbem Wirbel dahinfegte, wenn es aber windstill war, leise Blatt um Blatt zur Erde schwebte, sanft herabraschelnd gegen und zwischen die steifen Äste und die schwanken, braunen Zweige. Und während das Laub von den Bäumen und Büschen fiel, wie kamen da alle die verborgensten Geheimnisse des Sommers zum Vorschein, eins nach dem anderen, und wie lag und saß es da ringsumher voll von zierlichen Früchten und farbenreichen Beeren, braunen Nüssen, blanken Eicheln und niedlichen Eichelbechern, Korallenbüschen an den Berberitzen, schwarzen, blanken Schlehdornbeeren und scharlachroten Urnen an den Heckenrosen. An den blattlosen Buchen saßen die Bucheckern in Menge, und die Vogelbeerbäume bogen sich unter der Last der roten Traubenbüschel. Späte Brombeeren lagen schwarz und bräunlich zwischen dem nassen Laub am Wege. Zwischen dem Heidekraut wuchsen Preißelbeeren, und die wilden Himbeersträuche trugen zum zweiten Male ihre mattroten Früchte. Die Farrenkräuter hatten im Welken wohl hundert Farben, und gar das Moos! Das war eine ganze Entdeckung, nicht nur die kräftigen, großen Moosarten in den Niederungen und an den Abhängen, die Ähnlichkeit mit Tannen, aber auch mit Palmen und Straußenfedern haben konnten, sondern auch das feine Moos an den Baumstämmen, das so aussah, wie man sich wohl die Kornfelder der Elfen vorstellt, in so feinen, feinen Halmen schoß es auf, mit dunkelbraunen Köpfchen an den Spitzen, die Kornähren glichen.

Kreuz und quer durchstreiften sie den Wald, wie Kinder eifrig bemüht, seine Schätze und Merkwürdigkeiten aufzufinden; und ganz wie Kinder zu tun pflegen, hatten sie den Wald unter sich geteilt, so daß der Teil, der auf der einen Seite des Fahrweges lag, Fennimore gehörte, und der auf der anderen Niels, und sie verglichen oft ihre Reiche miteinander und stritten sich, wer das herrlichste hätte. Sie hatten auch für alles drinnen im Walde Namen, für die Höhen und Klüfte, für die Steige und Pfade, für die Grüfte und Dämme; und stand hier oder dort ein besonders schöner oder großer Baum, so hatte auch der seinen Namen. So hatten sie den Wald auf jede nur denkbare Weise in Besitz genommen, und so hatten sie sich eine kleine Welt für sich geschaffen, eine Welt, die niemand kannte, in der niemand so heimisch war wie sie. Und doch hatten sie kein Geheimnis miteinander, das nicht alle Welt hätte hören können.

Noch hatten sie kein Geheimnis! Aber die Liebe war in ihren Herzen, und war auch doch wieder nicht wirklich da, ebenso wie sich in einer übersättigten Lösung Kristalle befinden und doch auch wieder nicht wirklich da sind, nicht eher, als bis sich der entsprechende Stoff, und wenn es auch nur ein Fäserchen desselben wäre, in die Flüssigkeit senkt, und sich dann gleichsam wie mit einem Zauberschlage die schlummernden Atome ausscheiden, so daß sie einander entgegenfliegen, sich aneinander festsetzen, Glied an Glied nach unerforschlichen Gesetzen und in einem Nu Kristalle sind – Kristalle!

So war es auch eine ganz unbedeutende Veranlassung, die sie fühlen ließ, daß sie einander liebten.

Es ist nicht viel davon zu erzählen, es war ein Tag wie alle anderen, sie waren allein im Wohnzimmer, wie sie es hundertmal vorher gewesen waren, und ihre Unterhaltung hatte sich um ganz gleichgültige Dinge gedreht, und das, was von außen her auf sie einwirkte, war so gewöhnlich, so alltäglich wie nur möglich, es war nichts anderes, als daß Niels am Fenster stand und hinaussah, und daß Fennimore sich neben ihn stellte und auch hinaussah, das war das Ganze, aber es genügte, um gleichsam wie mit einem Blitzstrahl die Vergangenheit, Gegenwart und Zukunft für Niels Lyhne zu verwandeln durch das Bewußtsein, daß er die Frau liebte, die an seiner Seite stand. Nicht wie etwas Lichtes, Liebliches, Glückliches und Schönes, das ihn zu Seligkeit und zu Entzücken himmelhoch heben konnte, so war seine Liebe nicht. Aber es war ihm ebenso unmöglich, ohne sie zu sein, wie es ihm unmöglich gewesen wäre, zu leben, ohne Atem zu schöpfen; so liebte er sie, und er griff, wie ein Ertrinkender um sich, nach ihr und preßte ihre Hand an sein Herz.

Und sie verstand ihn. Fast mit einem Schrei und in einem Tone voller Schreck und Jammer rief sie ihm zu, wie eine Antwort und ein Bekenntnis zugleich: »Ach ja, Niels!« und entzog ihm in demselben Augenblick ihre Hand.

Dann stand sie einen Augenblick bleich, flehend da, sank dann mit dem einen Knie auf einen Polsterstuhl, verbarg ihr Antlitz in der Samtlehre und schluchzte laut.

Niels war in den ersten Sekunden wie geblendet, und seine Hände suchten zwischen den Zwiebelgläsern nach einem Stützpunkt.

Es waren nur wenige Sekunden, dann trat er an den Stuhl, auf dem sie lag, und beugte sich über sie, ohne sie zu berühren, die eine Hand auf die Lehne des Stuhles stützend.

242

»Sei nicht so verzweifelt, Fennimore, sieh auf und laß uns miteinander reden. Willst du, willst du nicht? Du mußt dich nicht fürchten, laß es uns gemeinsam tragen, mein süßes Lieb, hörst du? Versuche, ob es dir nicht möglich ist.«

Sie hob den Kopf ein wenig, so daß sie ihn ansah. »Ach Gott! Niels, was sollen wir nun eigentlich anfangen! Ist es nicht entsetzlich, Niels! Warum muß es mir hier in der Welt auch so gehen? Wie schön hätte alles sein können, so glücklich!« Und sie schluchzte von neuem.

»Hätte ich schweigen sollen«, klagte er, »arme Fennimore, wünschest du, daß du es niemals erfahren hättest?«

Sie blickte abermals auf und ergriff seine Hand. Ich wollte, ich wüßte es und wäre dann tot, o, daß ich in meinem Grabe läge und es wüßte, das würde so gut sein, o, so gut und schön!

»Es ist bitter für uns, Fennimore, daß das erste, was uns unsere Liebe bringt, Angst und Tränen sind. Meinst du nicht auch?«

»Du mußt nicht hart gegen mich sein, Niels, ich kann ja nicht anders. Du kannst es nicht so sehen, wie ich, ich müßte stark sein, denn ich bin gebunden. O, daß ich meine Liebe nehmen und sie in die tiefste Tiefe meines Herzens verschließen könnte, daß ich taub wäre für all ihren Jammer, all ihr Flehen, daß ich es über mich gewinnen könnte, dich zu bitten, weit, weit fortzureisen, aber das kann ich nicht, ich habe so viel gelitten, ich kann das nicht auch noch leiden, ich kann es nicht, 243

Niels. Ich kann nicht ohne dich leben – kann ich das wohl? Glaubst du, daß ich es könnte?«

Sie stand auf und schmiegte sich an seine Brust. »Hier bin ich, ich lasse dich nicht, ich lasse dich nicht von dannen ziehen, um selber in der alten Finsternis zurückzubleiben. Es ist wie eine bodenlose Tiefe voller Ekel und Pein, ich will mich nicht da hineinstürzen, eher springe ich ins Wasser, Niels; und wenn auch das neue Leben Schmerzen bringen wird, so sind es doch neue Schmerzen, die nicht den abgestumpften Stachel der alten haben, die nicht so sicher treffen können wie die alten, die mein Herz so grausam genau kennen. Rede ich verworrenes Zeug? Ja, sicher tue ich das, aber es ist so gut, ohne Rückhalt mit dir sprechen zu können, ohne daß ich mich vor all dem vielen zu hüten brauche, was dir zu sagen bis jetzt unrecht war. Jetzt aber hast du ein Recht vor allen anderen! Ach, könntest du mich doch ganz nehmen, so daß ich ganz die Deine wäre, daß ich mit nichts einem anderen gehörte, o, daß du mich herausheben könntest aus jedem Verhältnis, das mich umgibt!«

»Wir müssen die Ketten zersprengen, Fennimore! Ich werde alles gut einrichten, sei unbesorgt, eines Tages, ehe irgend jemand das geringste ahnt, sind wir über alle Berge!«

»Nein, nein, wir dürfen nicht entfliehen, nur das nicht, eher alles andere, als daß meine Eltern hören sollten, daß ihre Tochter davongelaufen sei, das ist unmöglich, bei Gott im Himmel, das werde ich niemals tun, Niels, das tue ich niemals!«

»Aber du mußt es tun, meine Liebe, du mußt es tun. Siehst du denn nicht all die Gemeinheit, all die Nichtswürdigkeit, die uns auf allen Seiten umgeben wird, wenn wir bleiben? All die entwürdigende List und Falschheit und Verstellung, die uns einschnüren wird, die uns niederdrücken, uns elend machen wird? Ich will dich nicht von alledem besudeln lassen, das soll sich nicht in unsere Liebe einfressen wie ein giftiger Rost.«

Aber sie war nicht zu bewegen.

»Du weißt nicht, wozu du uns verdammst«, sagte er betrübt, »es wäre weit besser, wenn wir mit einem eisernen Haken aufträten, statt zu schonen. Glaube nur, Fennimore, wenn wir unsere Liebe nicht alles für uns sein lassen, das Einzige, das Höchste in der Welt, das, was vor allem anderen erlöst werden muß, so daß wir da zuschlagen, wo wir lieber heilen würden, daß wir da Kummer verursachen, wo wir lieber jeden Schatten von Kummer fernhalten würden, wenn wir das nicht tun, dann wirst du bald erleben, wie alles das, worunter wir uns beugen, sich schwer auf unsere Schultern legen und uns in die Knie zwingen wird, unbarmherzig und unerbittlich. Ein Kampf auf den Knien liegend gekämpft, du weißt nicht, wie schwer der zu kämpfen ist. Du mußt weinen! Wollen wir den Kampf doch kämpfen, meine Liebe, Seite an Seite gegen alle und alles?«

In den nächsten Tagen setzte Niels seine Bemühungen, sie zur Flucht 245 zu überreden, fort, dann fing er an, es sich auszumalen, wie hart es Erik treffen würde, wenn er eines Tages heimkehrte und erführe, daß sein Freund und seine Frau miteinander auf und davon seien, und ganz allmählich erhielt es ein ganz unnatürliches, tragisches Unmöglichkeitsgepräge in seinen Augen, und er entwöhnte sich, daran zu denken, wie er es mit so vielem anderen tat, was er anders gewünscht hätte. Er gab sich mit ganzer Seele den Verhältnissen hin, so wie sie einmal waren, ohne einen wissentlichen Versuch, sie umzudichten oder sie mit phantastischen Festons und Girlanden auszuschmücken und die Mängel fortzulügen. Aber wie süß war es, zu lieben, einmal die wirkliche Liebe des Lebens zu lieben! Denn was er bis jetzt für Liebe gehalten hatte, war ja keine Liebe gewesen, weder das schwer wogende Sehnen des Vereinsamten, noch das brennende Entbehren des Phantasten oder die ahnungsvolle Nervosität des Kindes; das waren Ströme in dem großen Ozean der Liebe, einzelne Reflexe ihres vollen Lichtes, Splitter der Liebe, gleichwie die Meteore, die die Luft durchsausen, Splitter eines Weltenkörpers sind, dies war die Liebe: eine Welt, die ganz war, etwas Vollendetes, Großes, Geordnetes. Es war keine verwilderte, zwecklose Jagd von Gefühlen und Stimmungen, die Liebe war wie eine Natur, ewig wechselnd, ewig erzeugend, und es erstarb keine Stimmung, es welkte kein Gefühl, ohne einem Keim, der die Anlagen zu etwas Vollkommenerem enthielt, neues Leben zu geben. Ruhig, gesund, mit tiefen Atemzügen, 246 so war es herrlich zu lieben. Und die Tage fielen jetzt neu und glänzend vom Himmel selber herab, sie kamen nicht schleppend, selbstverständlich hintereinander wie die abgegriffenen Bilder in einem Guckkasten, jeder von ihnen war eine Offenbarung, denn an einem jeden fand er sich größer und stärker und gehobener. Noch nie hatte er eine solche Innigkeit, eine solche Macht des Gefühls gekannt, und es gab Augenblicke, in denen er sich selber titanenhaft deuchte, in weit höherem Maße, als er sich Mensch fühlte, eine solche Unerschöpflichkeit empfand er in seinem Innern, eine flügelbreite Zärtlichkeit entströmte seinem Herzen, so weit war sein Blick, so großartig mild sein Urteil.

Das war der Anfang des Glückes, und sie waren lange glücklich miteinander.

Die tägliche Falschheit und Verstellung, die Luft von Unehre, in der sie lebten, alles das hatte noch keine Macht, es konnte sie nicht erreichen in der ekstatischen Höhe, in die Niels ihr Verhältnis und sie selber erhoben hatte; denn er war nicht schlechthin ein Mann, der die Frau seines Freundes verführte, oder richtiger, er war es, er sagte voller Trotz, daß er es sei, aber er war auch gleichzeitig der Befreier einer schuldlosen Frau, die das Leben verwundet, gesteinigt, besudelt, einer Frau, die schon ihre Seele der Vernichtung übergeben hatte. Ihr hatte er das Vertrauen auf das Leben wiedergeschenkt, hatte in ihr den Glauben an die bessern Mächte des Lebens wiedererweckt, ihren Geist zu Adel und Hoheit erhoben, ihr das Glück gebracht. Was war nun das beste, jenes schuldlose Elend, oder das, was er für sie erkämpft hatte? Er fragte nicht mehr danach, seine Wahl war getroffen.

Vollkommen so meinte er es jedoch nicht. Der Mensch baut sich so oft Theorien, in denen er doch nicht wohnen will. Die Gedanken schweifen so oft weiter hinaus, als das Gefühl für Recht und Unrecht Lust hat, ihnen zu folgen. Aber dieser Gedanke bestand doch für ihn und nahm der stets erforderlichen Lüge, Falschheit, Niedrigkeit und Gemeinheit viel von ihrem unaufhaltsam zehrenden Gift.

Schließlich machte es sich aber doch fühlbar, es fraß zu viele von den feinen, zarten Nerven an, um nicht bald Schaden anzurichten und Schmerzen zu verursachen, und der Verlauf wurde dadurch sehr beschleunigt, daß Erik bald nach Neujahr glaubte, eine Idee bekommen zu haben, etwas mit einem grünen Gewande, erzählte er Niels, und mit einer drohenden Stellung. Erinnerte er sich wohl noch des Grüns in Salvator Rosas Jonas? Etwas in diesem Genre.

Obwohl Eriks Arbeiten hauptsächlich darin bestanden, daß er in seinem Atelier auf dem Sofa lag und Shag rauchte und Marryat las, so fesselte es ihn doch für eine Zeit sehr ans Haus, zwang sie dadurch zu neuer Vorsicht und machte neue Vorwände und neue Lügen notwendig.

Daß Fennimore so erfinderisch in dieser Hinsicht war, schuf die erste Wolke am Himmel. Es war im Anfang so gut wie nichts, nichts weiter als ein flüchtig an Niels vorbeiziehender Zweifel, ob seine Liebe nicht edler sei als der Gegenstand der Liebe. Aber er war nicht klar und rein der Gedanke, nur eine flüchtige Ahnung, die nach diesem Wege hindeutete, ein undeutliches Schwanken seines Sinnes, das nach jener Seite hinzog.

Aber es kam wieder, und zwar in verstärktem Maße, zuerst noch unbestimmt, dann von einem Male zum anderen schärfer und schärfer. Und es war entsetzlich, mit welch rasender Hast es untergraben konnte, erniedrigen, den Glanz verringern. Ihre Liebe ward nicht geringer, im Gegenteil, je mehr sie herabsank, desto leidenschaftlicher, glühender wurde sie, aber dieses verstohlene Händedrücken unter der Tischdecke, diese Küsse im Vorzimmer und hinter den Türen, diese langen Blicke, unmittelbar unter den Augen des Betrogenen, das beraubte ihre Liebe des Erhabenen. Das Glück stand nicht mehr still über ihren Häuptern, sie mußten sein Lächeln, sein Licht erhaschen, wo sie nur konnten, und List und Schlauheit waren nicht länger eine traurige Notwendigkeit, sondern ein ergötzlicher Triumph; die Falschheit wurde ihr wahres Element und machte sie klein und schlecht. Es gab auch entwürdigende Geheimnisse, über die sie früher, jeder für sich, getrauert hatten, indem sich jeder in den Augen des anderen unwissend stellte; diese mußten sie jetzt teilen, denn Erik war keine verschämte Natur, und es konnte ihm oft in den Sinn kommen, in Niels' Gegenwart zärtlich gegen seine Frau zu sein, sie zu küssen, sie auf den Schoß zu nehmen, sie zu umarmen, und Fennimore durfte diese Liebkosungen nicht abweisen, wie früher, oder es fehlte ihr vielmehr der Mut dazu; das Bewußtsein ihrer Schuld machte sie unsicher und bang.

So sank das hohe Schloß ihrer Liebe mehr und mehr herab, das Schloß, von dessen Zinnen aus sie so erhaben über die Welt hinausgeschaut und worin sie sich so stolz und groß gefühlt hatten.

Aber sie waren glücklich zwischen den Ruinen.

Wenn sie jetzt im Walde gingen, so geschah es meist an dunklen Tagen, wo der Nebel in den braunen Zweigen hing und sich zwischen den nassen Stämmen verdickte, so daß sie niemand sehen konnte, wenn sie sich hier küßten und sich dort umarmten, und niemand sie hören konnte, wenn ihre leichtsinnige Rede in ausgelassenem Gelächter erklang.

Das Gepräge der Ewigkeitsmelancholie, das über ihrer Liebe gelegen hatte, war verlöscht; eitel Lachen und Scherzen herrschte jetzt zwischen ihnen, und es war eine wahre Fieberhast über sie gekommen, eine Gier nach den eilenden Sekunden des Glückes, als müßten sie sich beeilen mit ihrer Liebe, als hätten sie nicht das ganze Leben mehr vor sich.

249

Es änderte nichts in ihrem Verhältnis, daß Erik nach Verlauf eines Monats seiner Idee müde ward und von neuem seine Fahrten begann, und zwar mit einem solchen Eifer, daß er nur selten zwei Tage hintereinander zu Hause blieb. Wohin sie im Laufe der Zeit gesunken waren, dort blieben sie. Vielleicht daß sie hin und wieder in einsamen Stunden mit Wehmut zu der Höhe hinaufstarrten, von der sie herabgestürzt waren, vielleicht daß sie sich nur wunderten, wie anstrengend es doch gewesen sein müsse, sich dort oben festzuhalten, daß sie sich sicherer da gebettet fühlten, wo sie jetzt waren. Es trat keine Veränderung ein. Keines von ihnen wünschte die Dinge anders, als sie waren; auch verbargen sie es nicht voreinander, denn es war eine zynische Vertraulichkeit zwischen ihnen entstanden, wie sie zwischen Mitschuldigen zu entstehen pflegt, und da war nichts in ihrem Verhältnis, was sie sich gescheut hätten mit Worten zu berühren. Sie nannten die Dinge mit einem traurigen Mut beim rechten Namen und sahen ihnen in die Augen, so wie sie einmal waren.

Es hatte im Februar den Anschein gehabt, als sollte der Winter schon ein Ende nehmen. Dann aber kam der März mit seinem weißen Mantel und dessen losem Futter, und ein Schneegestöber nach dem anderen bedeckte die Erde mit einer dichten Schicht. Späterhin trat Stille ein mit hellem Frost, und der Fjord lag unter einer dichten Eisdecke da, die sich lange hielt.

Gegen Ende des Monats, eines Abends nach dem Tee, saß Fennimore allein in ihrem Wohnzimmer und wartete.

Es war sehr hell drinnen, das Klavier stand offen, die Lichter darauf waren angezündet, und von den Lampen waren die Schleier abgenommen, so daß die Goldleisten und alles, was an den Wänden hing, deutlich und klar hervortraten. Die Hyazinthen waren von den Fensterbrettern genommen und auf den Schreibtisch gestellt und standen nun da, ein Haufe scheinender Farben, die Luft mit ihrem reinen, starken Duft erfüllend. Im Ofen brannte das Feuer mit gedämpftem, vergnüglichem Summen.

Fennimore ging im Zimmer auf und ab, auf einem der dunkelroten Streifen des Teppichs fast balancierend. Sie trug ein etwas altmodisches, schwarzes seidenes Kleid, das schwer von den vielen Garnierungen hinter ihr herschleppte und sich, so wie sie ging, von der einen Seite auf die andere legte.

Sie summte eine Melodie vor sich hin und hatte mit beiden Händen in die mattgelbe Kette von großen Bernsteinperlen gefaßt, die sie um den Hals trug, und wenn sie auf ihrem roten Streifen schwankte, hielt sie mit der Melodie inne, hielt sich aber noch immer an der Kette fest. Vielleicht war ihr ihre Wanderung eine Vorbedeutung, daß, wenn sie so und so viele Male im Zimmer auf und ab gegangen sei, ohne vom Streifen herunterzukommen und ohne die Kette loszulassen, daß dann Niels kommen würde.

Er war am Vormittage dagewesen, als Erik fortfuhr, und war bis gegen Abend geblieben, doch hatte er versprochen, wiederzukommen, sobald der Mond aufginge und es hell genug wäre, um sich über den durch Waaken gefährdeten Fjord zu wagen.

252

Fennimore war mit ihrem Orakel fertig, welcher Art auch das Ergebnis geworden sein mochte, und trat nun ans Fenster.

Es sah gar nicht aus, als wenn der Mond heute abend noch durchkommen würde, so schwarz war der Himmel, und es war noch viel dunkler da draußen auf dem graublauen Eise, als hier am Lande, wo der weiße Schnee lag. Es war wohl das Vernünftigste, wenn er wegblieb. Und sie setzte sich mit einem resignierten Seufzer ans Klavier, stand aber wieder auf, um nach der Stutzuhr zu sehen. Dann kehrte sie zurück und setzte entschlossen ein großes, dickes Buch mit Noten vor sich hin, aber sie spielte doch nicht, sie blätterte wie geistesabwesend in dem Buche und verfiel in Gedanken. Wenn er nun doch jetzt drüben an dem andern Ufer stünde und seine Schlittschuhe anschnallte, und dann in wenigen Minuten hier wäre! Sie sah ihn so deutlich vor sich, er atmete ein wenig schwer nach dem schnellen Lauf und blinzelte mit den Augen bei dem hellen Licht hier drinnen nach all der Dunkelheit. Es kam so eine Kälte mit ihm herein, und sein Bart war ganz voller kleiner, blitzender Tropfen. Dann würde er sagen – ja, was würde er wohl sagen?

Sie lächelte und sah an sich nieder.

Und noch immer war der Mond nicht zum Vorschein gekommen.

Sie trat wieder ans Fenster, blieb dort stehen und sah in das Dunkel hinaus, bis kleine Funken und regenbogenfarbene Ringe vor ihren Augen tanzten. Aber sie waren nur so unbestimmt da. Sie hätte es gern gesehen, 253 wenn da draußen ein Feuerwerk gewesen wäre, Raketen, die in einem langen, langen Streifen in die Luft aufstiegen und dann zu kleinen Würmern würden, die sich in den Himmel einbohrten und mit einem

Knall verschwänden, oder auch eine große, große matte Kugel, die zitternd in die Höhe schwebte und dann langsam in einem Regen von tausendfarbigen Sternen herabsänke. Sieh, sieh doch! so weich und rund wie ein Neigen, ganz wie ein Goldregen, der sich herabneigt. Lebt wohl! Lebt wohl! Das waren die letzten. Du großer Gott, daß er auch nicht kam! Und sie wollte nicht spielen.

In demselben Augenblicke wendete sie sich nach dem Klavier um, schlug eine Oktave hart an und hielt die Tasten so lange fest, bis der Ton ganz erstorben war, und das wiederholte sie wieder und wieder. Sie wollte nicht spielen, nein, nicht spielen, aber tanzen! Einen Augenblick schloß sie ihre Augen und brauste in Gedanken dahin durch einen unermeßlichen Saal von Rot, Weiß und Gold. Wie herrlich wäre es, zu tanzen, warm zu werden und Champagner zu trinken! Dann mußte sie daran denken, wie sie einmal, als sie noch in die Schule ging, zusammen mit einer Freundin Champagner aus Sodawasser und Eau de Cologne gemacht hatte, und wie sie beide so krank von dem Getränk geworden waren.

Sie richtete sich auf und ging durchs Zimmer, instinktmäßig ihr Kleid nach dem Tanze ordnend.

»Ja, wenn wir nun endlich vernünftig würden!« sagte sie halblaut, nahm ihre Arbeit und setzte sich in den großen Lehnstuhl bei der Lampe.

Aber sie konnte nicht fleißig sein, die Hände sanken ihr bald in den Schoß, und ganz allmählich, mit kleinen Bewegungen, machte sie es sich in dem großen Stuhle behaglich, sich darin zurücklehnend, das Kinn in die Hand gestützt und das Kleid über die Füße gezogen.

Sie dachte neugierig darüber nach, ob die anderen Frauen auch wohl so wären wie sie, ob auch sie sich geirrt hätten und unglücklich gewesen wären und dann einen andern geliebt hätten. Sie nahm die Damen von Fjordby eine nach der andern durch, dann dachte sie plötzlich an Frau Boye; sie war immer ein peinigendes Rätsel für sie gewesen, diese Frau, die sie haßte und von der sie sich gedemütigt fühlte.

Erik hatte auch einmal gesagt, daß er rasend in Frau Boye verliebt gewesen sei.

Wer doch alles über sie wüßte!

Sie lachte bei dem Gedanken an Frau Boyes neuen Mann.

Und die ganze Zeit, während sie mit all diesen Gedanken beschäftigt war, sehnte sie sich, lauschte sie nach Niels, sie dachte sich ihn kommend, immer kommend, da draußen über das Eis her. Sie ahnte nicht, daß sich nun schon seit zwei Stunden ein dunkler, kleiner Punkt aus der entgegengesetzten Richtung über die schneeweißen Ferder mühsam vorwärts gearbeitet hatte, um ihr eine ganz andere Nachricht zu bringen als die, die sie von jenseits des Fjordes erwartete. Es war nur ein Mann 255 in einer Friesjacke und Schmierstiefeln, und jetzt klopfte er an das Küchenfenster und flößte dem Mädchen einen tödlichen Schrecken ein.

»Es sei ein Brief gekommen«, sagte Trine, als sie zu ihrer Herrin ins Zimmer trat.

Fennimore nahm das Papier; es war ein Telegramm. Ruhig reichte sie dem Mädchen die Bescheinigung und ließ sie gehen; sie war nicht im geringsten besorgt. Erik hatte ihr in letzter Zeit mehrmals telegraphiert, daß er am nächsten Tage einige Gäste mit nach Hause bringen würde.

Und dann las sie.

Sie schrie plötzlich laut auf, fuhr entsetzt von ihrem Stuhle auf und starrte mit namenloser Angst auf die Tür.

Sie wollte es nicht hier im Zimmer haben, sie wagte es nicht, und mit einem Satze war sie an der Tür, stemmte ihre Schulter dagegen und drehte an dem Schlüssel, bis ihr die Hand schmerzte. Aber er wollte nicht schließen, wie sehr sie sich auch bemühte. Dann ließ sie die Hand sinken. Es war ja auch richtig, es war gar nicht hier, sondern weit fort von ihr in einem fremden Hause.

Sie fing an zu zittern, ihre Knie trugen sie nicht mehr, sie glitt an der Tür herab auf den Fußboden.

Erik war tot. Die Pferde waren durchgegangen, hatten den Wagen an der Straßenecke umgeworfen, und Erik war mit dem Kopf gegen die Mauer geschleudert worden. Nun lag er tot in Aalborg. So hatte sich die Sache zugetragen, und das meiste davon stand in dem Telegramm. 256 Außer ihm war nur der weißhalsige Hauslehrer, der Araber, auf dem Wagen gewesen, der hatte auch das Telegramm geschickt.

Sie lag am Boden und jammerte leise vor sich hin; die beiden Hände hatte sie flach gegen den Teppich gepreßt, den Blick zu Boden gesenkt, ausdruckslos und starr, hilflos wiegte sie den Oberkörper von einer Seite zur andern.

Noch vor wenig kurzen Augenblicken war es so hell und duftig um sie her gewesen, sie konnte es nicht sofort alles aufgeben und in die pechschwarze Nacht des Kummers und der Reue hüllen, wie sehr sie sich auch bemühte. Es war nicht ihre Schuld, aber durch ihr Bewußtsein zuckte noch ein unsicher blendender Strahl von Liebesglück und Liebeslust, und starke, törichte Wünsche wollten sich vordrängen, sich nach einer Seligkeit des Vergessens sehnend oder sich bemühend, mit krampfhaft wilden Griffen das rollende Rad der Begebenheiten zurückzudrehen.

Aber das war bald vorüber. In dunklen Scharen aus allen Ecken kamen die finsteren Gedanken geflogen, gleich Raben, die der Leichnam ihres Glückes herbeigelockt hatte, und die nun Schnabel neben Schnabel einhackten, während die Lebenswärme den Körper noch nicht verlassen hatte. Und sie zerfetzten und zerhackten ihn und machten ihn völlig unkenntlich, jeder Zug war entstellt und verzerrt, bis das Ganze ein widriger Haufe, ein Gegenstand des Ekels und Abscheus geworden war.

Sie erhob sich und ging umher, indem sie sich wie eine Kranke an Stühlen und Tischen hielt, und sie blickte verzweifelt auf, als suche sie ein Spinngewebe von Hoffnung, nur einen Blick des Trostes, ein kleines Zeichen des Mitleids. Aber ihr Auge begegnete nur den hellbeleuchteten Familienporträts, allen diesen Fremden, die Zeugen ihres Falles und ihres Verbrechens gewesen waren; schläfrige alte Herren waren es und gezierte Matronen, und dann dies unvermeidliche Gnomenkind, welches sie überall hatten, das Mädchen mit den großen runden Augen und der aufgeschwollenen Stirn. An all dies fremde Eigentum hatten sich allmählich Erinnerungen genug geknüpft, der Tisch dort, der Stuhl, der Schemel mit dem schwarzen Pudel darauf und diese schlafrockartige Portiere, das alles hatte sie mit Erinnerungen gesättigt, mit buhlerischen Erinnerungen, die es jetzt von sich spie und ihr nachwarf. O, es war unerträglich, mit allen diesen Gespenstern der Sünde und mit sich selber obendrein hier eingeschlossen zu sein; sie schauderte vor sich selber, sie drohte ihr, dieser ehrlosen Fennimore, die sich zu ihren Füßen wand, sie entzog ihren flehenden Händen den Saum ihres Kleides. Gnade! Nein, da war keine Gnade, wie konnte es wohl Gnade geben vor jenen gebrochenen Augen in der fremden Stadt, die jetzt, nachdem sie sich geschlossen hatten, sehen konnten, wie sie seine Ehre in den Schmutz getreten, wie sie ihm ins Gesicht gelogen, wie sie sein Herz verraten hatte?

Sie konnte es fühlen, wie sie auf sie gerichtet waren, diese gebrochenen Augen, sie wußte nicht, weswegen sie sich von ihnen wenden sollte, um ihrem Blicke zu entgehen, aber sie folgten ihr unaufhörlich, wie zwei eiskalte Strahlen über sie hingleitend; und während sie so niederstarrte und jeder Faden des Teppichs, jeder Stich auf den Schemeln in der starken, scharfen Beleuchtung unnatürlich deutlich vor ihren Augen ward, da merkte sie, wie es mit den Schritten eines Verstorbenen um sie herumging, wie es ihr Kleid streifte, so daß sie entsetzt aufschrie und zur Seite wich; aber dann stand es vor ihr wie mit Händen, und es waren doch auch wieder keine Hände, es war etwas, was langsam nach ihr faßte, was höhnend und lauernd nach ihrem Herzen griff, nach diesem Wunder von Falschheit, dieser gelben Perle der Treulosigkeit! Und sie wich zurück, bis sie an den Tisch stieß, aber da war es noch immer, und ihre Brust konnte sie nicht dagegen schützen, es griff durch Haut und Fleisch hindurch wie – – Sie verging beinahe vor Angst, wie sie dort stand, sich wehrlos rückwärts über den Tisch krümmend, während sich alle Nerven in Erwartung strammten und das Auge starrte, als ob es in seiner Höhle gemordet werden sollte.

Und dann war es auf einmal vorüber. Sie schaute mit einem unsicheren Blicke um sich, sank dann auf die Knie nieder und betete lange. Sie bereute und bekannte wild und rücksichtslos in stets wachsender Leidenschaftlichkeit mit demselben fanatischen Haß gegen sich selber, der die Nonnen dazu treibt, ihren nackten Körper zu geißeln. Sie suchte begeistert nach gemeinen Worten und berauschte sich in Selbsterniedrigung und in Demut, die nach Niedrigkeit lechzte.

Endlich erhob sie sich. Ihre Brust bewegte sich stark und unruhig, und es lag ein matter Glanz auf ihren bleichen Wangen, die, unter dem Gebet, voller geworden zu sein schienen.

Sie sah sich mit einem Blicke im Zimmer um, als gelobte sie sich etwas im stillen, dann ging sie in das dunkle Nebenzimmer, schloß die Tür hinter sich, stand einen Augenblick still, um sich an das Dunkel zu gewöhnen, und tastete sich dann zu der Tür, die zu der geschlossenen Glasveranda führte, auf die sie hinaustrat.

Dort war es heller. Der Mond war jetzt aufgegangen und schien durch die Kristallblumen der Glaswände, gelblich durch die Scheiben selbst, rot und blau durch das farbige Glas, das den Rahmen der Fenster bildete.

Fennimore taute mit ihrer Hand ein Loch in das Eis und trocknete das Wasser dann sorgfältig mit dem Taschentuche ab.

Noch war draußen auf dem Fjord niemand zu sehen.

Dann fing sie an, in ihrem Glaskäfig auf und ab zu gehen. Es standen keine anderen Möbel draußen als ein Sofa aus gebogenem Holz, und das lag voll von welken Efeublättern, die von den Ranken oben an der Decke abgefallen waren. Jedesmal, wenn sie daran vorüberkam, raschelten die Blätter leise im Luftzug, und hin und wieder fand ihr Kleid auch ein welkes Blatt auf dem Boden, das es mit kratzendem Laut über die Dielen nach sich zog.

Auf und nieder ging sie, ihre traurige Wacht haltend, die Arme über der Brust gekreuzt, sich hart machend gegen die Kälte.

Endlich kam er.

Mit einem Ruck riß sie die Tür auf und trat mit ihren dünnen Schuhen hinaus in den eisigen Schnee. Sie gönnte es sich, sie hätte barfuß zu diesem Stelldichein gehen können.

Niels hatte beim Anblick der schwarzen Gestalt, die sich gegen den hellen Schnee abhob, gestutzt, und näherte sich langsam mit zögernden, forschenden Bewegungen dem Lande.

Es war ihr, als verbrenne ihr diese schleichende Gestalt die Augen. Jede Bewegung, jeder Zug, den sie wiedererkannte, traf sie wie eine schamlose Verhöhnung, gleichsam, als wollte sie mit dem entwürdigenden Geheimnis prahlen. Sie zitterte vor Haß, ihr Herz schwoll von Verwünschungen, sie konnte ihren Sinn kaum beherrschen.

»Ich bin es«, rief sie ihm höhnend entgegen, »Fennimore, die Metze!«

»Aber um Gottes willen, Geliebte?« fragte er verwundert, jetzt nur noch wenige Schritte von ihr entfernt.

»Erik ist tot!«

»Tot? Wann?« Er mußte mit seinen Schlittschuhen in den Schnee treten, um nicht zu fallen. »Aber so sag' mir doch!« Und er näherte sich ihr hastig.

Sie standen jetzt einander gegenüber, und sie mußte sich Zwang antun, um ihm nicht mit der geballten Faust in die bleichen, verzerrten Züge zu schlagen.

»Du sollst es alles hören«, sagte sie, »er ist tot, wie ich dir schon gesagt habe. Die Pferde gingen in Aalborg mit ihm durch, und sein Kopf zerschmetterte an einer Mauer, während wir ihn hier betrogen.«

»Es ist entsetzlich!« stöhnte Niels und griff sich mit den Händen nach den Schläfen. »Wer hätte das auch ahnen können! Ach wären wir ihm doch treu gewesen, Fennimore! Erik, armer Erik! Wäre ich es doch gewesen!« Und er schluchzte laut und krümmte sich in wildem Schmerz.

»Ich hasse dich, Niels Lyhne!«

»Ach, was liegt denn an uns!« stöhnte Niels ungeduldig. »Wenn wir ihn nur wieder hätten! Arme Fennimore, verbesserte er sich dann. Kümmere dich nicht um mich. Du hassest mich, sagst du? Das kannst du gern tun.« Dann raffte er sich plötzlich auf. »Laß uns hineingehen«, fuhr er fort. »Ich weiß nicht, was ich sage. Wer hat dir telegraphiert?«

»Hineingehen«, schrie Fennimore, empört, daß er ihre feindliche Stimmung so wenig zu beachten schien. »Da hinein? Niemals sollst du deinen ehrlosen Fuß wieder über diese Schwelle setzen! Wie wagst du es nur, daran zu denken! Du Elender! Du falscher Schuft, der, sich hier einschleichend, die Ehre seines Freundes stahl, weil sie nicht genügend gehütet ward. Was, hast du sie ihm nicht vor seinen eigenen Augen gestohlen, weil er glaubte, daß du ehrlich seist, du Hausdieb!«

»Bist du von Sinnen! Was geht mit dir vor? Was für Worte nimmst du da in den Mund! Er erfaßte sie hart beim Arme und zog sie näher an sich heran und sah ihr verwundert ins Gesicht. Du mußt dich fassen«, fuhr er in milderem Tone fort, »was kann es helfen, Kind, daß du mit so häßlichen Worten um dich wirfst?«

Sie riß ihren Arm los, so daß er auf seinen Schlittschuhen schwankte.

»Kannst du es denn nicht begreifen, daß ich dich hasse? Hast du nicht so viel von einem ehrlichen Manne in dir, daß du das begreifen kannst? Wie blind muß ich doch gewesen sein, als ich dich, Betrüger, liebte, während ich ihn, der so tausendmal besser war als du, an meiner Seite hatte! Ich werde dich hassen und verachten bis an mein Lebensende. Damals, als du kamst, war ich rechtschaffen, ich hatte niemals etwas Schlechtes begangen, aber nun kamst du und ruhtest nicht, als bis du mich zu dir in den Kot herabgezogen hattest. Was hatte ich dir getan, daß du mich nicht in Frieden lassen konntest, mich, die ich dir doch vor allen andern hätte heilig sein sollen? Tag für Tag muß ich nun mit dem Schandfleck auf meiner Seele weiter leben, und niemals werde ich jemand begegnen, er sei noch so gering, ohne mir sagen zu müssen, daß ich noch weit geringer bin. Alle meine Jugenderinnerungen hast du vergiftet. An was könnte ich auch jetzt noch zurückdenken, was rein und gut wäre! Du hast es besudelt, alles, alles! Nicht er allein ist gestorben, nein alles, was je zwischen uns an Gutem und Lichtem gewesen, ist jetzt tot und verwest. Du großer Gott, hilf mir doch! Ist es denn gerecht, daß ich keine Rache an dir nehmen kann, trotz allem, was du mir zuleide getan? Mache mich wieder ehrlich, Niels Lyhne, mache mich makellos und rein! Nein, nein, aber es geschähe dir nur recht, wenn du so lange gefoltert würdest, bis du dein Unrecht wieder gutgemacht hättest. Kannst du, kannst du es wieder zurechtlügen? Steh doch nicht so da und verkrieche dich unter deine eigene Hilflosigkeit, leide hier vor meinen Augen, krümme dich vor Pein und Verzweiflung und sei elend! Mach ihn elend, mein Gott, laß ihn mir nicht auch noch die Rache stehlen! Geh, du Elender, geh, ich stoße dich von mir, aber ich schleppe dich mit mir, darauf kannst du dich verlassen, ich ziehe dich durch alle Martern, die ich durch meinen Haß auf dich herabbeschwören kann!«

Sie hatte den Arm drohend nach ihm ausgestreckt, jetzt wandte sie sich ab und ging, und die Verandatür fiel hinter ihr ins Schloß. Niels stand da und verfolgte sie mit starren, fast ungläubigen Blicken; es war ihm, als stünde sie noch vor ihm mit dem bleichen, rachgierigen Gesicht, das so wunderbar niedrig und roh in seiner Leidenschaftlichkeit, völlig seiner sonstigen edelgeformten Schönheit beraubt war, als hätte eine rohe, grausame Hand alle seine Linien aufgepflügt.

Er ging vorsichtig auf das Eis zurück und fing langsam zu laufen an in der Richtung nach dem offenen Meere zu, den Mondschein vor sich, den Wind im Rücken. Allmählich, je mehr die Gedanken seine Aufmerksamkeit von der Umgebung ablenkten, lief er schneller, und die Eisspäne, die seine Schlittschuhe ablösten, raschelten klirrend mit ihm über die blanke Fläche, von dem stetig wachsenden Frostwind getrieben.

Das also war das Ende. So also hatte er diese Frauenseele erlöst, sie gehoben und ihr das Glück verschafft! Wie schön doch sein Verhältnis zu dem toten Freunde gewesen war, zu dem Kindheitsfreunde, für den er Zukunft, Leben und alles hatte opfern wollen: er mit seinem Opfern und seinem Erlösen! Himmel und Erde sollten auf ihn hinschauen, um einen Mann zu erblicken, der sein Leben auf den Höhen der Ehre hielt, ohne Fleck und ohne Makel, der keinen Schatten auf die Idee werfen wollte, der er diente und die zu verkünden er berufen war.

Und er sauste dahin.

Das war nun auch einer seiner großsprecherischen Gedanken, daß sein besudeltes Leben die Sonne der Idee beflecken könne! Großer Gott, er mußte nun einmal alles so hochtrabend auffassen, das lag ihm so im Blute; konnte er nichts Besseres werden, so wollte er doch wenigstens ein Judas sein und sich in seiner großartigen Gemeinheit Ischariot nennen. Das klang doch nach etwas. Mußte er denn stets einhergehen und sich gebärden, als sei er der verantwortliche Minister der Idee und Mitglied ihres geheimen Staatsrates, der alles, was die Menschheit anlangte, aus erster Hand hätte! Sollte er es denn niemals lernen, in aller Einfachheit danach zu streben, als gemeiner Soldat der Idee seine untergeordnete Pflicht zu tun?

Draußen auf dem Eise brannten bengalische Flammen, und er kam so nahe daran vorüber, daß einen Augenblick lang ein riesengroßer Schatten unter seinen Füßen hervorschoß, sich nach rückwärts zu bewegte und verschwand.

Er dachte an Erik, und welch ein Freund er ihm gewesen war. O Erik! Kindheitserinnerungen rangen die Hände über ihn, Jugendträume verhüllten ihre Häupter und weinten über ihn, die ganze Vergangenheit starrte ihm mit einem einzigen, langen, vorwurfsvollen Blicke nach. Er hatte das alles treulos im Stich gelassen um einer Liebe willen, die so klein, so niedrig war wie er selber. Und doch, es war Hoheit in der Liebe gewesen; und auch dieser war er untreu geworden. Wohin sollte er fliehen vor diesen Anläufen, die doch stets im Graben endeten? Sein ganzes Leben war nichts weiter gewesen, und auch in Zukunft würde es damit nicht anders werden, er wußte das, er fühlte es so sicher, und er verging schier bei dem Gedanken an alle diese vergebliche Mühe, er wünschte von ganzem Herzen, daß er entfliehen und sich von diesem zwecklosen Dasein befreien könnte. Wenn nur das Eis unter ihm brechen wollte, während er so darüber hinglitt, und alles in einem Zucken, einem Ringen nach Luft dort unten in dem kalten Wasser abgetan sein könnte!

Ermattet vom schnellen Laufe hielt er inne und blickte zurück. Der Mond war verschwunden, und die Eisfläche hob sich dunkel und langgestreckt von den weißen Höhen des Ufers ab. Dann wendete er um und kämpfte gegen den Wind an. Dieser war inzwischen sehr stark geworden, und Niels war müde. Er bemühte sich, in den Schutz der hohen Küste zu gelangen, aber während er sich so vorwärts kämpfte, kam er auf eine Windwake, die durch den von den Höhen kommenden Zug gebildet war, und das dünne Eis gab mit einem zähen, knitternden Knacken unter ihm nach.

Wie war es ihm aber trotzdem leicht ums Herz, als er wieder auf sicheres Eis gekommen war! Die Müdigkeit hatte sich durch die Angst fast völlig verloren, und er flog mit neuer Kraft dahin.

Während er so da draußen kämpfte, saß Fennimore enttäuscht und vergrämt in dem erleuchteten Zimmer. Sie fühlte sich um ihre Rache betrogen, sie wußte nicht, was sie erwartet hatte, aber es war doch etwas ganz anderes gewesen; ihr hatte etwas Mächtiges vorgeschwebt, etwas

266

Erhabenes, etwa wie ein Schwert und rote Flammen! Etwas, das sie hoch
erhob und sie auf einen Thron setzte, und nun war es so kleinlich aus-

gefallen, so alltäglich, und sie hatte das Gefühl, als habe sie ihn mehr
ausgeschimpft, als sie ihn verfluchte.

Sie hatte doch etwas von Niels gelernt!

Am nächsten Morgen, in aller Frühe, während Niels noch schlief,
überwältigt von Müdigkeit, reiste Fennimore ab.

Zwölftes Kapitel

Während der beiden nun folgenden Jahre streifte Niels rastlos im Auslande umher.

Er war sehr einsam. Er hatte keinen Verwandten, keinen Freund, der
seinem Herzen nahe gestanden hätte. Aber eine weit größere Einsamkeit
als diese bedrückte ihn. Denn wohl kann der klagen und sich verlassen
fühlen, der auf der ganzen weiten Erde keinen Fleck hat, den er segnen,
auf den er Gutes herabflehen kann, wenn sein Herz sich wendet, wenn
es einmal übervoll ist, wonach es sich sehnen kann, wenn die Sehnsucht
ihre Schwingen ausbreiten will; weiß er aber nur den klaren, unwandel-
baren Stern eines Lebenszieles über sich funkeln, so ist ihm keine Nacht
so einsam, daß er sich ganz allein fühlte. Aber Niels Lyhne hatte keinen
Stern. Er wußte nicht, was er mit sich selber und mit seinen Gaben
anfangen sollte. Es war ja ganz schön, daß er Talent besaß, er konnte
es nur nicht verwenden: er ging umher mit dem Gefühl, als sei er ein
Maler, dem die Hände fehlten. Wie beneidete er die anderen, die Großen

und die Kleinen, die, wohin sie im Leben auch greifen mochten, stets
irgendeinen Anhaltepunkt fanden! Ach, er konnte keinen Anhaltepunkt
finden! Er konnte, so schien es ihm, nur die alten romantischen Lieder
nachsingen, und alles, was er geschaffen hatte, war auch weiter nichts
gewesen. Es war, als sei sein Talent etwas in ihm Verborgenes, ein stilles
Pompeji, oder gleichsam eine Harfe, die er aus einem Winkel hervorho-
len konnte. Es war nicht allgegenwärtig, begleitete ihn nicht auf die
Straße hinab, saß ihm nicht in den Augen, kribbelte ihm nicht in den
Fingerspitzen, es hatte keine Gewalt über ihn, sein Talent. Zuweilen
schien es ihm, als wäre er ein halbes Jahrhundert zu spät geboren, zuweilen glaubte er, er sei viel zu früh gekommen. Sein Talent wurzelte
in etwas Längstvergangenem und lebte nur darin, konnte keine Nahrung

aus seinen Ansichten, seiner Überzeugung, seinen Sympathien saugen, konnte das alles nicht in sich aufnehmen und umgestalten; sie flossen auseinander, diese zwei Dinge, wie Wasser und Öl, wohl konnte man sie zusammenschütteln, aber sie konnten nicht vermischt, konnten niemals zu einem Ganzen werden.

Allmählich fing er an, das einzusehen, und es stimmte ihn grenzenlos mißmutig, so daß er bitter und mißtrauisch auf sich und seine Vergangenheit blickte. Es müsse ein Fehler in ihm sein, sagte er sich, ein unheilbarer Fehler im innersten Mark seines Wesens, denn ein Mensch müßte sich doch sonst zusammenleben können! Solche Gedanken und Stimmungen beherrschten ihn immer noch, als er sich im zweiten Jahre 269 seines Aufenthalts im Auslande Anfang September an den Ufern des Gardasees in dem kleinen Riva niederließ.

Unmittelbar nachdem er gekommen war, schloß sich das Land ringsumher mit einem Wall von Schwierigkeiten und Reisebeschwerlichkeiten, die alle Fremden fernhielten. In Venedig war die Cholera ausgebrochen, ebenso nördlich in der Gegend von Trient und südlich in Desenzano. Unter diesen Umständen wurde Riva nicht sonderlich lebhaft, die Hotels hatten sich bei den ersten Gerechten geleert, und die nach Italien Reisenden gingen einen anderen Weg. Umso enger schlossen sich die wenigen Zurückgebliebenen aneinander an.

Die bemerkenswerteste Persönlichkeit unter diesen war eine gefeierte Opernsängerin, deren wirklicher Name Madame Odéro war; der Name, unter dem sie auf der Bühne auftrat, hatte einen weit berühmteren Klang. Sie und ihre Gesellschaftsdame, Niels sowie ein tauber Arzt aus Wien waren die einzigen Gäste im Hotel zur »Goldenen Sonne«, dem hervorragendsten der Stadt.

Niels schloß sich mehr und mehr an die Sängerin an, und sie gab der Herzlichkeit nach, die in seinem ganzen Wesen lag, wie das so oft bei Leuten der Fall ist, die mit sich selber im Unfrieden leben, und die deswegen darauf angewiesen sind, bei anderen in Sicherheit zu kommen.

Madame Odéro verbrachte schon den siebenten Monat in Riva, um sich in voller Ruhe von den Nachwehen eines Halsleidens zu erholen, 270 das ihre Stimme bedroht hatte. Der Arzt hatte es ihr streng befohlen, ein ganzes Jahr lang nicht zu singen, ja, er hatte ihr sogar jegliche Musik verboten, um sie nicht in Versuchung zu führen. Erst wenn das Jahr verstrichen wäre, wollte er ihr gestatten, einen Versuch zu machen, und wenn sich dann herausstellte, daß sich nicht die geringste Müdigkeit danach bemerkbar machte, sollte sie als völlig geheilt zu betrachten sein.

Niels gewann eine Art von bildendem Einfluß auf Madame Odéro, die eine heftige, feurige Natur war.

Es war ja für sie ein furchtbarer Schlag gewesen, als sie erfuhr, daß sie ein ganzes Jahr in aller Stille hinleben sollte, fern von Bewunderung und Vergötterung. Im Anfange war sie ganz verzweifelt gewesen und hatte wie gelähmt vor Schreck in diese vor ihr liegenden zwölf Monate hinausgestarrt, als wären sie ein tiefes, schwarzes Grab, in das sie lebendig gelegt werden sollte, sie hatte geglaubt, von allen Menschen darauf angesehen zu werden. Das hatte sie nicht ertragen, und eines schönen Morgens war sie plötzlich nach Riva entflohen. Sie hätte ebensogut einen lebhafteren, besuchteren Ort wählen können, aber das wollte sie gerade nicht. Sie schämte sich, wie gesagt, und es war ihr zumute, als hätte sie ein äußeres Gebrechen, wegen dessen die Leute sie bemitleideten und von dem sie miteinander sprächen. Darum hatte sie an ihrem neuen Aufenthaltsorte jeglichen Umgang vermieden und meistens auf ihren

Zimmern gelebt, deren Wände viele Verwünschungen hinnehmen mußten, wenn ihr dies freiwillige Gefängnis allzu unleidlich wurde. Jetzt, wo die Gesellschaft auseinander gestoben war, tauchte die Dame wieder auf und kam so mit Niels Lyhne in Berührung, denn den einzelnen Menschen gegenüber war sie durchaus nicht scheu.

Man brauchte nicht gar lange mit ihr zusammen zu leben, um sich darüber klar zu werden, ob sie den Betreffenden gern hatte oder nicht, denn sie gab das deutlich genug zu verstehen. Niels Lyhne gegenüber war ihr Benehmen sehr ermutigend, und beide hatten nur wenige Tage allein miteinander in dem prächtigen Hotelgarten mit seinen Granaten und Myrten, seinen Lauben von blühenden Oleandern und seiner herrlichen Aussicht verlebt, als sie auch schon recht vertraut geworden waren.

Von einem Verliebtsein war nicht die Rede, oder jedenfalls war es nicht von Belang; es war eines jener unbestimmten, angenehmen Verhältnisse, die zwischen Männern und Frauen entstehen können, die über die erste Jugend hinaus sind, über das Aufflackern der Jugend, über ihr Sehnen nach dem unbekannten Glücke. Es ist eine Art fliegender Sommer: man lustwandelt zierlich nebeneinander, sammelt sich selber die Blümchen seines Gemütsgärtchens zu einem Strauße, streichelt sich selber mit der Hand eines anderen, bewundert sich selber mit den Augen eines anderen. Alle die schönen Geheimnisse, die man hat, alle die niedlichen, gleichgültigen Dinge, die man aufbewahrt hat, alle die Nippsachen der Seele werden hervorgeholt und gehen von Hand zu Hand und werden prüfend in einem künstlerischen Suchen nach dem besten Lichte in die Höhe gehalten, während man vergleicht und erklärt.

Natürlich hat man nur in den guten Stunden des Lebens Ruhe zu derartigen Sonntagsverhältnissen, aber hier an dem herrlichen See hatten sie ja Zeit genug. Niels hatte das Verhältnis eingeleitet, indem er Madame Odéro durch Worte und Mienen mit einer kleidsamen Melancholie umgab. Im Anfange war sie mehrmals im Begriff, sich den ganzen Staat abzureißen und als die Barbarin, die sie war, zum Vorschein zu kommen; als sie aber einsehen lernte, daß die Melancholie sie vornehm kleide, ging sie darauf ein wie auf eine Rolle und beschränkte sich nicht allein darauf, das Schlagen mit den Türen zu unterlassen, sondern sie forschte in sich selber nach solchen Stimmungen und Rührungen, die zu dem neuen Gewande paßten, und es war erstaunlich, wie sie nach und nach zu der Einsicht kam, daß sie sich selber doch nur unendlich wenig gekannt habe. Ihr Leben war ja zu bewegt, zu wechselvoll gewesen, als daß sie früher Zeit gefunden hätte, in sich selber aufzuräumen, und eigentlich näherte sie sich ja auch erst dem Alter, wo die Frauen, die viel erlebt und viel von der Welt gesehen haben, damit anfangen, ihre Erinnerungen zu bewahren, auf sich selber zurückzublicken und sich eine Vergangenheit zusammenzustellen.

Von dieser Einleitung aus entwickelte sich das Verhältnis schnell und bestimmt, und sie wurden einander ganz unentbehrlich. Man fühlte sich nur halb, wenn man allein war.

Da geschah es eines Morgens, als Niels aussegeln wollte, daß er Madame Odéro im Garten singen hörte. Er beabsichtigte im ersten Augenblick, umzukehren und sie zu schelten; ehe er sich aber noch recht besonnen hatte, war er schon außer Hörweite gelangt; außerdem war der Wind so verlockend zu einer Fahrt nach Limone, und zu Mittag wollte er ja wieder zurück sein. So segelte er denn davon.

Madame Odéro war ungewöhnlich früh in den Garten gekommen. Der frische Duft, der draußen herrschte, die runden Wellen, die so glasklar und blank unter der Gartenmauer stiegen und sanken, und die ganze Farbenpracht auf allen Seiten, der blaue See, sonnenbeleuchtete Berge, und Segel, die über die Wasserfläche dahinschossen, und rote Blumen in Unmenge über ihrem Haupte, alles das, und dann ein Traum, den sie nicht vergessen konnte, der noch immer in ihrem Herzen wogte – sie konnte nicht schweigen, sie mußte ihr Teil beitragen zu all diesem Leben.

Und so sang sie.

Voller und voller erklang der Jubel ihrer Stimme, sie berauschte sich an ihrem Wohllaut, sie erzitterte in einem wohligen Gefühl ihrer Macht; und sie sang weiter, sie konnte nicht innehalten, dazu trug es sie viel zu schön dahin durch wunderbare Träume von zukünftigen Triumphen.

Es stellte sich auch keine Müdigkeit ein, sie konnte reisen, gleich reisen, die ganze Nichtigkeit dieser Monate abschütteln und vorwärts kommen und leben!

Schon am Nachmittage waren alle Vorbereitungen zur Abreise getroffen.

Als der Wagen bereits vor der Tür hielt, kam ihr plötzlich der Gedanke an Niels Lyhne. Sie zog ein kleines Schreibebuch, das sie in der Tasche trug, hervor und schrieb es voll Abschiedsworte an Niels Lyhne, denn die Blätter waren so klein, daß auf einem jeden nur drei bis vier Worte stehen konnten. Dann legte sie das Ganze in ein Kuvert und fuhr davon.

Als Niels am Nachmittage – er war von der Gesundheitspolizei in Limone aufgehalten worden – heimkehrte, war sie längst in Mori auf der Eisenbahn.

Er wunderte sich nicht, er war nur traurig, nicht im geringsten ärgerlich, er hatte sogar ein leichtes, resigniertes Lächeln für diese neue Feindseligkeit des Geschicks. Als er aber am Abend in dem leeren, mondhellen Garten saß und dem kleinen Sohne des Wirtes die Geschichte von der Prinzessin erzählte, die ihr Federgewand wiedergefunden hatte und damit fortflog, weit fort von dem Geliebten, in das Land der Feen, da erfaßte ihn eine unsagbare Sehnsucht nach Lönborggaard, nach einem Heim, das ihn umschließen, das ihn an sich ziehen und ihn halten könnte, gleichviel wie. Er konnte die Gleichgültigkeit des Daseins nicht länger ertragen, das Gefühl, stets losgelassen, stets auf sich selber zurückgewiesen zu werden. Kein Heim auf Erden, keinen Gott im Himmel, kein Ziel draußen in der Zukunft! Ein Heim wollte er doch wenigstens haben; er konnte durch Liebe zu seinem Eigentume sich ihn schaffen, diesen Fleck Erde, im Großen wie im Kleinen, jeden Stein, jeden Baum, das Leblose wie das Lebende, sein Herz zwischen dem allen teilen, so daß es ihn nie wieder losließe.

Dreizehntes Kapitel

Ungefähr ein Jahr lang hatte Niels Lyhne auf Lönborggaard gewohnt und sein Gut, nach besten Kräften und soweit sein Verwalter ihm freie Hand ließ, verwaltet. Er hatte sein Schild herabgenommen, die Devise ausgelöscht und verzichtet. Die Menschheit mußte sich ohne ihn behelfen; er hatte das Glück kennen gelernt, das die rein körperliche Arbeit gewährt, das Glück, ein Vorhaben unter den Händen wachsen zu sehen, wirklich fertig zu werden, so daß man fertig ist, und, wenn man ermüdet von dannen geht, zu wissen, daß die Kräfte, die man zugesetzt hat, in einer Arbeit hinter einem liegen, daß die Arbeit Bestand haben wird, daß kein Zweifel der Nacht sie verzehren, keine Kritik einer nüchternen Morgenstunde sie vernichten kann. Bei der Landwirtschaft gab es keinen Sisyphusstein zu wälzen.

Und dann das Gefühl, den Körper müde gearbeitet zu haben, der Genuß, sich zur Ruhe zu legen und im Schlafe neue Kräfte zu sammeln, um sie wieder bei der Arbeit zuzusetzen, regelmäßig wie Tag und Nacht aufeinander folgen, ohne daß die Launen des Gehirns störend dazwischen treten können, ohne mit sich selber so vorsichtig umgehen zu müssen wie mit einer gestimmten Gitarre, deren Schrauben abgenutzt sind.

Er war still glücklich, und oft konnte man ihn auf einem Zaune oder einem Grenzstein sitzen sehen, wie sein Vater einst gesessen hatte, und über den goldenen Weizen oder den schweren Hafer hinstarren.

Noch hatte er keinen weiteren Verkehr mit den Familien in der Umgegend angeknüpft; das einzige Haus, wo er häufiger verkehrte, war das des Kanzleirats Skinnerup in Varde. Der Kanzleirat war schon zu Lebzeiten von Niels Lyhnes Vater in die Stadt gekommen, und da er ein alter Universitätsfreund desselben war, hatten beide Familien viel miteinander verkehrt. Skinnerup, ein kahlköpfiger Mann mit scharfen Zügen und sanften Augen, war jetzt Witwer und hatte das Haus mehr als voll von vier Töchtern, von denen die älteste siebzehn, die jüngste zwölf Jahre alt war.

Niels unterhielt sich gern mit dem sehr belesenen Kanzleirat über allerhand ästhetische Gegenstände, denn hatte er auch angefangen, seine Hände zu gebrauchen, so war er doch deshalb nicht plötzlich zum Bauer geworden.

Er konnte auch die etwas komische Vorsicht wohl leiden, mit der er sich ausdrücken mußte, sobald die Rede auf einen Vergleich zwischen der dänischen und der ausländischen Literatur kam, wie überhaupt wenn Dänemark mit etwas verglichen werden sollte, was nicht dänisch war; denn es war ganz notwendig, vorsichtig zu sein, der sanfte Kanzleirat war nämlich einer von den guten, begeisterten Patrioten, die es damals gab, Menschen, die es mit genauer Not eingestanden, daß Dänemark nicht die bedeutendste Großmacht sei, die sich aber auf nichts einließen, was das Land selbst oder alles sonst irgend dazu Gehörige auf einen anderen Platz als an die Spitze hätte stellen können. Was er bei diesen Unterredungen auch sehr gern hatte, jedoch ganz unbewußt und ohne das geringste Gewicht darauf zu legen, das war, die strahlende Bewunderung zu sehen, mit der ihm die Augen der siebzehnjährigen Gerda folgten, sobald er sprach, und sie bemühte sich, jedesmal zugegen zu sein, wenn er da war, und nahm so lebhaft teil an allem, daß er häufig sehen konnte, wie sie vor Entzücken errötete, sobald er etwas gesagt hatte, was ihrer Ansicht nach besonders schön war.

Er war nämlich ohne jegliches Dazutun von seiner Seite das Ideal dieser jungen Dame geworden; im Anfang wohl hauptsächlich deshalb, weil er, wenn er in die Stadt ritt, einen ausländischen grauen Radmantel von ziemlich romantischem Schnitt trug. Dann kam aber dazu, daß er immer Milano sagte und nicht Mailand, und daß er so allein in der Welt dastand und einen so schwermütigen Ausdruck hatte. Es war so vielerlei, worin er sich von allen anderen Menschen sowohl in Varde wie in Ringkjöbing unterschied.

An einem heißen Sommertage kam Niels durch die kleine Straße, die hinter dem Garten des Kanzleirates lag. Die Sonne brannte auf die kleinen ziegelsteinbraunen Häuser herab, die kleinen Kutter, die im Fluß lagen, waren mit Matten behängt, damit das Pech nicht aus den Fugen schmölze, und ringsumher waren alle Fenster geöffnet, um die Kühlung einzulassen, die draußen nicht vorhanden war. Vor den offenen Haustüren saßen die Kinder und lernten ihre Lektionen laut und summten um die Wette mit den Bienen oben im Garten, und ein Volk Sperlinge schwirrte schweigend von Baum zu Baum, alle auf einmal hinauf und alle auf einmal wieder herunter.

Niels trat in ein kleines Haus, das an den Garten grenzte, und wurde von der Frau, die zum Nachbar lief, um ihren Mann zu holen, in eine kleine, zierliche Stube geführt, in der es nach Steifzeug und Goldlack roch.

Als er mit den Bildern an der Wand, den beiden Hunden auf der Kommode und den Muscheln auf dem Deckel des Nähkastens fertig war und ans offene Fenster trat, hörte er Gerdas Stimme dicht neben sich, und siehe, da standen die vier Fräulein Skinnerups in geringer Entfernung von ihrem Hause, draußen auf dem Bleichenplatz des Kanzleirats.

Die Balsaminen und die anderen Blumen vor dem Fenster verbargen ihn, und er schickte sich an, zu lauschen.

Offenbar war eine Neckerei im Gange, und die jüngeren Schwestern schienen gemeinsame Sache gegen Gerda gemacht zu haben. Sie hatten alle zitronengelbe Ringspielstöcke in den Händen, und die jüngste hatte sich drei bis vier von den rotumwundenen Reifen wie eine Art Turban auf den Kopf gesetzt. Sie war es auch, die jetzt sprach.

»Er sieht wie Themistokles auf dem Ofen im Bureau aus«, sagte sie mit schwärmerischem Gesicht und mit zum Himmel gewandten Augen zu ihren Mitverschworenen.

»Ach was!« erwiderte die Mittlere, eine mokante, kleine Dame, die im Frühjahr konfirmiert worden war. »Ob Themistokles wohl auch einen so runden Rücken hatte?« Und sie ahmte Niels Lyhnes ein wenig vornüber gebeugte Haltung nach. Themistokles, das fehlte noch!

»Es ist etwas so Männliches in seinem Blick, er ist ein ganzer Mann«, zitierte die Zwölfjährige.

»Der?« Das war wieder die Mittelste. »Der gebraucht ja Parfüms, ist das vielleicht männlich? Neulich lagen seine Handschuhe da und rochen in der Entfernung dermaßen nach Millefleur –«

»Alle Vollkommenheiten!« rief die Zwölfjährige in schmachtendem Entzücken dazwischen und schwankte ganz ergriffen einen Schritt rückwärts.

Alle die Äußerungen richteten sie scheinbar aneinander und nicht an Gerda, die glühendrot etwas abseits stand und mit ihrem gelben Stocke in die Erde bohrte. Plötzlich richtete sie sich auf. »Ihr seid ungezogene Mädchen, so über jemand zu sprechen, der viel zu gut ist, um euch überhaupt anzusehen!«

»Er ist doch auch nur ein Mensch wie wir andern«, versetzte die Älteste von den dreien in mildem Tone, als wollte sie vermitteln.

»Nein, das ist er ganz und gar nicht!« erwiderte Gerda.

»Er hat aber doch auch seine Fehler«, fuhren die Schwestern fort, indem sie sich den Schein gaben, als hätten sie gar nicht gehört, was Gerda gesagt hatte.

»Nein!«

»Aber, liebste Gerda, du weißt doch, daß er niemals in die Kirche geht!«

»Was sollte er auch da? Er ist viel, viel klüger als der Prediger!«

»Ja, aber er glaubt doch, leider, nicht an Gott, Gerda!«

»Ach, du kannst überzeugt sein, mein Kind, daß er, wenn er das nicht tut, auch seine guten Gründe dafür hat.«

»Pfui, Gerda, wie kannst du das nur sagen!«

»Man sollte fast glauben –« unterbrach sie die eben Konfirmierte.

»Was sollte man fast glauben?« fragte Gerda erregt.

»Nichts, nichts, beiß mich nur nicht!« antwortete die Schwester und tat auf einmal ungeheuer friedlich.

»Willst du mir gleich im Augenblick sagen, was es war?«

»Nein, nein, nein! ich kann doch wohl meinen Mund halten, wenn ich will.«

Sie ging von dannen in Begleitung der Zwölfjährigen, die in schwesterlicher Eintracht ihren Arm um sie gelegt hatte. Ihnen folgte die älteste, höchst entrüstet. Gerda blieb allein zurück und sah trotzig vor sich hin, während sie mit dem gelben Stocke in der Luft hin und her schlug. Dann währte es eine kleine Weile, da ertönte von dem anderen Ende des Gartens die heisere Singstimme der Zwölfjährigen:

Und fragst du mich, mein Schatz,
Was soll das welke Veilchen –

Niels verstand die Neckerei wohl; er hatte neulich Gerda ein Buch geschenkt, worin ein getrocknetes Weinblatt lag, das er in dem Garten zu Verona gepflückt hatte, wo sich Juliens Grab befindet. Er konnte sich kaum halten vor Lachen. Dann kam die Frau mit ihrem Manne zurück, den sie endlich gefunden hatte, und Niels gab ihm den eine Tischlerarbeit betreffenden Auftrag, um dessentwillen er gekommen war.

Von diesem Tage an achtete Niels fleißiger auf Gerda, und mehr und mehr wurde er sich bewußt, wie gut und lieblich sie sei, und allmählich schweiften seine Gedanken öfter zu diesem vertrauensseligen kleinen Mädchen hinüber.

Sie war auch wirklich reizend und hatte so viel von jener sanften, rührenden Schönheit, die uns unwillkürlich die Tränen in die Augen 282 lockt. Über ihre ganze früh entwickelte Gestalt war noch etwas kindlich Unschuldiges verbreitet. Ihre kleinen, weichgeformten Hände, die im Begriff waren, die rosenrote Farbe der Übergangszeit abzulegen, waren so unschuldig und hatten so gar nichts von der nervösen, zitternden Neugierde dieses Zeitpunktes an sich. Sie hatte einen starken, kleinen Hals, volle, runde Wangen, eine jener niedrigen träumerischen Frauenstirnen, in denen große Gedanken so ungewohnt, ja fast schmerzhaft sind, daß sich dabei die vollen Brauen unwillkürlich zusammenziehen. Und gar das Auge! So dunkelblau und tief, aber nur so tief wie ein Wasser, dessen Grund man sehen kann. Und dieses Auge lag zwischen vollen, weichen Augenwinkeln, in denen das Lächeln wohnte und wohl geschützt unter dem Lide wohnte, das sich verwundert hob. So sah sie aus, die kleine Gerda, weiß und rot und blond, mit all ihrem kurzen, goldig schimmernden Haar, das im Nacken zu einem zierlichen Knoten verschlungen war.

Sie sprachen oft miteinander, Niels und Gerda. Und er wurde immer mehr von ihr eingenommen; ruhig, fein und offen im Anfang, bis sich eines Tages eine Veränderung in der Luft, die sie umgab, bemerkbar machte, ein kleiner Funke von einem Gefühl, für das Sinnlichkeit ein zu starker Ausdruck war, obgleich es doch im Grunde nichts weiter war. Es treibt die Hände, den Mund und die Augen, nach dem zu greifen, was das Herz nicht nahe genug ans Herz ziehen kann. Und dann eines Tages, bald darauf, ging Niels zu Gerdas Vater, weil Gerda 283 so jung war, und weil er sich ihrer Liebe sicher fühlte. Und der Vater gab sein Jawort, und Gerda gab das ihre.

Im Frühjahr fand die Hochzeit statt.

Es wollte Niels scheinen, als sei das Dasein so unendlich klar und einfach geworden, das Leben so leicht zu leben, und das Glück so nahe und so mühelos zu gewinnen, wie die Luft, die er mit einem Atemzuge einsog.

Er liebte sie, die junge Frau, die er gewonnen hatte, liebte sie mit all der Reinheit der Gedanken und des Herzens, mit der ganzen, großen, zärtlich tiefen Fürsorglichkeit, die einem Manne innewohnt, der der Liebe Hang zum Sinken kennt und an der Liebe Fähigkeit, zu steigen, glaubt. Er ging so behutsam um mit dieser jungen Seele, die sich in namenlosem Vertrauen zu ihm hinneigte, die sich an ihn schmiegte mit derselben zärtlichen Zuversicht, mit derselben festen Überzeugung, daß er nichts wolle, als was gut und edel sei, wie er jenes Lamm im Gleichnis zu seinem Hirten hatte, das aus dessen Hand aß und aus dessen Becher trank. Er wagte es nicht, ihr ihren Gott zu nehmen, alle jene Scharen von weißen Engeln zu vertreiben, die den Tag über singend durch den Himmel schweben und gegen Abend zur Erde herabsteigen und von Lager zu Lager schreiten, treue Wacht haltend und das Dunkel der Nacht mit einem unsichtbaren Lichte erfüllend.

Er wollte so ungern, daß seine schwerfälligeren, bilderlosen Lebensanschauungen sich zwischen sie und das milde Blauen des Himmels drängten und ihr dadurch ein Gefühl der Unsicherheit und des Verlassenseins gäben. Aber sie wollte es anders haben, sie wollte alles mit ihm teilen; es sollte keinen Platz im Himmel noch auf Erden geben, wo sich ihre Wege trennten, und alles, was er sagte, um sie zurückzuhalten, verscheuchte sie, alles, wenn auch nicht mit den Worten des moabitischen Weibes, so doch mit demselben unbiegsamen Gedanken, der in den Worten lag: dein Volk mein Volk, dein Gott mein Gott! Und nun fing er ernstlich an, sie zu belehren, und er entwickelte ihr, wie alle Götter nichts seien als Menschenwerk, wie sie gleich allem, was von Menschen stammt, nicht für ewige Zeit bestehen könnten, sondern verfallen müßten, Göttergeschlecht auf Göttergeschlecht, weil sich die Menschheit ewig fortentwickle und stets um ihre Ideale herum wachse. Und ein Gott, in den die Edelsten und Größten nicht ihren reichsten, geistigen Inhalt niederlegten, ein Gott, der sein Licht nicht von der Menschheit erhielt, sondern der aus sich selber leuchten sollte, ein Gott, der keine natürliche Folge war, sondern erstarrt in dem historischen Kalk der Dogmen, war nicht länger ein Gott, vielmehr ein Abgott, und darum war das Judentum in seinem vollen Rechte einem Baal und einer Astarte gegenüber, und auch das Christentum war in seinem vollen Rechte einem Jupiter und einem Odin gegenüber, denn ein Abgott ist nichts in der Welt. Von einem Gotte zum andern war die Menschheit vorgeschritten, und deswegen konnte Christus auf der einen Seite gegen den alten Gott gewendet sagen, daß er nicht gekommen sei, das Gesetz aufzuheben, sondern es zu vervollkommnen, konnte er auf der anderen Seite, über sich hinaus, auf ein noch höheres Gottesideal zeigen durch seine mystischen Worte von der Sünde, die nicht verziehen werden könne, nämlich die Sünde wider den Heiligen Geist.

Und weiter lehrte er sie, wie der Glaube an einen persönlichen Gott, der alles zum Besten lenkt und in einem andern Leben straft und belohnt, nichts sei als ein Entfliehen vor der rauhen Wirklichkeit, ein ohnmächtiger Versuch, der trostlosen Willkür des Daseins den Stachel zu nehmen. Er wies ihr nach, wie es das Mitleid der Menschen mit den Unglücklichen abschwächen und sie weniger bereit machen müßte, alle Kräfte anzuspannen, um zu helfen, wenn sie sich mit dem Gedanken beruhigen könnten, daß alles, was hier in diesem kurzen Erdenleben erlitten wird, den Leidenden den Weg zur Ewigkeit in Herrlichkeit und Freuden bahne.

Er hob hervor, welche Kraft und Selbständigkeit es dem Menschengeschlecht verleihen müsse, wenn es im Glauben an sich selber sein Leben im Einklang mit dem zu leben suche, was der einzelne von allem, was in ihm lebe, in seinen besten Augenblicken am höchsten stelle, statt es außerhalb seiner selbst auf eine kontrollierte Göttlichkeit zu übertragen. Er machte seinen Glauben so schön, so segensreich, wie er nur konnte, aber er verbarg ihr auch nicht, wie erdrückend schwer, wie trostlos die Wahrheit des Atheismus in Zeiten des Leidens zu tragen sei, im Vergleich mit jenem lichten, glücklichen Traume von einem himmlischen Vater, der lenkt und regiert. Aber sie war mutig. Wohl erschütterten sie viele seiner Lehren bis ins innerste Mark ihrer Seele, und am häufigsten gerade die, von denen man es am wenigsten hätte glauben sollen, aber ihr Vertrauen zu ihm kannte keine Grenzen, ihre Liebe zog mit ihm, alle Himmel hinter sich lassend, und sie liebte sich in seine Anschauungen hinein. Und nachdem ihr im Laufe der Zeit das Neue heimisch, geläufig geworden war, wurde sie in hohem Grade unduldsam und fanatisch, wie es stets mit den jugendlichsten Jüngern zu gehen pflegt, die ihrem Meister am glühendsten lieben. Niels tadelte sie oft, aber das konnte sie nun einmal nicht begreifen, wenn das Ihre das Wahre sei, daß dann das der anderen nicht abscheulich und lasterhaft wäre.

Drei Jahre lang lebten sie ein glückliches Leben miteinander, und ein gutes Teil des Glückes strahlte aus einem kleinen Kindergesicht, dem Gesicht eines kleinen Knaben, den sie im zweiten Jahre ihrer Ehe bekommen hatten.

Das Glück macht die Menschen im allgemeinen gut, und Niels strebte ehrlich und nach besten Kräften, ihr Leben so edel, so schön und so nützlich zu gestalten, daß niemals ein Stillstand eintreten möchte in dem Wachstum ihrer Seelen zu jenem Menschenideal, an das sie beide glaubten. Aber es war bei ihm nie mehr die Rede von dem Gedanken, die Fahne der Idee unter die Menschheit hinauszutragen, es genügte ihm, ihr zu folgen. Es konnte wohl hin und wieder einmal vorkommen, daß er die alten Versuche wieder hervorholte, aber er wunderte sich stets darüber, daß wirklich er es war, der alle diese schönen kunstfertigen Dinge geschrieben hatte, und regelmäßig traten ihm beim Lesen seiner eigenen Werke die Tränen in die Augen. Er hätte aber nicht um alle Schätze der Welt mit dem Ärmsten tauschen mögen, der sie geschrieben hatte.

Da plötzlich, im Frühling, erkrankte Gerda so heftig, daß jede Hoffnung auf Genesung ausgeschlossen war.

Eines Morgens in der Frühe – es war ihre letzte Nacht – wachte Niels an ihrem Bette. Die Sonne war im Aufgehen begriffen und warf einen rosigen Schimmer auf die weißen Rouleaus, während das Morgenlicht, das an der Seite durch die Gardinen drang, noch blau war und den Schatten zwischen den weißen Falten des Bettes und unter Gerdas weißen, schmalen Händen, die gefaltet vor ihr auf dem Bettuche lagen, blau färbte. Die Nachthaube war ihr heruntergeglitten, und sie lag mit dem Kopfe weit hintenübergelehnt da, völlig verändert, wunderbar vornehm durch die scharfen, spitzen Züge, die ihr die Krankheit verliehen hatte! Sie bewegte die Lippen, als wolle sie sie netzen, und Niels griff nach dem Glase mit dem dunkelroten Trank; sie aber schüttelte verneinend ihr Haupt. Dann wandte sie plötzlich ihr Gesicht nach ihm um und starrte angestrengt in seine kummervollen Züge. Je länger sie den ganzen tiefen Kummer ansah, den diese Züge ausdrückten, die ganze Hoffnungslosigkeit, die sich in ihnen abspiegelte, desto mehr verwandelten sich ihre schrecklichen Ahnungen in furchtbare Gewißheit.

Sie versuchte, sich aufzurichten, es war ihr aber nicht möglich.

Niels beugte sich hastig über sie, und sie ergriff seine Hand.

»Ist das der Tod?« fragte sie, ihre schwache Stimme dämpfend, wie um es nicht allzu deutlich auszusprechen.

Er sah sie nur an, indem er einen klagenden Seufzer ausstieß.

Gerda umklammerte seine Hand fest und warf sich in ihrer Angst über ihn. »Ich kann nicht sterben«, sagte sie.

Er sank vor dem Bette auf die Knie und schob seinen Arm unter ihr Kopfkissen, so daß er sie fast an seiner Brust hielt. Die Tränen standen ihm in den Augen, so daß er sie nicht sehen konnte, sie liefen eine nach der anderen an seiner Wange herab. Er führte ihre Hand mit einem Zipfel des Tuches an seine Augen, dann gewann er wieder Macht über seine Stimme. »Sage mir alles, teure Gerda«, begann er. »Kehre dich an nichts. Willst du den Pfarrer haben?« Er konnte nicht recht glauben, daß es das sei, und es lag ein wenig Zweifel in seiner Stimme.

Sie antwortete nicht, sie schloß die Augen und zog den Kopf ein wenig zurück, als wollte sie mit ihren Gedanken allein sein.

Es währte eine Weile. Das langgezogene, weiche Flöten einer Drossel ertönte unter dem Fenster, dann flötete eine zweite und eine dritte; eine ganze Reihe von Flötentönen drängte sich in das Schweigen im Zimmer.

Dann blickte sie wieder auf. »Wenn du mit mir kommen könntest!« sagte sie und lehnte sich schwer gegen das Kissen, das er stützte. Es lag eine Liebkosung darin, das fühlte er. »Wenn du mit mir gehen könntest! Aber so ganz allein!« und sie nahm leise seine Hand in die ihre und ließ sie dann wieder fallen. »Ich wage es nicht!« Ihre Augen nahmen einen ängstlichen Ausdruck an. »Du mußt ihn holen, Niels, ich wage es nicht, allein da hinauf zu kommen – und so! Wir haben ja niemals daran gedacht, daß ich zuerst sterben könnte, wir waren so fest überzeugt, daß du vorausgehen müßtest. Ich weiß ja freilich – aber wenn wir uns nun doch geirrt hätten, Niels, es könnte doch möglich sein, Niels, nicht wahr? Du glaubst es nicht; aber es wäre doch wunderbar, wenn sich alle Menschen geirrt haben sollten, wenn da gar nichts wäre, alle die großen Kirchen – und wenn sie sie begraben – die Glocken –« Sie lag regungslos da, als lauschte sie auf die Glockentöne.

»Es ist unmöglich, Niels, daß es mit dem Tode vorbei ist, du kannst es nicht so fühlen, du bist ja gesund; du meinst, der Tod müsse uns völlig vernichten, weil man so matt ist und weil alles hinschwindet; aber das ist nur für die Außenwelt. Hier drinnen ist ebensoviel Seele wie vorher, glaube mir es, Niels, ich habe es alles hier drinnen, was ich bekommen habe, dieselbe unendliche Welt, nur stiller, nur mehr für mich allein geradeso, als wenn man seine Augen schließt. Es ist nur wie ein Licht, das von dir fortgeht, fort von dir, ins Dunkle hinein, und es wird für dich schwächer und schwächer, und du kannst es nicht sehen, und doch leuchtet es noch ebenso hell, dort, wo es jetzt ist, weit fort von dir. Ich habe immer geglaubt, ich würde eine alte, alte Frau werden, ich würde hier bei euch allen bleiben, aber nun darf ich nicht länger, sie reißen mich fort von Haus und Herd und lassen mich ganz allein gehen. Ich fürchte mich, Niels! Dort, wohin ich nun kommen werde, dort regiert der Herr, und der kümmert sich nicht um unsere Klugheit hier auf Erden, er will das Seine haben und weiter nichts, und alles, was sein eigen ist, das liegt mir so fern, so fern! Ich habe nicht viel Böses getan, nicht wahr? Aber darauf kommt es ja nicht an – hol mir den Pfarrer, Niels, ich möchte so gern mit ihm reden!«

Niels stand auf und schickte sich an, den Pfarrer zu holen; er war dankbar, daß dies nicht im allerletzten Augenblicke gekommen war.

Der Pfarrer kam und blieb allein mit Gerda.

Er war ein hübscher Mann mittleren Alters, mit feinen, regelmäßigen Zügen und großen braunen Augen. Natürlich kannte er sowohl Niels Lyhnes als auch Gerdas Stellung zur Kirche, ihm waren auch wohl hin und wieder verschiedene kirchenfeindliche Äußerungen der jungen Frau zu Ohren gekommen, aber es fiel ihm jetzt nicht ein, zu ihr wie zu einer Heidin oder einer Abtrünnigen zu reden, er verstand es nur zu gut, daß ihre große Liebe allein sie auf die Irrwege geführt hatte, und er verstand auch das Gefühl, das sie jetzt, wo die Liebe sie nicht weiter geleiten konnte, dazu veranlaßte, sich in ihrer Herzensangst nach einer Versöhnung mit dem Gotte zu sehnen, den sie früher gekannt hatte, und er bemühte sich deshalb, in seiner Rede hauptsächlich ihre schlummernden Erinnerungen zu wecken und ihr solche Stellen aus dem Evangelium und aus dem Gesangbuche vorzulesen, von denen er annehmen konnte, daß sie sie noch am besten kannte.

Und darin irrte er sich nicht. Wie klangen sie so heimatlich und festlich, diese Worte, gleich dem Läuten der Glocken am Weihnachtsmorgen, wie lag es auf einmal wieder vor ihrem Blick, das Land, in dem ihre Phantasie zu allererst heimisch gewesen war, das Land, in dem Joseph träumte und David sang, wo die Leiter steht, die vom Himmel bis zur Erde reicht! Mit Feigen und Maulbeerbäumen lag es da, und der Jordan schimmerte silberhell durch den Morgennebel, Jerusalem lag rot und trauernd im Strahl der Abendsonne, aber über Bethlehem breitete sich eine herrliche Nacht aus mit großen Sternen am dunkelblauen Himmel. Wie sprudelte da der Kinderglaube wieder gewaltsam hervor! Sie wurde wieder zu dem kleinen Mädchen, das an der Hand der Mutter zur Kirche ging und dasaß und fror und sich darüber wunderte, weswegen die Menschen eigentlich so viel sündigten. Dann wuchs sie heran unter den hohen Worten der Bergpredigt, und als der Pfarrer von den heiligen Mysterien sprach, von den Sakramenten der Taufe und des Abendmahls, da lag sie als kranke Sünderin da. Da gewann das wahre Bedürfnis ihres Herzens die Oberhand, jenes tiefe Knien vor dem allmächtigen, richtenden Gotte, jene bitteren Tränen der Reue über den verratenen, verspotteten, leidenden Gott, und jenes demütige und doch so kühne Sehnen, durch Wein und Brot einen neuen Vertrag zu schließen mit dem geheimnisvollen Gotte.

Der Pfarrer ging. Am Vormittage kehrte er zurück und bereitete sie zum Tode vor.

Die Kräfte nahmen, seltsam auflodernd, schnell ab, aber noch in der Dämmerung, als Niels sie zum letztenmal in seine Arme schloß, um Abschied von ihr zu nehmen, ehe die Schatten des Todes sich gar zu tief gelagert hatten, war sie bei vollem Bewußtsein. Aber die Liebe, die das höchste Glück seines Lebens gewesen war, war in ihrem Blick erloschen, sie war nicht mehr die Seine, schon jetzt nicht mehr, die Schwingen hatten schon angefangen zu wachsen, sie sehnte sich nur nach ihrem Gott.

Um Mitternacht starb sie.

Es waren schwere Zeiten, die nun folgten. Die Zeit schwoll zu etwas Ungeheuerm, Feindlichem an; jeder Tag war eine unendliche Wüste von Inhaltslosigkeit, jede Nacht eine Hölle von Erinnerungen. Erst nach Monaten, als der Sommer zur Neige ging, hatte der schäumende, reißende Strom des Kummers sich ein Flußbett in seiner Seele geschaffen, so daß er dahinrinnen konnte wie ein murmelnder, schwerwogender Strom des Entbehrens und der Schwermut.

Da, eines Tages, als er vom Felde heimkehrte, fand er seinen kleinen Knaben schwer erkrankt vor. Der Kleine hatte in den letzten Tagen ein wenig gekränkelt und war in der vorhergehenden Nacht unruhig gewesen, niemand hatte jedoch geglaubt, daß es etwas zu bedeuten habe; jetzt lag er fieberheiß und fieberkalt in seinem kleinen Bette und stöhnte vor Schmerz.

Der Wagen wurde sofort nach Varde geschickt, um den Arzt zu holen, aber keiner von den Ärzten war zu Hause, und er mußte viele Stunden warten. Zur Schlafenszeit war er noch nicht zurück.

Niels saß am Lager des Knaben; jede halbe Stunde wenigstens sandte er jemand hinaus, um zu lauschen und zu spähen, ob der Wagen noch nicht käme. Ein reitender Bote wurde dem Wagen entgegengeschickt. Aber er begegnete keinem Wagen und ritt bis nach Varde.

294 Dies Warten auf eine Hilfe, die nicht kommen wollte, machte es noch unerträglicher, Zeuge der Leiden des kranken Kindes zu sein. Und die Krankheit machte reißende Fortschritte.

Bald nach ein Uhr kam der reitende Bote mit dem Bescheid zurück, daß der Wagen fürs erste nicht zu erwarten sei, da noch keiner der Ärzte nach Hause gekommen war, als er die Stadt verlassen hatte.

Da brach Niels zusammen. Er hatte, solange noch ein Hoffnungsfunke vorhanden gewesen war, mutig gegen die Verzweiflung angekämpft, jetzt konnte er nicht länger. Er ging in die dunkle Stube, die neben dem Krankenzimmer lag, und starrte durch die dunkeln Fensterscheiben, während seine Nägel sich in das Holz des Fensterrahmens gruben; seine Augen fraßen sich gleichsam durch das Dunkel hindurch nach Hoffnung, sein Hirn krümmte sich zum Sprunge, einem Wunder entgegen, dann ward es einen Augenblick klar und still, und in dieser Klarheit trat er vom Fenster und warf sich über einen Tisch, der dort stand, und brach in Schluchzen aus, ohne jedoch eine einzige Träne hervorzubringen.

Als er wieder in das Krankenzimmer kam, hatte das Kind Krämpfe. Er sah es an, als wollte er sich damit töten. Es war entsetzlich, und doch war es noch nicht das Schlimmste. Als der Krampf nachließ und der Körper wieder weich und biegsam wurde und sich dem Glücke, weniger Schmerzen zu empfinden, hingab, da die Angst zu sehen, die der Blick des Kindes annahm, als es in der Ferne bemerkte, daß der Krampf wiederkehrte, dies steigende Flehen um Hilfe, je näher die Pein kam, nein, das ansehen zu müssen und nicht helfen zu können, nicht mit 295 dem eigenen Herzblute, nicht mit allem, was er besaß, was er hatte – er erhob seine geballten Hände drohend gen Himmel, er griff in dem wahnsinnigen Gedanken an eine Flucht nach dem Kinde, und dann warf er sich auf die Erde, auf seine Knie, und betete zu dem Gott da droben im Himmel, der das Erdreich durch Prüfungen und Züchtigungen in Angst erhält, der Not und Krankheit, Leiden und Tod sendet, der da will, daß sich alle Knie zitternd vor ihm beugen sollen, und vor dem kein Entfliehen möglich ist, weder ans äußerste Meer noch in die tiefsten Tiefen hinab, der, wenn es ihm gefällt, den, den du am heißesten auf der ganzen Welt liebst, mit Füßen treten und ihn zu dem Staube zermalmen wird, woraus er selber ihn geschaffen hat.

Mit solchen Gedanken betete Niels Lyhne zu Gott, warf sich in seiner Ohnmacht vor dem Himmelsthrone nieder und bekannte, daß die Macht sein sei, sein alleiniges Eigentum.

Aber das Kind litt nach wie vor. Gegen Morgen, als der alte Sanitätsrat, der Hausarzt, durch das Hoftor fuhr, war Niels Lyhne allein.

Vierzehntes Kapitel

Jetzt ist es Herbst. Auf den Gräbern da oben auf dem Friedhofe blühen keine Blumen mehr, und das Laub liegt braun und modernd auf den nassen Wegen und unter den Bäumen im Garten zu Lönborggaard.

In den leeren Stuben geht Niels Lyhne in bitterer Schwermut herum. In ihm ist etwas zerbrochen, in jener Nacht, als das Kind starb; er hat das Zutrauen zu sich selber verloren, seinen Glauben an die Macht des Menschen, das Leben zu ertragen, das man ja leben muß. Das Dasein war ihm schal geworden, und der Inhalt desselben stob zwecklos davon, nach allen Seiten hin.

Es konnte nichts nützen, daß er das Gebet, das er gebetet hatte, den wahnsinnigen Hilfeschrei eines Vaters für sein Kind nannte. Er hatte es gewußt, was er in seiner Verzweiflung getan hatte. Er war versucht worden und war gefallen; es war ein Sündenfall, ein Abfallen von dem eigenen Ich, von der Idee. Es kam vielleicht daher, daß die Tradition in seinem Blute zu stark gewesen war; das Menschengeschlecht hatte in so viel tausend Jahren stets in seiner Not den Himmel angerufen, und jetzt hatte er diesem ererbten Drange nachgegeben. Aber er hätte dagegen angehen müssen wie gegen einen bösen Instinkt, er wußte ja doch bis in die innersten Fibern seines Hirnes, daß alle Götter nichts sind als Träume, und daß er zu einem Traume Zuflucht genommen hatte, sobald er betete, ebenso wie er in alten Tagen, wenn er sich der Phantasterei in die Arme geworfen hatte, genau gewußt hatte, daß es Phantasterei war. Er hatte das Leben, so wie es war, nicht ertragen können, jetzt hatte er teilgenommen an dem Kampfe um das Höchste und war in der Hitze des Kampfes der Fahne untreu geworden, zu der er geschworen hatte; denn das Neue, der Atheismus, die heilige Sache der Wahrheit, welchen Zweck hatte das alles, was war das alles? Nichts als ein Flittergoldname für das eine Einfache: das Leben so zu ertragen, wie es nun einmal war, und das Leben sich nach den eigenen Gesetzen des Lebens bilden zu lassen.

Es war ihm, als habe sein Leben in jener qualvollen Nacht abgeschlossen; das, was nachher kam, konnte niemals etwas anderes werden als gleichgültige Szenen, die an den fünften Akt angeklebt waren, nachdem die Handlung schon zu Ende gespielt worden. Er konnte ja immerhin seine alten Lebensanschauungen wieder aufnehmen, wenn er Lust dazu hatte, aber er war nun doch einmal gefallen, und ob sich der Fall später wiederholen würde, oder ob er sich nicht wiederholen würde, das bleibt ganz gleichgültig.

Das war die Stimmung, in der er am häufigsten herumging.

Und dann kam der Novembertag, an dem der König starb und die Kriegswolke immer drohender heraufzog.

Schnell ordnete er seine Sachen auf Lönborggaard und meldete sich als Freiwilliger.

Die Langeweile der Ausbildungszeit ertrug er mit Leichtigkeit, es war ja so unsäglich viel, nicht länger ein überflüssiger Mensch zu sein, und als er dann zur Armee stieß, der ewige Kampf gegen Kälte, gegen Ungeziefer und Unbequemlichkeiten jeder Art, das alles drängte die Gedanken zurück, die sich mit dem Zunächstliegenden beschäftigen konnten, das machte ihn beinahe heiter, und seine Gesundheit, die sehr unter dem Kummer der letzten Jahre gelitten hatte, wurde wieder ganz ausgezeichnet.

An einem trüben Märztage wurde er dann durch die Brust geschossen.

Hjerrild, der Arzt im Lazarett war, sorgte dafür, daß er in einen kleineren Saal gelegt wurde, worin sich nur vier Betten befanden. Der eine von denen, die drinnen lagen, war durch das Rückgrat geschossen und lag ganz still, der zweite hatte eine Wunde in der Brust, er hatte schon mehrere Tage dort gelegen und phantasierte ununterbrochen, stundenlang mit hastig ausgesprochenen, abgerissenen Worten; der letzte endlich, der Niels Lyhne am nächsten lag, war ein großer, starker Bauernbursche mit dicken, runden Backen; er hatte eine Gehirnverletzung durch einen Granatsplitter erlitten, und unablässig, den ganzen Tag, hob er ungefähr zweimal in der Minute gleichzeitig den rechten Arm und das rechte Bein in die Höhe, ließ sie dann wieder fallen und begleitete die Bewegung jedesmal mit einem lauten, aber dumpfen, tonlosen: Hoh, hoh, stets in demselben Takt, stets genau mit demselben Tonfall.

Da lag nun Niels Lyhne. Die Kugel war in seine rechte Lunge gedrungen und war dort sitzen geblieben. Im Kriege können nicht viele Umstände gemacht werden, und so erfuhr er, daß er nicht viel Aussicht habe, am Leben zu bleiben.

Das wunderte ihn, denn er fühlte sich durchaus nicht sterbenskrank, und seine Wunde schmerzte ihn nicht sehr. Bald aber stellte sich eine Mattigkeit ein, die ihm sagte, daß der Arzt recht habe.

Das also sollte das Ende sein. Er dachte an Gerda, er dachte den ersten Tag viel an sie, aber immer störte ihn der wunderbar kühle Blick, den sie gehabt hatte, als er sie zum letzten Male in die Arme schloß. Wie schön wäre es doch gewesen, wie schmerzlich schön, wenn sie sich bis zuletzt an ihn geklammert und ihn nicht aus den Augen gelassen hätte, ehe der Tod sie matt gemacht, wenn es ihr genügt hätte, ihr Leben bis zum letzten Atemzuge an dem Herzen zu leben, das sie so sehr liebte, statt sich in der letzten Stunde von ihm abzuwenden, um sich noch mehr Leben zu sichern, noch mehr Leben.

Den zweiten Tag im Lazarett wurde Niels schwermütiger infolge der dumpfen Atmosphäre, die ihn umgab, und die Sehnsucht nach frischer Luft und der Wunsch, zu leben, waren in seinen Gedanken seltsam miteinander verwoben. Das Leben hatte doch viel Schönes gehabt, dachte er, wenn er sich die frische Brise am heimatlichen Strande zurückrief, das leise Säuseln in Seelands Buchenwaldungen, die reine Bergluft in Clarens und die weichen Abendwinde am Gardasee. Aber sobald er an die Menschen dachte, ward ihm wieder elend zumute. Er rief sie sich einzeln ins Gedächtnis, und alle gingen sie an ihm vorüber und ließen ihn allein; auch nicht einer blieb bei ihm zurück. Aber wie hatte denn er an ihnen festgehalten, war er denn vielleicht treu gewesen? Da war nur der eine Unterschied, daß er sie langsamer hatte fallen lassen. Nein, das war es nicht. Es war das unsäglich Traurige, daß eine Seele stets allein ist. Jeder Glaube an ein Zusammenschmelzen zweier Seelen war eine Lüge. Nicht die Mutter, die uns auf dem Schoße gehalten, nicht der Freund, nicht die Gattin, die an unserm Herzen geruht –

Gegen Abend wurde er unruhig, und die Schmerzen in der Wunde nahmen zu.

Hjerrild kam und saß am Abend einen Augenblick neben ihm; gegen Mitternacht kam er wieder und saß lange da. Niels litt sehr und stöhnte vor Schmerzen.

»Ein Wort in allem Ernst, Lyhne«, sagte Hjerrild, »wünschen Sie mit einem Pfarrer zu sprechen?«

»Ich habe nicht mehr mit diesen Leuten zu tun, als Sie«, stöhnte Niels erbittert.

»Von mir ist jetzt nicht die Rede, ich lebe und bin gesund. Quälen Sie sich doch jetzt nicht mit Ihren Anschauungen; Leute, die sterben sollen, haben keine Anschauungen mehr, und es ist auch einerlei, ob Sie welche haben; Anschauungen sind nur dazu da, um danach zu leben; im Leben, da haben sie einen Zweck. Kann es wohl einem einzigen Menschen nützen, daß er in dieser oder in jener Anschauung stirbt? Glauben Sie mir nur, wir haben ja alle lichte, weiche Erinnerungen aus unserer Kinderzeit; ich habe die Menschen zu Dutzenden sterben sehen, es ist immer ein Trost, die alten Erinnerungen hervorzuholen. Laß uns ehrlich gegeneinander sein, wir mögen nun sein, wie wir wollen, wir können doch niemals den Gott ganz aus dem Himmel verbannen; unser Gehirn hat ihn sich zu oft da oben vorgestellt, es ist mit ihm eingesungen, als wir ganz klein waren.«

Niels nickte. Hjerrild beugte sich über ihn, um zu hören, ob er etwas sagen wolle.

»Sie meinen es gut«, flüsterte Niels, »aber –« und er schüttelte energisch den Kopf.

Es blieb lange still drinnen; nur das ewige Hoh, hoh des Bauernburschen hackte die Zeit langsam in Stücke.

Hjerrild erhob sich: »Lebe wohl, Lyhne«, sagte er, »es ist doch ein schöner Tod, für das arme Vaterland sterben zu können.«

»Ja«, antwortete Niels, »aber eigentlich war unser Traum von dem, was wir ausrichten wollten, damals, vor langen, langen Jahren, ein ganz anderer.«

Hjerrild ging. Als er in sein Zimmer kam, stand er lange am Fenster und sah zu den Sternen auf. – »Wenn ich Gott wäre«, murmelte er und fügte in Gedanken hinzu, »dann würde ich weit lieber den selig machen, der nicht in seiner letzten Stunde noch umkehrt.«

Niels Schmerzen wurden heftiger und heftiger, es hämmerte unbarmherzig in der Brust, ohne aufzuhören. Es wäre so schön gewesen, wenn er nun einen Gott gehabt hätte, zu dem er hätte klagen, zu dem er hätte beten können.

Gegen Morgen fing er an, zu phantasieren; die Entzündung war in vollem Gange.

Und so ging es noch zwei Tage und zwei Nächte weiter.

Das letztemal, als Hjerrild Niels Lyhne sah, lag er da und phantasierte von seiner Rüstung, und daß er stehend sterben wolle.

Und endlich starb er denn den Tod, den schweren Tod.   303

Biographie

1847   *7. April:* Jens Peter Jacobsen wird in Thisted/Nordjütland geboren.

Jacobsen wächst als Sohn eines wohlhabenden Kaufmanns in Thisted auf und bleibt der Gegend am Westende des Limfjords zeitlebens verbunden.

1863   Mit sechzehn Jahren siedelt er nach Kopenhagen über, um dort das Abitur zu machen.

1867   Er studiert Botanik in Kopenhagen.

1872   Seine Erstlingsnovelle »Mogens« skizziert im Sinne des modernen Durchbruchs ein der Natur immanentes Ordnungsprinzip, in das der Mensch sich einfügen muss, und erregt vor allem Bewunderung wegen der impressionistischen Sprache.

Die enge Freundschaft mit Georg und Edvard Brandes, den Begründern der Moderne in der skandinavischen Literatur, lässt auch bei Jacobsen die literarischen Ambitionen in den Vordergrund treten.

1873   Er macht nie ein Examen, gewinnt aber mit einer Untersuchung über »Desmidaceen« (Grünalgen) einen Universitätspreis.

Ferner übersetzt er zwei wichtige Werke von Charles Darwin (»On the Origin of Species« und »The Descent of Man«) ins Dänische und fördert damit die Popularität von dessen Lehren in Nordeuropa. Darwin und sein deutscher Epigone Ernst Haeckel verhelfen Jacobsen nach dem Verlust seines christlichen Glaubens zu einer neuen naturalistischen Weltsicht.

Auf seiner Italienreise erkrankt Jacobsen unheilbar an Tuberkulose, und der Rest seines Lebens ist entscheidend geprägt vom Ringen gegen die Krankheit und die Beeinträchtigung seiner Schaffenskraft.

1876   Auch der Roman »Frau Marie Grubbe« präsentiert eine historische Figur aus dem 17. Jahrhundert, die der Liebe wegen einen Abstieg von der Prinzengattin zur Frau eines Kutschers vollzieht und ihr Glück findet.

Er steht in enger Verbindung mit dem Kreis um Georg

Brandes, der einflussreichsten Persönlichkeit des zeitgenössischen Kopenhagener Kulturlebens.

1880 »Niels Lyhne«, sein zweiter Roman, wird nach einer Reise nach Frankreich und Italien veröffentlicht. Es ist ein Entwicklungsroman, der den Durchbruch des Helden zum Atheismus nachzeichnet.

Jacobsen ist aber schon lange von Krankheit gezeichnet und kann außer einigen Erzählungen keine weiteren Werke vollenden.

1882 »Pesten i Bergamo« (»Die Pest in Bergamo«).

1885 *30. April:* Jacobsen stirbt in seiner Heimatstadt in Thisted/Nordjütland.

Sein Liederzyklus »Gurresange« (postum 1886, »Gurrelieder«) wird von Arnold Schönberg vertont.